TRANZLATY

Language is for everyone

زبان برای همه است

Folk Tales of Bengal

افسانه‌های عامیانه بنگال

Part One
بخش اول

1 / 2

Lal Behari Day

English / فارسی

Folk Tales of Bengal
افسانه‌های عامیانه بنگال

Life's Secret
راز زندگی

Once upon a time there was a king.

روزی روزگاری پادشاهی بود۔

This King had married two Queens.

این پادشاه با دو ملکه ازدواج کرده بود۔

The two queens were called Duo and Suo.

این دو ملکه دوئو و سوئو نام داشتند۔

Both of the queens were childless.

هر دو ملکه فرزندی نداشتند۔

One day a Faquir came to the palace gate.

روزی یک فقیر به دروازه قصر آمد۔

The Faquir had come to ask for alms.

فقیر آمده بود تا صدقه بخواهد۔

Queen Suo went to the door.

ملکه سو به سمت در رفت۔

And she gave him a handful of rice.

و یک مشت برنج به او داد۔

The mendicant asked her a question.

درویش از او سوالی پرسید۔

"Do you have any children?"

«فرزند داری؟»

The queen had no children.

ملکه فرزندی نداشت۔

"I wish had children, but I have none"

«کاش بچه داشتم، اما ندارم»

The holy man refused to take alms from her.

مرد مقدس از گرفتن صدقه از او خودداری کرد۔

In these times there were different traditions.

در این دوران سنت‌های مختلفی وجود داشت۔

And the people believed many different things.

و مردم به چیزهای مختلفی اعتقاد داشتند۔

Don't take charity from the hands of a childless woman.

از دست زن بی‌فرزند صدقه نگیرید۔

Such hands were ceremonially unclean.

چنین دست‌هایی از نظر شرعی نجس بودند.

The mendicant offered her a medicine.

گدا به او دارویی تعارف کرد.

This medicine was to remove her barrenness.

این دارو برای از بین بردن نازایی او بود.

She expressed her willingness to take the medicine.

او تمایل خود را برای مصرف دارو ابراز کرد.

The mendicant told her how to take the medicine.

درویش به او گفت که چگونه دارو را مصرف کند.

"This is the potion you must swallow"

»این معجونیه که باید قورت بدی«

"Prepare the juice of a pomegranate flower"

»آب گل انار را آماده کنید«

"Swallow the medicine with the juice"

»دارو را با آبمیوه قورت دهید«

"If you do this, you will soon have a son"

»اگر این کار را بکنی، به زودی صاحب پسری خواهی شد«

"Your son will be exceedingly handsome"

»پسرت فوق‌العاده خوش‌قیافه خواهد شد«

"His complexion will be beautiful"

»چهره‌اش زیبا خواهد شد«

"He will have the colour of pomegranate flowers"

»او رنگ گل‌های انار را خواهد داشت«

"And you shall call him Dalim Kumar"

»و تو او را دالیم کومار صدا خواهی زد.«

"But he will also have enemies"

»اما او دشمنانی هم خواهد داشت«

"They will try to take your son's life"

»آنها سعی خواهند کرد جان پسرت را بگیرند«

"But there is a secret to his life"

»اما رازی در زندگی او وجود دارد«

"And I will tell you this secret"

»و من این راز را به تو خواهم گفت«

"In front of your palace is a pond"

»روبروی کاخ شما برکه‌ای است«

"In that pond there is a big Boal fish"

«توی اون برکه یه ماهی بزرگ بول هست»

"Your son's life is connected to that fish"

«زندگی پسرت به آن ماهی مرتبط است»

"In the heart of the fish is a small box"

«در قلب ماهی یک جعبه کوچک است»

"This small box is made of wood"

«این جعبه کوچک از چوب ساخته شده است»

"In the box of wood is a necklace of gold"

«در جعبه چوبی، گردنبندی از طلاست»

"That necklace is the life of your son"

«آن گردنبند، جان پسر توست»

The mendicant gave her the medicine.

گدا دارو را به او داد.

And they said their farewells.

و آنها خداحافظی کردند.

Soon all in the palace whispered of an heir.

خیلی زود همه در قصر زمزمه‌هایی از یک وارث به گوش می‌رسید.

Great was the joy of the King.

شادی پادشاه عظیم بود.

He had visions of an heir to the throne.

او رؤیاهایی از وارث تاج و تخت داشت.

A never-ending succession of powerful monarchs.

جانشینی بی‌پایان پادشاهان قدرتمند.

He dreamt of how they perpetuated his dynasty.

او در خواب دید که چگونه آنها سلسله‌اش را جاودانه کردند.

These ideas floated before his mind.

این ایده‌ها مدام از ذهنش می‌گذشتند.

It made him the happiest he had ever been.

این باعث شد او تا به حال خوشحال‌ترین فرد تاریخ باشد.

Many ceremonies were performed for the occasion.

برای این مناسبت مراسم زیادی برگزار شد.

The people of the kingdom played loud music.

مردم پادشاهی موسیقی بلندی پخش می‌کردند.

The birth of a prince was a truly special event.

تولد یک شاهزاده واقعاً یک اتفاق ویژه بود.

Soon queen Suo gave birth to a son.

خیلی زود ملکه سوئو پسری به دنیا آورد.

He was more beautiful than anyone had imagined.

او زیباتر از آن چیزی بود که هر کسی تصور می‌کرد.

The King saw his son's face.

پادشاه چهره پسرش را دید.

And his heart leaped with joy.

و قلبش از شادی به تپش افتاد.

Soon the child ate his first rice.

خیلی زود کودک اولین برنجش را خورد.

Mukhe bhaat was celebrated with great joy.

موخه بهات با شادی فراوان جشن گرفته شد.

And the whole kingdom was filled with gladness.

و تمام قلمرو پادشاهی غرق در شادی شد.

Dalim Kumar grew up to be a fine boy.

دالیم کومار بزرگ شد و پسر خوبی شد.

There was one activity he particularly liked.

یک فعالیت بود که او به طور خاص دوست داشت.

He loved playing with the pigeons.

او عاشق بازی با کبوترها بود.

However, the pigeons often flew to Queen Duo.

با این حال، کبوترها اغلب به سمت کوئین دو پرواز می‌کردند.

Nobody knows why they did this.

هیچ کس نمی‌داند چرا این کار را کردند.

And they flew into her apartment.

و آنها به آپارتمان او پرواز کردند.

So Dalim Kumar often met Queen Duo.

بنابراین دالیم کومار اغلب با ملکه دوو ملاقات می کرد.

At first, she happily gave the pigeons back.

در ابتدا، او با خوشحالی کبوترها را پس داد.

But later she wasn't as willing to return the pigeons.

اما بعداً او دیگر حاضر نبود کبوترها را برگرداند.

She gave the pigeons up with some reluctance.

او با کمی اکراه کبوترها را رها کرد.

She felt she could use this to her advantage.

او احساس می‌کرد می‌تواند از این موضوع به نفع خودش استفاده کند.

She naturally hated the child.

او طبیعتاً از آن بچه متنفر بود.

Since Dalim's birth the king had neglected her.

از زمان تولد دالیم، پادشاه او را نادیده گرفته بود.

And the King idolized the mother of Dalim.

و پادشاه مادر دالیم را پرستش کرد.

Somehow, she had heard of the mendicant.

به نحوی، او اسم گدا را شنیده بود.

She heard he had given queen Suo a medicine.

او شنیده بود که او به ملکه سوئو دارویی داده است.

She had also heard about what he had said.

او هم حرف‌های او را شنیده بود.

There was a secret to the prince's life.

راز بزرگی در زندگی شاهزاده وجود داشت.

She had heard his life was bound to something.

شنیده بود که زندگی او به چیزی گره خورده است.

But she did not know what his life was bound to.

اما او نمی‌دانست که زندگی او به چه چیزی گره خورده است.

She was determined to get the secret.

او مصمم بود که راز را کشف کند.

Of course, the pigeons came back to her.

البته، کبوترها به سمت او برگشتند.

And the pigeons flew into her room again.

و کبوترها دوباره به اتاقش پرواز کردند.

This time she refused to give the pigeons back.

این بار او از پس دادن کبوترها خودداری کرد.

"I won't just give you your pigeon back"

«کبوترتو همینجوری پس نمیدم»

"First, you have to tell me something"

«اول، باید یه چیزی بهم بگی»

"What do you want, aunty?" the boy asked.

«پسر پرسید» :خاله، چی می‌خوای؟

"Oh, my darling, do not worry"

«اوه، عزیزم، نگران نباش»

"It's just a small thing I want"

‫»این فقط یه چیز کوچیکه که می‌خوام«‬

"I want to know where your life is hidden"

‫»می‌خواهم بدانم زندگی‌ات کجا پنهان شده است«‬

The boy was very confused by this.

‫پسر از این موضوع خیلی گیج شده بود.‬

"What is that, aunty?"

‫»اون چیه، خاله؟«‬

"Where can my life be, except in me?"

‫»زندگی من کجا می‌تواند باشد، جز در درون من؟«‬

"No, child, that is not what I meant"

‫»نه عزیزم، منظورم این نبود«‬

"A holy mendicant told your mother a secret"

‫»یک درویش مقدس رازی را به مادرت گفت«‬

"Your life is bound up with something"

‫»زندگی شما به چیزی گره خورده است«‬

"I wish to know what that thing is"

‫»می‌خواهم بدانم آن چیز چیست؟«‬

The boy was confused by what she said.

‫پسر از حرف‌های او گیج شده بود.‬

"I never heard of any such thing"

‫»من هرگز چنین چیزی نشنیده‌ام«‬

But Queen Duo insisted it was true.

‫اما کوئین دو اصرار داشت که این موضوع حقیقت دارد.‬

"Promise to find out from your mother"

‫»قول بده از مادرت بپرسی«‬

"Ask her where your life is hidden"

‫»از او بپرس زندگی‌ات کجا پنهان شده است«‬

"Then I will let you have the pigeons"

‫»پس کبوترها را به تو می‌دهم.«‬

"Otherwise, I will keep the pigeons"

‫»در غیر این صورت، کبوترها را نگه می‌دارم«‬

The boy wanted his pigeons back.

‫پسرک می‌خواست کبوترهایش را پس بگیرد.‬

So he agreed to get the information.

‫بنابراین او موافقت کرد که اطلاعات را دریافت کند.‬

But first she made him promise.

اما اول از او قول گرفت.

"Promise me you won't tell your mother"

«قول بده به مامانت نگی»

And the boy promised not to tell her.

و پسر قول داد که به او چیزی نگوید.

"I promise I won't tell my mum"

«قول می‌دهم به مادرم چیزی نگویم»

Queen Duo freed the prince's pigeons.

ملکه دو کبوترهای شاهزاده را آزاد کرد.

Dalim was overjoyed to have his birds again.

دالیم از اینکه دوباره پرندگانش را داشت، بسیار خوشحال بود.

And he forgot the entire conversation.

و کل مکالمه را فراموش کرد.

The next day Dalim was playing again.

روز بعد، دالیم دوباره مشغول بازی بود.

You can imagine what happened again.

می‌توانید تصور کنید که دوباره چه اتفاقی افتاد.

The pigeons flew to Queen Duo's apartment.

کبوترها به آپارتمان ملکه دو پرواز کردند.

And they flew into her room again.

و دوباره به اتاقش پرواز کردند.

Dalim went in to his stepmother's apartment.

دالیم به آپارتمان نامادری‌اش رفت.

And he asked her for the pigeons.

و از او کبوترها را خواست.

Of course she asked him for the information.

البته او از او اطلاعات را پرسید.

Dalim could not tell her where his life was hidden.

دالیم نمی‌توانست به او بگوید که زندگی‌اش کجا پنهان شده است.

"I promise I will ask her today"

«قول می‌دهم امروز از او بپرسم»

"But please can I have my pigeons"

«اما میشه لطفا کبوترهام رو داشته باشم؟»

She didn't give the pigeons back so quickly.

او کبوترها را به این سرعت پس نداد.

But, in the end, he got his pigeons again.

اما، در نهایت، او دوباره کبوترهایش را به دست آورد.

After playing, Dalim went to his mother.

بعد از بازی، دالیم پیش مادرش رفت.

"Mamma, please tell me where my life is hidden"

»مامان، لطفا بهم بگو زندگیم کجا پنهان شده«

"What do you mean, child?" asked the mother.

»مادر پرسید«: منظورت چیست، دخترم؟

She was astonished at the question.

او از این سوال شگفت زده شد.

Why would her child ask her this?

چرا فرزندش باید این را از او بپرسد؟

"Yes, mamma," replied the child.

بله، مامان، »کودک پاسخ داد.«

"I have heard of a holy mendicant"

»من درباره یک درویش مقدس شنیده‌ام«

"He told you something about my life"

»او چیزی در مورد زندگی من به شما گفت«

"He said my life is hidden in something"

»او گفت زندگی من در چیزی پنهان است«

"Tell me what that thing is"

»به من بگو آن چیز چیست؟«

"My child, my darling, my treasure"

»فرزندم، عزیزم، گنج من«

"My golden moon," his mother pleaded.

مادرش التماس کرد»: ماه طلایی من«-

"Do not ask such a question"

»چنین سوالی نپرس«

"Cover my enemies' mouths with ashes"

»دهان دشمنانم را با خاکستر بپوشانید«

"Let my Dalim live forever," she begged.

»او التماس کرد«: بگذار دالیم من تا ابد زنده بماند.

But the child insisted on knowing the secret.

اما کودک اصرار داشت که راز را بداند.

He refused to eat or drink until he knew.

او تا زمانی که متوجه نشد، از خوردن و آشامیدن خودداری کرد.

Queen Suo had no choice but to tell him.

ملکه سو چاره‌ای جز گفتن به او نداشت.

Eventually she told him the secret of his life.

بالاخره راز زندگی‌اش را برایش فاش کرد.

The next day Dalim was playing again.

روز بعد، دالیم دوباره مشغول بازی بود.

You can imagine where the pigeons flew.

می‌توانید تصور کنید که کبوترها کجا پرواز می‌کردند.

Dalim chased after the birds into the apartment.

دالیم پرنده‌ها را تا داخل آپارتمان تعقیب کرد.

His stepmother told him many sweet words.

نامادری‌اش حرف‌های شیرین زیادی به او گفت.

And finally, she got his secret from him.

و بالاخره، رازش را از او فهمید.

She wasted no time to start her wicked plan.

او وقت را برای شروع نقشه شوم خود تلف نکرد.

And she gave orders to her servants.

و به خدمتکارانش دستور داد.

“Get some dried stalk from the hemp plant”

«مقداری ساقه خشک شده از گیاه شاهدانه تهیه کنید»

“Make sure the stalks are very brittle”

«مطمئن شوید که ساقه‌ها خیلی ترد و شکننده هستند»

Brittle hemp stalks make a cracking sound.

ساقه‌های شکننده‌ی کنف صدای ترق تروق می‌دهند.

The sound is similar to the cracking of joints.

این صدا شبیه صدای شکستن مفاصل است.

And it sounds like the bones of old people.

و صدایی شبیه استخوان‌های افراد مسن دارد.

She put the brittle hemp stalks under her bed.

او ساقه‌های شکننده‌ی کنف را زیر تختش گذاشت.

And then she lied on her bed.

و سپس روی تختش دراز کشید.

She wanted to test the hemp stalks.

او می‌خواست ساقه‌های کنف را آزمایش کند.

The stalks cracked just as much as she wanted.

ساقه‌ها درست همانطور که او می‌خواست، ترک خوردند.

She was satisfied with how her plan was going.

او از نحوه‌ی پیشرفت نقشه‌اش راضی بود.

She gave more orders to her servants.

او به خدمتکارانش دستورهای بیشتری داد.

"Tell the King I am very ill"

«به پادشاه بگویید که من بسیار بیمار هستم»

"He must come to see me immediately"

«او باید فوراً به دیدن من بیاید»

The king did not love this queen.

پادشاه این ملکه را دوست نداشت.

But he still had a duty to care for her.

اما او هنوز وظیفه داشت از او مراقبت کند.

If she was ill, he had to look after her.

اگر او بیمار بود، او باید از او مراقبت می‌کرد.

The King came to her bedroom.

پادشاه به اتاق خواب او آمد.

She rolled on the bed in pain.

از درد روی تخت غلتید.

The King heard the cracking of her bones.

پادشاه صدای شکستن استخوان‌هایش را شنید.

He ordered his best physician to attend her.

او به بهترین پزشک خود دستور داد تا او را معاینه کند.

But the queen had thought of this.

اما ملکه به این فکر کرده بود.

She had already spoken with the physician.

او قبلاً با پزشک صحبت کرده بود.

"There is only one remedy," he told the king.

«او به پادشاه گفت»: فقط یک راه چاره وجود دارد.

"There's a pond in front of the palace"

«جلوی کاخ برکه‌ای هست»

"In the pond there's a large Boal fish"

«توی برکه یه ماهی بزرگ از نژاد بول هست»

"The remedy is in that fish"

«درمان در آن ماهی است»

So the king let the physician catch the fish.

بنابراین پادشاه اجازه داد که پزشک ماهی را بگیرد.

Meanwhile Dalim was busy playing.

در همین حال، دالیم مشغول بازی بود.

He knew nothing of his aunt's illness.

او از بیماری عمه‌اش چیزی نمی‌دانست.

The fish was taken out the water.

ماهی را از آب بیرون آوردند.

Dalim fell to the ground immediately.

فوراً روی زمین افتاد .

He flopped around on the floor.

او روی زمین ولو شد.

And he could not breathe.

و او نمی‌توانست نفس بکشد.

The guards immediately noticed.

نگهبانان فوراً متوجه شدند.

Dalim was taken to his mother's room.

دالیم را به اتاق مادرش بردند.

And the King was informed of his son.

و پادشاه از پسرش مطلع شد.

He couldn't believe his son's illness.

باورش نمی‌شد پسرش بیمار شده باشد.

The fish was taken to Queen Duo.

ماهی را پیش ملکه دو بردند.

Queen Duo was being saved.

ملکه دوئو نجات می‌یافت.

At the same time Dalim was dying.

در همان زمان دالیم در حال مرگ بود.

The fish was cut open.

ماهی از وسط پاره شد.

And they found the wooden box.

و آنها جعبه چوبی را پیدا کردند.

In the box lay a necklace of gold.

توی جعبه یه گردنبند طلا بود.

Queen Duo put on the necklace.

ملکه دو گردنبند را به گردن انداخت.

And Dalim died at the very same moment.

و دالیم در همان لحظه درگذشت.

News of the tragedy reached the king.

خبر این فاجعه به گوش پادشاه رسید.

He was plunged into an ocean of grief.

او در اقیانوسی از غم و اندوه غوطه‌ور بود.

News of Queen Duo's recovery did not help.

اخبار مربوط به بهبودی کوئین دو کمکی نکرد.

He wept painful and bitter tears.

او اشک‌های دردناک و تلخی می‌ریخت.

No one thought he would recover.

هیچ کس فکر نمی‌کرد که او بهبود یابد.

He could not bear to bury his son.

او طاقت نیاورد پسرش را به خاک بسپارد.

Nor did he allow his body to be burned.

و اجازه نداد جسدش را بسوزانند.

He could not accept that his son had died.

او نمی‌توانست بپذیرد که پسرش مرده است.

His death was so sudden and senseless.

مرگش خیلی ناگهانی و بی‌معنی بود.

He had the dead body moved to a garden-houses.

او جسد را به یک خانه باغ منتقل کرد.

This garden-house was in the suburbs.

این خانه باغ در حومه شهر بود.

Here his son was laid in state.

در اینجا پسرش به خاک سپرده شد.

All sorts of provisions were put there.

انواع و اقسام آذوقه آنجا گذاشته شده بود.

Although everyone knew it was unnecessary.

اگرچه همه می‌دانستند که این کار غیرضروری است.

The young boy did not need food anymore.

پسر جوان دیگر به غذا احتیاج نداشت.

The house was kept locked day and night.

خانه شب و روز قفل بود.

Dalim had had one very close friend.

داليم يک دوست بسيار صميمی داشت.

Only this friend was allowed to visit.

فقط به اين دوست اجازه ملاقات داده شد.

He was the son of the prime minister.

او پسر نخست وزير بود.

He was entrusted with the key of the house.

کليد خانه به او سپرده شد.

Once a day he could visit his dead friend.

روزی يک بار می‌توانست به ديدن دوست فوت شده‌اش برود.

Queen Suo retired after the loss of her son.

ملکه سو پس از از دست دادن پسرش بازنشسته شد.

Now the King spent the nights with Queen Duo.

حالا پادشاه شب‌ها را با ملکه دو می‌گذراند.

The Queen wanted to avoid suspicion.

ملکه می‌خواست از سوءظن جلوگيری کند.

So she took the necklace off at night.

بنابراين او گردنبند را شبانه از گردنش درآورد.

But Dalim's life was tied to the necklace.

اما زندگی داليم به گردنبند بسته بود.

And his death was not so simple.

و مرگ او به اين سادگی نبود.

He was dead when the queen wore the necklace.

وقتی ملکه گردنبند را به گردن داشت، او مرده بود.

But when she took the necklace off, he returned to life.

اما وقتی گردنبند را از گردنش برداشت، او دوباره زنده شد.

And so he returned to life every night.

و به اين ترتيب او هر شب به زندگی بازمی‌گشت.

Every morning she put the necklace on again.

هر روز صبح دوباره گردنبند را به گردنش می‌بست.

And so, he died again every morning.

و بدين ترتيب، او هر روز صبح دوباره می‌مرد.

At night he ate whatever food he liked.

شب‌ها هر غذايی که دوست داشت می‌خورد.

Because there was plenty of food for him.

چون غذای کافی برایش وجود داشت.

He walked around in the premises.

او در محوطه قدم می‌زد.

And he meditated on the strangeness of his life.

و او در مورد شگفتی‌های زندگی‌اش تأمل کرد.

Dalim's friend only visited him during the day.

دوست دالیم فقط در طول روز به او سر می‌زد.

So he always saw him as a lifeless corpse.

بنابراین همیشه او را همچون جسدی بی جان می دید.

But his body never seemed to change.

اما به نظر نمی‌رسید که بدنش هرگز تغییر کند.

There was no sign of putrefaction.

هیچ نشانه‌ای از پوسیدگی وجود نداشت.

The body was lifeless and pale.

جسد بی‌جان و رنگ‌پریده بود.

But there were no symptoms of death.

اما هیچ علائمی از مرگ وجود نداشت.

It all seemed too strange for him.

همه چیز برایش بیش از حد عجیب به نظر می‌رسید.

So he decided to watch the corpse more closely.

بنابراین تصمیم گرفت جسد را با دقت بیشتری زیر نظر بگیرد.

And he visited his friend at night.

و شب به دیدار دوستش رفت.

He was astonished at what he saw that night.

او از آنچه آن شب دید، شگفت‌زده شد.

His dead friend was walking about in the garden.

دوست مرحومش در باغ قدم می‌زد.

At first, he thought Dalim might be a ghost.

در ابتدا، او فکر کرد که دالیم ممکن است یک روح باشد.

So he went to see if he could touch him.

پس رفت تا ببیند آیا می‌تواند او را لمس کند یا نه.

And then he saw it was really his friend.

و بعد دید که واقعاً دوستش است.

Dalim told his friend everything that had happened.

دالیم تمام اتفاقات را برای دوستش تعریف کرد.

He told him all the circumstances of his death.

او تمام شرایط مرگش را برایش تعریف کرد۔

And soon they solved the mystery.

و خیلی زود آنها معما را حل کردند۔

They understood why he revived only at night.

آنها فهمیدند که چرا او فقط شب‌ها به هوش می‌آید۔

Every night the king came to see Queen Duo.

هر شب پادشاه به دیدن ملکه دوئو می‌آمد۔

When the King visited, she took off her necklace.

وقتی پادشاه به ملاقاتش آمد، او گردنبندش را درآورد۔

The life of the prince depended on the necklace.

زندگی شاهزاده به گردنبند بستگی داشت۔

So the two friends worked on a plan.

بنابراین دو دوست روی یک نقشه کار کردند۔

Night after night they consulted together.

شب به شب با هم مشورت می‌کردند۔

But they could not think of any feasible scheme.

اما آنها نتوانستند هیچ طرح عملی و قابل اجرایی را تصور کنند۔

Eventually the Gods must have taken pity.

بالاخره خدایان باید رحم کرده باشند۔

And they decided to free Dalim.

و آنها تصمیم گرفتند دالیم را آزاد کنند۔

But we must understand how the Gods work.

اما ما باید بفهمیم که خدایان چگونه کار می‌کنند۔

These things are planned long before.

این کارها از مدت‌ها قبل برنامه‌ریزی شده است۔

The sister of Bidhata-Purusha had had a daughter.

خواهر بیدهتا پوروشا یک دختر داشت۔

Bidhata-Purusha was a great fortune teller.

یک فالگیر بزرگ بود۔ Bidhata-Purusha

He had written something on the child's forehead.

او چیزی روی پیشانی کودک نوشته بود۔

"This child will marry the dead bridegroom"

«این کودک با داماد مرده ازدواج خواهد کرد»

Her mother was very saddened by this.

مادرش از این بابت خیلی ناراحت شد۔

She did not want this destiny for her daughter.

او این سرنوشت را برای دخترش نمی‌خواست.

But she could not argue with him.

اما او نمی‌توانست با او بحث کند.

He never changed what he had written.

او هرگز آنچه را که نوشته بود تغییر نداد.

The child became exceedingly beautiful.

کودک فوق‌العاده زیبا شد.

But the mother could not take any pleasure in this.

اما مادر نمی‌توانست از این موضوع لذت ببرد.

Because she knew the destiny of her child.

چون از سرنوشت فرزندش خبر داشت.

Eventually the girl came to marriageable age.

بالاخره دختر به سن ازدواج رسید.

She had to find a way to avoid her fate.

او باید راهی برای جلوگیری از سرنوشت شومش پیدا می‌کرد.

So the mother fled the country with her child.

بنابراین مادر به همراه فرزندش از کشور فرار کرد.

Perhaps she could avoid her dreadful destiny.

شاید می‌توانست از سرنوشت شومش جلوگیری کند.

But what was written was written.

اما آنچه نوشته شده بود، نوشته شده بود.

And fate cannot be overruled like this.

و سرنوشت را نمی‌توان اینگونه نادیده گرفت.

Together they journeyed through the land.

آنها با هم در سرزمین سفر کردند.

You can imagine how fate was working.

می‌توانید تصور کنید که سرنوشت چگونه رقم خورده بود.

They wandered past Dalim's resting place.

آنها از کنار محل استراحت دالیم گذشتند.

The shade of the evening was approaching.

سایه‌ی شامگاه نزدیک می‌شد.

"Mother, I am thirsty," said her child.

«فرزندش گفت» :مادر، من تشنه‌ام.

"Sit at this gate," replied her mother.

«مادرش پاسخ داد» :کنار این دروازه بنشین.

"I will search for water in the village"

«من در روستا به دنبال آب خواهم گشت»

The girl was curious about the garden.

دخترک در مورد باغ کنجکاو بود.

And in the garden she saw strange house.

و در باغ خانه عجیبی دید.

She pushed the gate, which opened itself.

او دروازه را هل داد که خودش باز شد.

When she went in, she saw a beautiful palace.

وقتی وارد شد، قصر زیبایی دید.

But she had an uneasy feeling about the palace.

اما او نسبت به قصر احساس ناخوشایندی داشت.

However, the door had shut itself.

با این حال، در خود به خود بسته شده بود.

So she had no way of getting out.

بنابراین او هیچ راهی برای خروج نداشت.

When night came the prince revived.

وقتی شب فرا رسید، شاهزاده دوباره به هوش آمد.

As usual, he walked around in the garden.

طبق معمول، در باغ قدم می‌زد.

But this time he saw a female figure.

اما این بار او یک چهره زنانه را دید.

The figure was standing near the gate.

آن پیکر نزدیک دروازه ایستاده بود.

Soon he saw that it was a girl.

خیلی زود دید که یک دختر است.

And he saw she was of unsurpassed beauty.

و او دید که او از زیبایی بی‌نظیری برخوردار است.

"Who are you?" he asked her.

«از او پرسید» :تو کیستی؟

She told Dalim everything that had happened.

او هر اتفاقی را که افتاده بود برای دالیم تعریف کرد.

All the details of her little history.

تمام جزئیات تاریخچه کوچک او.

"My uncle is the divine Bidhata-Purusha"

"عموی من بیدهتا پوروشا الهی است"

"He wrote on my forehead at birth"

»او هنگام تولد روی پیشانی من نوشت«

"This child will marry the dead bridegroom"

»این کودک با داماد مرده ازدواج خواهد کرد«

"My mother did not want that life for me"

»مادرم آن زندگی را برای من نمی‌خواست«

"So we left our house and city"

»پس ما خانه و شهرمان را ترک کردیم«

"And we wandered through the country"

»و ما در سراسر کشور پرسه زدیم«

"We had come to the gate of your palace"

»ما به دروازه قصر تو آمده بودیم«

"After our journey I was thirsty"

»بعد از سفرمان تشنه بودم«

"So my mother went to look for water"

»پس مادرم رفت دنبال آب«

"And now I am standing here before you"

»و حالا من اینجا روبروی شما ایستاده‌ام«

Dalim Kumar knew the meaning of the story.

دالیم کومار معنی داستان را می‌دانست.

"I am the dead bridegroom," he told the girl.

»او به دختر گفت«: من داماد مرده هستم.

"It is me who you will marry"

»با من ازدواج خواهی کرد«

"Come with me to the house," he asked of her.

»از او پرسید«: با من به خانه بیا.

But the girl wasn't so easily persuaded.

اما دختر به این راحتی‌ها قانع نمی‌شد.

"You are standing and speaking to me"

»تو ایستاده‌ای و با من صحبت می‌کنی«

"How can you be the dead bridegroom?"

»چطور می‌توانی دامادِ مرده باشی؟«

The prince understood her objection.

شاهزاده اعتراض او را درک کرد.

"You will understand it afterwards"

«بعداً می‌فهمی»

The girl followed the prince into the house.

دختر به دنبال شاهزاده وارد خانه شد.

She had been fasting the whole day.

او تمام روز را روزه گرفته بود.

So the prince gave her wonderful food.

بنابراین شاهزاده غذای فوق‌العاده‌ای به او داد.

Meanwhile, the girl's mother had come back.

در همین حال، مادر دختر برگشته بود.

She was standing at the gates of the garden.

او کنار دروازه باغ ایستاده بود.

But her daughter was not there anymore.

اما دخترش دیگر آنجا نبود.

She cried out for her daughter.

او برای دخترش گریه می‌کرد.

But she got no reply from her daughter.

اما او هیچ پاسخی از دخترش دریافت نکرد.

So she went looking for her in the village.

بنابراین او به دنبال او در روستا رفت.

As usual, Dalim's friend came that night.

طبق معمول، آن شب هم دوست دالیم آمد.

Dalim was still entertaining his guest.

دالیم هنوز داشت از مهمانش پذیرایی می‌کرد.

He was not expecting to see a stranger.

انتظار دیدن غریبه‌ای را نداشت.

And the girl retold him her story.

و دختر داستان خود را برایش تعریف کرد.

You can imagine his surprise when she told him.

می‌توانید تعجبش را وقتی که او این را به او گفت، تصور کنید.

He was able to confirm Dalim's story.

او توانست داستان دالیم را تأیید کند.

Soon they had all accepted destiny.

خیلی زود همه آنها سرنوشت را پذیرفتند.

That night they fulfilled their fates.

آن شب آنها سرنوشت خود را به انجام رساندند.

They decided to unite the couple in matrimony.

آنها تصمیم گرفتند که این زوج را در ازدواج متحد کنند.

It was going to be impossible to get a priest.

پیدا کردن یک کشیش غیرممکن بود.

So Dalim's friend performed the hymeneal rites.

بنابراین دوست دالیم مراسم هیمنال را انجام داد.

The friend of the bridegroom left the palace.

دوست داماد از قصر بیرون رفت.

The newly-weds had the palace to themselves.

تازه عروس و داماد کاخ را برای خودشان داشتند.

The happy couple did not sleep much that night.

آن شب زوج خوشبخت زیاد نخوابیدند.

So it was long after sunrise that they woke up.

بنابراین مدت زیادی از طلوع آفتاب گذشته بود که آنها از خواب بیدار شدند.

Of course it was only the young wife that woke up.

البته فقط همسر جوانش از خواب بیدار شد.

The prince had become a cold corpse again.

شاهزاده دوباره به یک جسد سرد تبدیل شده بود.

The queen had put on her necklace.

ملکه گردنبندش را انداخته بود.

And life had departed from him again.

و زندگی دوباره از او رخت بربسته بود.

You can imagine how the young wife felt.

می‌توانید تصور کنید که همسر جوان چه احساسی داشت.

She shook her husband to try and wake him.

او شوهرش را تکان داد تا سعی کند او را بیدار کند.

She kissed him on his cold lips.

بوسه‌ای بر لب‌های سردش زد.

But all her efforts were in vain.

اما تمام تلاش‌های او بی‌فایده بود.

He was as lifeless as a marble statue.

او مانند یک مجسمه مرمری بی‌جان بود.

The young wife was stricken with horror.

همسر جوان وحشت‌زده شد.

She smote her breast with her fists.

با مشت‌هایش به سینه‌اش کوبید.

She struck her forehead with her palms.

با کف دست‌هایش به پیشانی‌اش کوبید.

And she tore her hair from her head.

و موهایش را از سرش کند.

She ran through the garden like a mad woman.

او مثل یک زن دیوانه در باغ دوید.

Dalim's friend did not come during the day.

دوست دالیم در طول روز نیامد.

He did not want to see his friend this way.

دلش نمی‌خواست دوستش را در این حال ببیند.

The poor girl did not know what to do.

دختر بیچاره نمی‌دانست چه کار کند.

Time could not pass quickly enough.

زمان نمی‌توانست به اندازه کافی سریع بگذرد.

The day seemed as long as a year.

آن روز به اندازه یک سال طولانی به نظر می‌رسید.

But the even longest day has its end.

اما حتی طولانی‌ترین روز هم پایانی دارد.

The shades of evening were descending.

سایه‌های شامگاهی در حال فروکش کردن بودند.

Her dead husband was awakened into consciousness.

شوهر مرده‌اش به هوش آمد.

He rose up from his bed again.

دوباره از رختخوابش بلند شد.

And he embraced his new wife.

و همسر جدیدش را در آغوش گرفت.

Again they ate, drank, and became merry.

دوباره آنها خوردند، نوشیدند و شادمان شدند.

His friend made his usual appearance.

دوستش طبق معمول ظاهر شد.

And the whole night was spent celebrating.

و تمام شب به جشن و پایکوبی گذشت.

They spent the next seven years this way.

آنها هفت سال بعدی را به این ترتیب گذراندند.

During the day Dalim was lifeless.

در طول روز، داليم بی‌جان بود.

But at night he came to life.

اما شب هنگام او زنده شد.

And their life was quite usual.

و زندگی آنها کاملاً عادی بود.

The princess gave her husband two lovely boys.

شاهزاده خانم به شوهرش دو پسر دوست داشتنی داد.

They were the exact image of their father.

آنها دقیقاً تصویر پدرشان بودند.

Of course the king and Queens did not know.

البته پادشاه و ملکه نمی‌دانستند.

They did not know they were grandparents.

آنها نمی‌دانستند که پدربزرگ و مادربزرگ هستند.

And they did not know Dalim was alive.

و آنها نمی‌دانستند داليم زنده است.

To be precise I should say he was alive at night.

دقیق‌تر بگویم، باید بگویم که او شب‌ها زنده بود.

They all thought he had long been dead.

همه آنها فکر می‌کردند که او مدت‌هاست مرده است.

They assumed his corpse would now be gone.

آنها فرض کردند که جسد او اکنون ناپدید شده است.

But the heart of Dalim s wife was yearning.

اما قلب همسر داليم پر از حسرت بود.

She wanted nothing more than her mother-in-law.

او چیزی جز مادرشوهرش نمی‌خواست.

Over the years she had come up with a plan.

در طول سال‌ها، او نقشه‌ای کشیده بود.

Perhaps she could see her mother-in-law.

شاید می‌توانست مادرشوهرش را ببیند.

Maybe they could get hold of the necklace.

شاید آنها بتوانند گردنبند را بگیرند.

She asked for the consent of her husband.

او رضایت شوهرش را خواست.

And he allowed her to disguise herself.

و به او اجازه داد تا خود را بپوشاند.

She took on the appearance of a female barber.

او ظاهر یک آرایشگر زن را به خود گرفت.

Like every female barber, she needed equipment.

مانند هر آرایشگر زن دیگری، او به تجهیزات نیاز داشت.

She took the following tools;

او ابزارهای زیر را برداشت؛

An iron instrument for preparing finger nails.

وسیله‌ای آهنی برای آماده کردن ناخن‌های دست.

Another iron instrument for scraping the feet.

وسیله آهنی دیگری برای خراشیدن پا.

A piece of burnt jhama brick.

یک تکه آجر جامه سوخته.

For rubbing the soles of the feet.

برای مالیدن کف پا.

And paint for the edges of the feet.

و برای لبه‌های پاها رنگ بزنید.

She took all her tools with her.

تمام وسایلش را با خودش برد.

And she stood at the gate of the King's palace.

و او در دروازه کاخ پادشاه ایستاده بود.

I forgot something else she brought.

یه چیز دیگه هم که آورده بود یادم رفت.

She had come with her two sons.

با دو پسرش آمده بود.

She spoke with the guards.

او با نگهبانان صحبت کرد.

"I work as a barber"

«من به عنوان آرایشگر کار می‌کنم»

"I have come to offer my services"

«من آمده‌ام تا خدماتم را ارائه دهم»

"I desire to see Queen Suo"

«آرزو دارم ملکه سوئو را ببینم»

Queen Suo quickly gave her an interview.

ملکه سو به سرعت با او مصاحبه‌ای ترتیب داد.

The queen was quite fond of the two little boys.

ملکه به دو پسر کوچک علاقه‌ی زیادی داشت.

They strangely reminded her of her own son.

آنها به طرز عجیبی او را به یاد پسر خودش می‌انداختند.

And she remembered her lost treasure.

و گنج گمشده‌اش را به یاد آورد.

Tears fell profusely from her eyes.

اشک از چشمانش به شدت سرازیر شد.

She had not the remotest idea who they were.

او کوچکترین ایده‌ای نداشت که آنها چه کسانی هستند.

Of course we know who they are.

البته ما می‌دانیم آنها چه کسانی هستند.

The two little boys are her grandsons.

آن دو پسر کوچک، نوه‌های او هستند.

She spoke to the barber.

با آرایشگر صحبت کرد.

"My son died when he was young"

«پسرم وقتی کوچک بود مرد»

"I have given up these vanities"

«من از این کارهای بیهوده دست کشیده‌ام»

"I stopped having my feet ceremoniously dyed"

«دیگر پاهایم را با تشریفات رنگ نمی‌کردم»

"But I would be glad to see your two fine boys"

«اما خوشحال می‌شوم دو پسر خوبتان را ببینم.»

The barber agreed to let Queen Suo see her boys.

آرایشگر موافقت کرد که ملکه سوئو پسرانش را ببیند.

But she had one question before she went.

اما قبل از رفتن یک سوال داشت.

"Are there other ladies in the palace?

«خانم‌های دیگه‌ای هم تو قصر هستن؟»

"Someone else I could provide my service to"

«شخص دیگری که بتوانم خدماتم را به او ارائه دهم»

She was told there was another queen.

به او گفته شد که ملکه دیگری هم وجود دارد.

And she was also allowed to go to that queen.

و او نیز اجازه یافت که نزد آن ملکه برود.

Queen Duo allowed her to prepare her nails.

ملکه دو به او اجازه داد تا ناخن‌هایش را آماده کند.

And she was allowed to scrape her feet.

و به او اجازه داده شد که پاهایش را خراش دهد۔

She painted her feet with alakta.

او پاهایش را با آلاکتا رنگ کرد۔

And the queen was very pleased with her skill.

و ملکه از مهارت او بسیار راضی بود۔

She also enjoyed the sweetness of her disposition.

او همچنین از شیرینی طبعش لذت می‌برد۔

So she booked to have more of her services.

بنابراین او رزرو کرد تا از خدمات بیشتری برخوردار شود۔

The female barber had come for something else.

آرایشگر زن برای کار دیگری آمده بود۔

And she quickly noticed the necklace.

و او به سرعت متوجه گردنبند شد۔

The necklace was around the Queen's neck.

گردنبند دور گردن ملکه بود۔

The day of her second visit had come.

روز دومین ملاقاتش فرا رسیده بود۔

She gave her eldest son the instructions.

او به پسر بزرگش دستور داد۔

"We are going into the palace again"

«ما دوباره به قصر می‌رویم»

"When in the palace you have to cry"

«وقتی در قصر هستی، باید گریه کنی»

"Say you would like the queen's necklace"

«بگو گردنبند ملکه را می‌خواهی»

"Don't stop crying until you have her necklace"

«تا گردنبندش را نگرفته‌ای، گریه کردن را متوقف نکن»

The female barber went to queen Duo's apartment.

آرایشگر زن به آپارتمان ملکه دو رفت۔

Soon the elder boy started to cry.

خیلی زود پسر بزرگتر شروع به گریه کرد۔

The boy acted his role well.

پسر نقشش را به خوبی بازی کرد۔

Nothing would console the boy.

هیچ چیز پسر را تسلی نمی داد.

"What is wrong?" Queen Duo asked.

«چی شده؟»

They boy could hardly speak.

آن پسر به سختی می‌توانست صحبت کند.

"Your necklace is so beautiful"

«گردنبندت خیلی قشنگه»

And he continued to sob.

و به هق هق گریه کردن ادامه داد.

"Can I please hold the necklace?"

«می‌تونم لطفاً گردنبند رو نگه دارم؟»

Queen Duo did not want to let him.

ملکه دو نمی خواست به او اجازه دهد.

"I cannot part with my necklace"

«نمی‌توانم از گردنبندم جدا شوم»

"It is my most valuable jewel"

«این باارزش‌ترین جواهر من است»

But the boy did not stop crying.

اما پسرک دست از گریه کردن برنمی داشت.

So she took the necklace off her neck.

پس گردنبند را از گردنش بیرون آورد.

And she put the necklace into the boy's hand.

و گردنبند را در دست پسر گذاشت.

The boy quickly stopped crying.

پسرک سریع گریه‌اش را قطع کرد.

And he held the necklace in his hand.

و گردنبند را در دستش گرفت.

The female barber had finished her work.

آرایشگر زن کارش را تمام کرده بود.

She was packing up her tools.

داشت وسایلش را جمع می‌کرد.

And she was about to leave the palace.

و او آماده بود تا از قصر خارج شود.

So the queen wanted the necklace back.

بنابراین ملکه گردنبند را پس خواست.

But the boy would not let her have the necklace.

اما پسرک اجازه نداد گردنبند را به او بدهد.

His mother attempted to snatch the necklace from him.

مادرش سعی کرد گردنبند را از او بگیرد.

But he wept bitterly when she tried.

اما وقتی او تلاش کرد، او به تلخی گریه کرد.

And he cried as if his heart would break.

و چنان گریه کرد که انگار دلش می‌خواست از جا بکند.

The female barber politely asked the queen;

آرایشگر زن مودبانه از ملکه پرسید؛

"Please let the boy take the necklace home"

«لطفاً بگذارید پسر گردنبند را به خانه ببرد.»

"He will fall asleep after drinking his milk"

«بعد از خوردن شیر خوابش می‌برد»

"And then I will bring your necklace back"

«و بعد گردنبندت را پس می‌دهم»

She could see she had no choice.

او می‌توانست ببیند که چاره‌ی دیگری ندارد.

The boy would not allow her to take the necklace.

پسرک اجازه نداد گردنبند را بردارد.

So she agreed to the proposal.

بنابراین او با این پیشنهاد موافقت کرد.

"Dalim must now be long dead," she thought.

«با خودش فکر کرد» :دالیم حالا حتماً خیلی وقت است که مرده است.

And she had nothing to worry about.

و او هیچ نگرانی نداشت.

The princess had the prized necklace.

شاهزاده خانم گردنبند گرانبها را داشت.

The treasure bound to her husband's life.

گنجی که به زندگی شوهرش گره خورده بود.

She rushed back to the garden-house.

او با عجله به خانه باغ برگشت.

And she gave the necklace to Dalim.

و گردنبند را به دالیم داد.

Dalim had been alive all morning.

دالیم تمام صبح زنده مانده بود.

It was the first time he saw the sun again.

این اولین باری بود که دوباره خورشید را می‌دید.

Their joy of his life knew no bounds.

شادی آنها از زندگی او حد و مرزی نمی‌شناخت.

Their friend advised them to go to the palace.

دوستشان به آنها توصیه کرد که به قصر بروند.

"Go to the palace tomorrow"

«فردا برو به قصر»

"Present yourselves to the King and Queen"

«خودتان را به پادشاه و ملکه معرفی کنید»

"Let them know you're alive and well"

«به آنها اطلاع بده که زنده و سالم هستی»

The couple accepted their friend's advice.

آن زوج نصیحت دوستشان را پذیرفتند.

And they prepared everything for their arrival.

و همه چیز را برای آمدنشان آماده کردند.

An elephant was brought for the prince.

یک فیل برای شاهزاده آوردند.

A pair of ponies were brought for the boys.

یک جفت اسبچه برای پسرها آورده شد.

And there was a grand chaturdala.

و یک چاتورداالای باشکوه وجود داشت.

It was furnished with curtains of gold lace.

با پرده‌های توری طلایی تزیین شده بود.

Word was sent to the king and Queen Suo.

خبر به پادشاه و ملکه سوئو ارسال شد.

"Prince Dalim Kumar is alive and well"

«شاهزاده دالیم کومار زنده و سلامت است»

"And he is coming to visit you"

«و او به دیدار تو می‌آید»

"Now he has a wife and two sons"

« حالا او یک همسر و دو پسر دارد»

The King and Queen Suo could hardly believe it.

پادشاه و ملکه سو به سختی می‌توانستند این را باور کنند.

But they were assured that it was all true.

اما به آنها اطمینان داده شد که همه چیز درست است.

Queen Duo quickly realized her predicament.

ملکه دو به سرعت متوجه مخمصه خود شد.

And she became overwhelmed with grief.

و او غرق در غم و اندوه شد.

A band of musicians followed the prince.

گروهی از نوازندگان شاهزاده را دنبال کردند.

Prince Dalim Kumar approached the palace-gate.

شاهزاده دالیم کومار به دروازه کاخ نزدیک شد.

The King and Queen Suo went to the gates.

پادشاه و ملکه سوئو به سمت دروازه‌ها رفتند.

And they welcomed their long-lost son.

و آنها از پسر گمشده‌شان استقبال کردند.

You can imagine how happy they were.

می‌توانید تصور کنید که چقدر خوشحال شدند.

Dalim told his parents of his death.

دالیم خبر مرگش را به پدر و مادرش داد.

He told them of the pond by the palace.

او برایشان از برکه‌ی کنار قصر گفت.

And he told them of the fish in the pond.

و او برایشان از ماهی‌های برکه گفت.

He told them of the wooden box in the fish.

او از جعبه چوبی داخل ماهی برایشان گفت.

He told them of the necklace in the wooden box.

او ماجرای گردنبند توی جعبه چوبی را برایشان تعریف کرد.

And he told them the secret of his life.

و راز زندگی‌اش را برایشان گفت.

He told them how he died each night.

او هر شب برایشان تعریف می‌کرد که چگونه مرده است.

Of course he also mentioned his new wife.

البته او از همسر جدیدش هم نام برد.

The king was inflamed with rage at the news.

پادشاه از شنیدن این خبر، خشم و غضب خود را فرو خورد.

He ordered Queen Duo into his presence.

او ملکه دو را به حضور خود فراخواند.

A large hole was dug in the ground.

گودال بزرگی در زمین کنده شد.

The hole was as deep as the height of a man.

گودال به اندازه قد یک انسان عمیق بود.

Queen Duo was made to stand in the hole.

ملکه دوئو مجبور شد در سوراخ بایستد.

Prickly thorns were heaped around her.

خارهای خاردار دورش انباشته شده بودند.

The thorns went up to the crown of her head.

خارها تا فرق سرش بالا رفته بودند.

And in this manner she was buried alive.

و به این ترتیب او را زنده به گور کردند.

Phakir Chand
فاکیر چاند

There was once a king, who had a son.

روزی روزگاری پادشاهی بود که پسری داشت.

The king's minister also had a son.

وزیر پادشاه نیز پسری داشت.

The two sons loved each other dearly.

دو پسر، عاشقانه یکدیگر را دوست داشتند.

And they did everything together.

و همه کارها را با هم انجام می‌دادند.

The two sons sat and stood up together.

دو پسر با هم نشست و برخاست می‌کردند.

They walked together to the same places.

آنها با هم به همان مکان‌ها رفتند.

They ate their meals together.

آنها غذایشان را با هم خوردند.

They slept and got up together.

با هم خوابیدند و با هم بیدار شدند.

They spent years in each other's company.

آنها سال‌ها را در کنار یکدیگر گذراندند.

One day they both felt a new desire.

روزی هر دو میل جدیدی را احساس کردند.

They wanted to see foreign lands.

آنها می‌خواستند سرزمین‌های خارجی را ببینند.

And so they set out on their journey.

و به این ترتیب آنها سفر خود را آغاز کردند.

One of them was the son of a king.

یکی از آنها پسر پادشاه بود.

One of them was the son of his chief minister.

یکی از آنها پسر وزیر اعظم او بود.

So of course they were both quite rich.

بنابراین، مسلماً هر دو کاملاً ثروتمند بودند.

But they did not take any servants with them.

اما آنها هیچ خدمتکاری را با خود نبردند.

They went by themselves, on horseback.

آنها خودشان، سوار بر اسب، رفتند.

The horses were beautiful to look at.

اسب‌ها از نظر ظاهری زیبا بودند.

They were Pakshirajes horses.

آنها اسب‌های پاکشیراج بودند.

Such horses are known as the kings of birds.

چنین اسب‌هایی به عنوان پادشاهان پرندگان شناخته می‌شوند.

The two sons rode together for many days.

دو پسر روزهای زیادی با هم اسب سواری کردند.

They passed through extensive plains.

آنها از دشت‌های وسیعی عبور کردند.

And the plains were covered with paddy.

و دشت‌ها پوشیده از شالیزار بود.

And they passed through strange cities.

و از شهرهای عجیب و غریب عبور کردند.

And they passed through towns, and villages.

و از شهرها و روستاها گذشتند.

They passed through treeless deserts.

از بیابان‌های بی‌درخت گذشتند.

And they passed through forests.

و از میان جنگل‌ها گذشتند.

And the forests were dense with trees.

و جنگل‌ها پر از درخت بودند.

These forests were the abode of the tiger.

این جنگل‌ها زیستگاه ببر بوده‌اند.

And the bear also lived in these forests.

و خرس نیز در این جنگل‌ها زندگی می‌کرد.

One evening they were overtaken by the night.

یک شب، شب آنها را فرا گرفت.

They had not seen any human habitations.

آنها هیچ سکونتگاه انسانی ندیده بودند.

But it was getting darker and darker.

اما هوا تاریک و تاریک‌تر می‌شد.

So they dismounted beneath a lofty tree.

پس آنها زیر درخت بلندی پیاده شدند.

They tied their horses to the tree.

اسب‌هایشان را به درخت بستند.

And then they climbed up the tree.

و سپس از درخت بالا رفتند.

They covered the branches with thick foliage.

آنها شاخه ها را با شاخ و برگ های ضخیم پوشاندند.

So that they could sit on the branches.

تا بتوانند روی شاخه‌ها بنشینند.

The tree had grown near a large body of water.

این درخت در نزدیکی یک منبع آب بزرگ رشد کرده بود.

The water was as clear as the eye of a crow.

آب مثل چشم کلاغ زلال بود.

The two friends made themselves comfortable.

دو دوست خودشان را راحت کردند.

Of course it wasn't very comfortable in a tree.

البته روی درخت خیلی راحت نبود.

But it wasn't uncomfortable in the tree either.

اما روی درخت هم ناراحت کننده نبود.

They had decided to spend the night there.

آنها تصمیم گرفته بودند شب را آنجا بگذرانند.

They sometimes chatted together in whispers.

آنها گاهی با هم پچ پچ می‌کردند.

They felt whispering was better than talking.

آنها احساس می‌کردند پچ‌پچ کردن بهتر از حرف زدن است.

Because the region seemed very strange to them.

چون آن منطقه بر ایشان خیلی عجیب به نظر می‌رسید.

And soon they were falling into a doze.

و خیلی زود آنها به چرت فرو رفتند.

But their attention was suddenly jolted.

اما ناگهان توجهشان جلب شد.

From the water they heard a noise.

از آب صدایی شنیدند.

It sounded like the rushing of water.

صدایی شبیه به شرشر آب می‌آمد.

In front of them was a terrible sight!

منظره وحشتناکی در مقابلشان بود.

A huge serpent came from under the water.

مار بزرگی از زیر آب بیرون آمد.

The snake swam ashore and slithered around.

مار به ساحل شنا کرد و به اطراف خزید.

But something else attracted their attention.

اما چیز دیگری توجه آنها را جلب کرد.

The crested hood of the serpent was shining.

کلاه کاکل‌دار مار می‌درخشید.

The snake had a brilliant manikya embedded.

مار یک مانیکای درخشان در خود داشت.

The jewel shone like a thousand diamonds.

آن جواهر مثل هزاران الماس می‌درخشید.

The crystal lit up the water in the tank.

کریستال، آب داخل مخزن را روشن کرد.

The embankments and trees were irradiated.

خاکریزها و درختان تحت تابش قرار گرفتند.

The serpent doffed the jewel from its crest.

مار جواهر را از تاجش کند.

And the serpent threw the jewel on the ground.

و مار جواهر را روی زمین انداخت.

And then the serpent went in search of food.

و سپس مار به جستجوی غذا رفت.

They could not believe what they had seen.

آنها نمی‌توانستند آنچه را که دیده بودند باور کنند.

They stayed in the safety of the tree.

آنها در پناه درخت ماندند.

But they greatly admired the jewel.

اما آنها جواهر را بسیار تحسین کردند.

The ruby shed an ineffable luster.

یاقوت سرخ درخششی وصف‌ناپذیر داشت.

Everything had a magical glow around it.

همه چیز در اطرافش درخششی جادویی داشت.

They had never seen anything like it.

آنها هرگز چیزی شبیه به آن ندیده بودند.

Although, they had heard of this treasure.

اگرچه، آنها درباره این گنج شنیده بودند.

The jewel equaled the treasures of seven kings.

آن جواهر با گنجینه‌های هفت پادشاه برابری می‌کرد.

But their admiration soon changed to fear.

اما خیلی زود تحسین آنها به ترس تبدیل شد.

The serpent came to the foot of their tree.

مار به پای درخت آنها آمد.

The serpent had found their horses!

مار اسب‌هایشان را پیدا کرده بود.

The poor horses had been tied to the tree.

اسب‌های بیچاره را به درخت بسته بودند.

The animals had no way of escaping.

حیوانات هیچ راه فراری نداشتند.

One by one the serpent ate their horses.

مار یکی یکی اسب‌هایشان را خورد.

But the serpent's appetite did not seem satisfied.

اما اشتهای مار انگار سیر نشده بود.

They feared they would be the next victims.

آنها می‌ترسیدند که قربانی بعدی خودشان باشند.

But their fears were soon relieved.

اما خیلی زود ترسشان برطرف شد.

The gigantic cobra had not seen them.

کبرای غول‌پیکر آنها را ندیده بود.

And eventually the snake left again.

و سرانجام مار دوباره آنجا را ترک کرد.

The minister’s son saw an opportunity.

پسر وزیر فرصت را مناسب دید.

This was his chance to take the gem.

این فرصتی برای او بود تا آن جواهر را تصاحب کند.

But there was one problem they had.

اما یک مشکلی داشتند.

The jewel shone incredibly bright.

جواهر به طرز باورنکردنی می‌درخشید.

The serpent would know what had happened.

مار می‌دانست چه اتفاقی افتاده است.

But there was a way to overcome this problem.

اما راهی برای غلبه بر این مشکل وجود داشت.

And the minister's son knew the solution.

و پسر وزیر چاره را دانست.

He had to cover the stone with horse-dung.

او مجبور شد سنگ را با کود اسب بپوشاند.

And there was some horse-dung by the tree.

و مقداری کود اسب کنار درخت بود.

He quietly came down from the tree.

آرام از درخت پایین آمد.

He picked up the horse-dung off the floor.

او کود اسب را از روی زمین برداشت.

And he threw the dung upon the precious stone.

و سرگین را روی سنگ قیمتی ریخت.

And then he climbed up into the tree again.

و سپس دوباره از درخت بالا رفت.

The serpent noticed something had happened.

مار متوجه شد که اتفاقی افتاده است.

The light of the jewel had vanished.

نور جواهر محو شده بود.

The serpent rushed back with great fury.

مار با خشم فراوان به عقب دوید.

The serpent returned to where it had left the stone.

مار به جایی که سنگ را رها کرده بود، بازگشت.

The serpent let out a frightful hiss at the night.

مار در تاریکی شب، هیس ترسناکی سر داد.

The snake's groans and convulsions were terrible.

ناله‌ها و تکان‌های مار وحشتناک بود.

The snake went round and round the jewel.

مار دور جواهر چرخید و دور آن چرخید.

But the stone was covered with horse-dung.

اما سنگ پوشیده از مدفوع اسب بود.

This way the serpent could not see its treasure.

به این ترتیب مار نمی‌توانست گنج خود را ببیند.

Finally, the serpent breathed its last breath.

سرانجام، مار آخرین نفس خود را کشید.

The two friends did not sleep much that night.

آن دو دوست آن شب زیاد نخوابیدند.

In the morning they came down from the tree.

صبح از درخت پایین آمدند۔

They went to where the crest-jewel was.

آنها به جایی که جواهر تاج بود رفتند۔

The mighty serpent was still laying there.

مار قدرتمند هنوز آنجا دراز کشیده بود۔

But now the snake's body was perfectly lifeless.

اما حالا بدن مار کاملاً بی‌جان بود۔

The friend of the prince stepped over the dead snake.

دوست شاهزاده از روی مار مرده گذشت۔

And he picked up the dung covered jewel.

و جواهر پوشیده از کود را برداشت۔

Both of them went to the bank of the water.

هر دو به کنار آب رفتند۔

And they washed the precious stone.

و سنگ قیمتی را شستند۔

Finally, all the dung had been washed off.

بالاخره تمام مدفوع شسته شد۔

And the jewel shone as brilliantly as before.

و جواهر به همان زیبایی قبل می‌درخشید۔

The jewel lit up the entire bed of the tank of water.

جواهر تمام بستر مخزن آب را روشن کرد۔

Now they could see the innumerable fishes.

حالا آنها می‌توانستند ماهی‌های بی‌شماری را ببینند۔

But the light also revealed something else.

اما نور چیز دیگری را نیز آشکار کرد۔

This astonished them more than all the fishes.

این امر آنها را بیش از همه ماهیان شگفت‌زده کرد۔

In the bottom of the water there was something.

ته آب یه چیزی بود۔

They could see there were lofty walls.

آنها می‌توانستند دیوارهای بلندی را ببینند۔

The walls were from a magnificent palace.

دیوارها از یک کاخ باشکوه بودند۔

The prince's friend was feeling venturesome.

دوست شاهزاده احساس خطر می‌کرد۔

He convinced the king's son to follow him.

او پسر پادشاه را متقاعد کرد که از او پیروی کند.

And then they wanted to swim to the palace below.

و بعد می‌خواستند شنا کنند و به قصر پایین بروند.

The prince's friend took the jewel in his hand.

دوست شاهزاده جواهر را در دست گرفت.

And they both dived into the waters.

و هر دو به درون آب شیرجه زدند.

Soon they stood at the gate of the palace.

خیلی زود آنها در دروازه کاخ ایستادند.

To their surprise the gate was open.

در کمال تعجب آنها، دروازه باز بود.

They saw no being, human or superhuman.

آنها هیچ موجودی، چه انسان و چه فوق انسان، نمی‌دیدند.

So they decided to venture inside the gate.

بنابراین آنها تصمیم گرفتند که به داخل دروازه بروند.

Inside the walls there was a beautiful garden.

درون دیوارها باغی زیبا وجود داشت.

In the middle of the garden was a house.

وسط باغ، خانه‌ای بود.

No one had ever seen so many flowers.

هیچ کس تا به حال این همه گل ندیده بود.

There were roses of all imaginable varieties.

گل‌های رز از انواع مختلف و قابل تصور وجود داشت.

There were endless numbers of yellow jessamine.

تعداد بی‌شماری گل یاس زرد وجود داشت.

And there were numerous white bell flowers.

و گل‌های زنگوله‌ای سفید متعددی وجود داشت.

These flowers were the king of smells.

این گل‌ها سلطان بوها بودند.

The most scented lily of the valley.

خوشبوترین گل سوسن.

There were the flowers from the champaka tree.

گل‌های درخت چامپاکا آنجا بودند.

And a thousand other sweet-scented flowers.

و هزاران گل خوشبوی دیگر.

Acres covered with the delicious jessamine.

هکتارها پوشیده از یاسمن خوشمزه.

All the plants were gemmed with flowers.

تمام گیاهان با گل‌های قیمتی تزئین شده بودند.

And all the flowers were in full bloom.

و همه گل‌ها پر از شکوفه بودند.

So the air was loaded with rich perfume.

بنابراین هوا مملو از عطر غنی بود.

A wilderness of sweet scents everywhere.

بیابانی از رایحه‌های شیرین در همه جا.

They went through this paradise of perfumery.

آنها از این بهشت عطرسازی گذشتند.

And eventually they reached the house.

و بالاخره به خانه رسیدند.

The house was surrounded by lofty trees.

خانه با درختان سر به فلک کشیده احاطه شده بود.

Soon they stood at the door of the house.

خیلی زود آنها جلوی در خانه ایستادند.

Now they could see it was a fairy palace.

حالا می‌توانستند ببینند که آنجا یک قصر پریان است.

The walls were of burnished gold.

دیوارها از طلای صیقل داده شده بودند.

Here and there shone diamonds of dazzling hue.

اینجا و آنجا الماس‌هایی با رنگ‌های خیره‌کننده می‌درخشیدند.

But they did not see any beings.

اما آنها هیچ موجودی را ندیدند.

So they went inside the palace.

پس آنها به داخل قصر رفتند.

The palace was richly furnished.

کاخ با اثاثیه‌ی فراوان تزئین شده بود.

They went from room to room.

از اتاقی به اتاق دیگر می‌رفتند.

But they did not see anyone.

اما آنها کسی را ندیدند.

It seemed to be a deserted house.

به نظر می‌رسید خانه‌ای متروک باشد.

At last, however, they found a special room.

با این حال، بالاخره یک اتاق مخصوص پیدا کردند.

In this room there was a young lady.

در این اتاق یک خانم جوان بود.

She was sleeping on a golden bed.

او روی تخت طلایی خوابیده بود.

The young lady was of exquisite beauty.

خانم جوان از زیبایی بی‌نظیری برخوردار بود.

Her complexion was a mixture of red and white.

رنگ پوستش ترکیبی از سرخی و سفیدی بود.

She seemed to be about sixteen years of age.

به نظر می‌رسید حدود شانزده سال سن داشته باشد.

The two friends gazed upon her.

دو دوست به او خیره شدند.

They were enchanted by her beauty.

آنها مسحور زیبایی او شده بودند.

But they could not admire her for long.

اما آنها نتوانستند مدت زیادی او را تحسین کنند.

Because the young lady opened her eyes.

چون آن خانم جوان چشمانش را باز کرد.

Her eyes seemed like the eyes of a gazelle.

چشمانش شبیه چشمان غزال بود.

On seeing the strangers she said;

با دیدن غریبه‌ها گفت؛

"How have you come here, ye unfortunate men?"

«ای مردان نگون بخت، چطور به اینجا آمده‌اید؟»

"Be gone, be gone! I beg of you two"

«بروید، بروید. از شما دو نفر التماس می‌کنم.»

"This is the abode of a mighty serpent"

«اینجا جایگاه مار قدرتمندی است»

"The serpent which has devoured my parents"

«ماری که پدر و مادرم را بلعید»

"And my brothers, and all my relatives"

«و برادرانم و همه خویشاوندانم»

"I am the only one that he has spared"

«من تنها کسی هستم که او]او[نجات داده است»

"Flee for your lives while you still can"

«تا می‌توانید برای نجات جانتان فرار کنید»

"Or else the serpent will eat you both"

«وگرنه مار هر دوی شما را خواهد خورد»

The prince's friend told her what had happened.

دوست شاهزاده ماجرا را برایش تعریف کرد.

"The serpent has breathed his last breath"

«مار آخرین نفس خود را کشید»

"The snake's body lies lifeless on the floor"

«جسد مار بی‌جان روی زمین افتاده است»

"We took the head-jewel of the serpent"

«ما جواهر سر مار را گرفتیم»

"The jewel's light showed us to the palace.

«نور جواهر ما را به قصر راهنمایی کرد.»

She thanked the strangers for their bravery.

او از غریبه‌ها به خاطر شجاعتشان تشکر کرد.

"You have freed me from the infernal serpent"

«تو مرا از مار جهنمی رهایی دادی»

"Please live with me in my palace"

«لطفاً با من در قصر من زندگی کنید»

"But please promise never to desert me"

«اما لطفا قول بده که هرگز مرا تنها نگذاری»

They gladly accepted the invitation.

آنها با کمال میل دعوت را پذیرفتند.

The king's son was smitten with the princess.

پسر پادشاه شیفته‌ی شاهزاده خانم شد.

He adored the charms of the peerless princess.

او شیفته‌ی جذابیت‌های شاهزاده خانم بی‌نظیر بود.

And he married her after a short time.

و پس از مدت کوتاهی با او ازدواج کرد.

There was no priest at the palace.

هیچ کشیشی در کاخ نبود.

So the hymeneal knot was tied by other means.

بنابر این گره پرده بکارت به روش دیگری بسته شد.

A simple exchange of garlands of flowers.

یک تبادل ساده‌ی حلقه‌های گل.

The king's son became inexpressibly happy.

پسر پادشاه به طرز وصف‌ناپذیری خوشحال شد.

He delighted in the company of the princess.

او از مصاحبت شاهزاده خانم لذت برد.

The prince's friend also had a wife.

دوست شاهزاده هم زن داشت.

Of course she was living in the upper world.

البته او در دنیای بالا زندگی می‌کرد.

But he participated in his friend's happiness.

اما او در شادی دوستش شرکت کرد.

The time they spent together passed merrily.

زمانی که آنها با هم گذراندند، به خوبی و خوشی گذشت.

But they could not live here forever.

اما آنها نمی‌توانستند برای همیشه اینجا زندگی کنند.

The prince had to return to his kingdom.

شاهزاده مجبور شد به قلمرو خود بازگردد.

But he knew the return would require some planning.

اما او می‌دانست که بازگشت به مقداری برنامه‌ریزی نیاز دارد.

The occasion would come with a lot of pomp.

این مراسم با شکوه و جلال زیادی برگزار می‌شد.

There were going to be many ceremonies.

قرار بود مراسم زیادی برگزار شود.

Because there was a lot to be celebrated.

چون چیزهای زیادی برای جشن گرفتن وجود داشت.

First the prince's friend was going to go.

اول قرار بود دوست شاهزاده برود.

And then he was going to return with the attendants.

و سپس او قصد داشت با خدمتکاران برگردد.

Horses, and elephants for the happy pair.

اسب‌ها، و فیل‌ها برای جفت خوشبخت.

The prince accompanied his friend.

شاهزاده دوستش را همراهی کرد.

Together they went back to the surface.

آنها با هم به سطح آب برگشتند.

And they saw the upper world again.

و دوباره عالم بالا را دیدند.

The two friends bid each other adieu.

دو دوست از هم خداحافظی کردند۔

The prince returned to his lovely wife.

شاهزاده به همسر محبوبش بازگشت۔

Before leaving everything had been organized.

قبل از رفتن همه چیز مرتب و منظم شده بود۔

The prince's friend arranged his return.

دوست شاهزاده بازگشت او را ترتیب داد۔

He said when he was going to go to the embankment.

گفت کی قرار است به خاکریز برود۔

He was going to have the horses that they needed.

او قرار بود اسب‌هایی را که آنها نیاز داشتند، داشته باشد۔

Elephants were going to be there too, and attendants.

قرار بود فیل‌ها و خدمه هم آنجا باشند۔

They were going to wait upon the prince and princess.

آنها قرار بود به شاهزاده و پرنسس خدمت کنند۔

The snake-jewel gave them the rights to this.

جواهر مار این حق را به آنها داد۔

The prince's friend went back to his country.

دوست شاهزاده به کشورش بازگشت۔

To prepare for the return of his friend.

تا برای بازگشت دوستش آماده شود۔

One day the prince was sleeping.

روزی شاهزاده خواب بود۔

He had just had his midday meal.

او تازه ناهارش را خورده بود۔

The princess had never seen the upper regions.

شاهزاده خانم هرگز مناطق بالایی را ندیده بود۔

She felt the desire to see the upper world.

او آرزوی دیدن دنیای بالا را در خود احساس کرد۔

For this she needed the snake-jewel.

برای این کار او به جواهر مار نیاز داشت۔

Only this could help her through the water.

فقط این می‌توانست به او کمک کند تا از آب عبور کند۔

The jewel was shining its bright light in the room.

جواهر نور درخشانش را در اتاق می‌تاباند۔

She took the snake-jewel into her hand.

او جواهر مار را در دست گرفت۔

And then she left the palace and the garden.

و سپس او کاخ و باغ را ترک کرد۔

She successfully swam to the upper world.

او با موفقیت به دنیای بالا شنا کرد۔

No mortal had caught sight of her.

هیچ موجود فانی او را ندیده بود۔

At the edge of the water were some steps.

در لبه آب چند پله بود۔

The steps were for the convenience of bathers.

این پله‌ها برای راحتی شناگران ساخته شده بودند۔

And this is also where she sat.

و اینجا هم جایی بود که او نشسته بود۔

She scrubbed her body with the sand.

بدنش را با شن‌ها شست۔

She washed her hair with the fresh water.

موهایش را با آب تازه شست۔

And she played with the water for fun.

و او برای سرگرمی با آب بازی کرد۔

She walked about on the water's edge.

او در لبه آب قدم می‌زد۔

And she admired all the scenery around.

و او تمام مناظر اطراف را تحسین کرد۔

But finally she returned back to her palace.

اما بالاخره او به قصرش بازگشت۔

Her husband was still deep in sleep.

شوهرش هنوز در خواب عمیقی بود۔

But eventually he had slept enough.

اما بالاخره به اندازه کافی خوابیده بود۔

She did not tell him about her adventures.

او از ماجراجویی‌هایش برایش نگفت۔

The next day her husband fell asleep again.

روز بعد شوهرش دوباره به خواب رفت۔

And again she paid a visit to the upper world.

و دوباره او به دنیای بالا سفر کرد.

And she remained unnoticed by mortal man.

و او مورد توجه انسان فانی قرار نگرفت.

Her success was starting to give her courage.

موفقیتش کم‌کم به او شجاعت می‌بخشید.

So she repeated her adventure a third time.

بنابراین او ماجراجویی خود را برای بار سوم تکرار کرد.

The rajah's son was out hunting that day.

پسر راجا آن روز برای شکار بیرون رفته بود.

He had his tent not far from the water.

چادرش را نه چندان دور از آب برپا کرده بود.

His attendants were cooking his meal.

خدمتکارانش مشغول پختن غذایش بودند.

So, he wandered about along the water.

بنابراین، او در امتداد آب سرگردان بود.

Nearby an old woman was gathering sticks.

در همان نزدیکی، پیرزنی داشت هیزم جمع می‌کرد.

She was collecting dried branches of trees.

او مشغول جمع‌آوری شاخه‌های خشک درختان بود.

She needed the sticks for kindling wood.

او به این چوب‌ها برای روشن کردن هیزم نیاز داشت.

This was when the princess came out the water.

این زمانی بود که شاهزاده خانم از آب بیرون آمد.

She gazed around and she saw a man.

به اطراف نگاه کرد و مردی را دید.

And then she saw there was also a woman.

و بعد دید که یک زن هم آنجاست.

The princess knew she didn't want to be seen.

شاهزاده خانم می‌دانست که نمی‌خواهد دیده شود.

So she went back down to her palace.

پس او به قصر خود بازگشت.

But the rajah's son had caught a glimpse of her.

اما پسر راجا نگاهی اجمالی به او انداخته بود.

And the old woman gathering sticks saw her too.

و پیرزنی که هیزم جمع می‌کرد او را نیز دید.

The rajah's son stood gazing on the waters.

پسر راجا ایستاده بود و به آب‌ها خیره شده بود.

He had never seen such a beautiful woman.

او هرگز زنی به این زیبایی ندیده بود.

She seemed to him to be a deva-kanyas Goddess.

به نظر او، او الهه‌ای از دِوا-کانیا بود.

Heavenly goddesses he had read of in old books.

الهه‌های آسمانی که در کتاب‌های قدیمی درباره‌شان خوانده بود.

They are said to visit the upper world.

گفته می‌شود که آنها از جهان بالا بازدید می‌کنند.

And the upper world is honored to have them.

و عالم بالا به داشتن آنها مفتخر است.

But it is said to happen only rarely.

اما گفته می‌شود که این اتفاق به ندرت رخ می‌دهد.

The way that angels only visit rarely.

روشی که فرشتگان به ندرت به آن سر می‌زنند.

He had seen the princess' unearthly beauty.

او زیبایی خارق‌العاده‌ی شاهزاده خانم را دیده بود.

She had made a deep impression on his heart.

او تأثیر عمیقی بر قلب او گذاشته بود.

Although he had seen her only for a moment.

اگرچه او را فقط برای یک لحظه دیده بود.

But her beauty distracted his mind.

اما زیبایی او ذهن او را منحرف کرد.

He stood there like a statue, for hours.

ساعت‌ها مثل مجسمه آنجا ایستاده بود.

All he could do was gaze into the waters.

تنها کاری که از دستش بر می‌آمد، خیره شدن به آب بود.

In the hope of seeing the lovely figure again.

به امید دیدار دوباره آن چهره دوست داشتنی.

But all his time was spent in vain.

اما تمام وقتش بیهوده صرف شد.

The princess did not appear again.

شاهزاده خانم دیگر ظاهر نشد.

The rajah's son became mad with love.

پسر راجا از عشق دیوانه شد.

He kept muttering, "now here, now gone!"

«او مدام زیر لب غرغر می‌کرد» :حالا اینجا، حالا رفته۔

He refused to leave the water's edge.

او حاضر نشد لب آب را ترک کند۔

His attendants had to forcibly remove him.

ملازمانش مجبور شدند او را به زور از آنجا دور کنند۔

They took him to his father's palace.

او را به قصر پدرش بردند۔

But he was in a state of hopeless insanity.

اما او در حالت جنونی ناامیدکننده بود۔

He couldn't be made to speak to anyone.

نمی‌شد او را مجبور کرد که با کسی صحبت کند۔

And he spent his days sobbing heavily.

و روزهایش را با هق هق گریه سپری می‌کرد۔

No others words came out of his mouth.

هیچ کلمه دیگری از دهانش خارج نشد۔

"Now here, now gone!"

«حالا اینجا، حالا رفته۔»

"Now here, now gone!"

«حالا اینجا، حالا رفته۔»

You can imagine the rajah's grief.

می‌توانید غم و اندوه راجا را تصور کنید۔

"What could have deranged my son's mind?"

«چه چیزی می‌توانست ذهن پسرم را مختل کرده باشد؟»

"'Now here, now gone,' what does it mean?"

«حالا اینجا، حالا رفته، یعنی چی؟»

He could not unravel the words' meaning.

او نمی‌توانست معنی کلمات را کشف کند۔

His attendants couldn't decipher the words either.

ملازمانش هم نتوانستند کلمات را رمزگشایی کنند۔

The land's best physicians were consulted.

با بهترین پزشکان آن سرزمین مشورت شد۔

But their consultation had no effect.

اما مشورت آنها هیچ تاثیری نداشت۔

The sons of æsculapius were not able to help.

پسران اسکولاپیوس نتوانستند کمکی کنند۔

No one could ascertain the cause of the madness.

هیچ کس نتوانست علت جنون را مشخص کند.

Without knowing the cause there was no cure.

بدون دانستن علت، درمانی وجود نداشت.

The physicians tried to ask the prince.

پزشکان سعی کردند از شاهزاده بپرسند.

But all he said was, "now here, now gone!"

«اما تنها چیزی که گفت این بود» :حالا اینجا، حالا رفته.

The rajah was distracted with grief.

راجا از شدت غم و اندوه پریشان شده بود.

Day and night he worried for his son.

شب و روز نگران پسرش بود.

He wished for his son's intellects to return.

او آرزو داشت که عقل پسرش برگردد.

A proclamation was made in the capital.

اعلامیه‌ای در پایتخت پخش شد.

Town criers were sent into the city.

جارچیان شهر به داخل شهر فرستاده شدند.

And they beat their drums for attention.

و برای جلب توجه بر طبل‌هایشان می‌کوبند.

"The rajah's son has lost his mental faculties"

«پسر راجا قوای ذهنی خود را از دست داده است»

"The rajah seeks a cure for his son"

«راجه به دنبال درمانی برای پسرش است»

"A reward is offered for the cure"

«برای درمان، پاداشی در نظر گرفته شده است»

"The hand of the rajah's daughter"

«دست دختر راجا»

"Her hand comes with half his kingdom"

«دست او با نیمی از پادشاهی او می‌آید»

The drum was beaten around the city.

طبل را در شهر می‌کوبیدند.

But no one felt they could touch the drum.

اما هیچ کس احساس نمی‌کرد که می‌تواند به طبل دست بزند.

No one knew the cause of his madness.

هیچ کس دلیل دیوانگی او را نمی‌دانست.

At last an old woman came forward.

بالاخره یه پیرزن اومد جلو۔

And she stepped up to touch the drum.

و او جلو آمد تا طبل را لمس کند۔

"I will discover the cause of his madness"

«من علت دیوانگی او را کشف خواهم کرد»

"And I will cure him from his disease"

«و من او را از بیماری‌اش شفا خواهم داد»

She had seen what happened to the boy.

او دیده بود که چه اتفاقی برای آن پسر افتاده است۔

She was at the water's edge that day.

آن روز او کنار آب بود۔

It was her who was gathering up sticks.

او بود که داشت هیزم جمع می‌کرد۔

This woman had a crack-brained son.

این زن یک پسر خل و چل داشت۔

Her son was named of Phakir-Chand.

پسرش را فاکیر-چاند نامیدند۔

So she was called Phakir's mother.

بنابراین او را مادر فقیر می‌نامیدند۔

The woman was brought before the rajah.

زن را پیش راجا آوردند۔

And the following conversation took place.

و گفتگوی زیر انجام شد۔

"You are the woman that touched the drum"

«تو زنی هستی که طبل را لمس کردی»

"You know the cause of my son's madness?"

«می‌دانی دلیل دیوانگی پسرم چیست؟»

"Yes, oh incarnation of justice!"

«آری، ای مظهر عدالت۔»

"I know the cause of your son's madness"

«من دلیل دیوانگی پسرت را می‌دانم»

"But I will not say the cause of his madness"

«اما من علت دیوانگی او را نمی‌گویم»

"First I will cure your son of his madness"

«اول پسرت را از دیوانگی‌اش درمان می‌کنم»

"How can I believe you are able to?"

«چطور باور کنم که تو می‌توانی؟»

"The best physicians of the land have failed"

«بهترین پزشکان این سرزمین شکست خورده‌اند»

"You need not now believe, my king"

«حالا لازم نیست باور کنی، پادشاه من»

"Wait till I have performed the cure"

«صبر کن تا درمان را انجام دهم»

"Many an old woman knows many secrets"

«بسیاری از پیرزن‌ها رازهای زیادی می‌دانند»

"Secrets wise men are unacquainted with"

«رازهایی که خردمندان از آنها بی‌خبرند»

"Very well, let me see what you can do"

«خیلی خب، ببینم چیکار می‌تونی بکنی»

"In what time will you perform the cure?"

«در چه زمانی درمان را انجام خواهید داد؟»

"It is impossible to fix the time"

«تعیین زمان غیرممکن است»

"Ff course I will begin work immediately"

«البته که فوراً کارم را شروع خواهم کرد.»

"But I need your lordship's assistance"

«اما من به کمک جناب عالی نیاز دارم»

"What help do you require from me?"

«از من چه کمکی می‌خواهید؟»

"Your lordship will please order a hut"

«حضرت عالی لطفاً دستور تهیه‌ی یک کلبه را بدهید.»

"Have the hut raised on the embankment of the water"

«کلبه را روی خاکریز آب برپا کنید»

"Where your son first caught the disease"

«جایی که پسرتان برای اولین بار به این بیماری مبتلا شد»

"I mean to live in that hut for a few days"

«قصد دارم چند روزی در آن کلبه زندگی کنم.»

"And please order some of your servants"

«و لطفاً به چند نفر از خدمتکارانت دستور بده»

"They have to be in attendance at a distance"

«آنها باید از راه دور حضور داشته باشند»

"Tell them to be about a hundred yards away"

«به آنها بگو حدود صد یارد دورتر باشند»

"That way I can call them over when we need them"

«به این ترتیب می‌توانم وقتی به آنها نیاز داریم با آنها تماس بگیرم.»

The king had listened attentively.

شاه با دقت گوش داده بود.

"I will order that to be immediately done"

«دستور می‌دهم که فوراً انجام شود»

"Do you want anything else?"

«چیز دیگه‌ای می‌خوای؟»

"Those are all the preparations I need"

«اینها تمام آمادگی‌هایی هستند که نیاز دارم»

"But let me remind you of the agreement"

«اما بگذارید توافق را به شما یادآوری کنم»

"You promised the hand of your daughter"

«تو قول دادی که دست دخترت را بگیری»

"And you promised half your kingdom"

«و تو نیمی از پادشاهی‌ات را وعده دادی»

"But I can't marry your daughter"

«اما من نمی‌توانم با دختر شما ازدواج کنم»

"Because your daughter has to marry a man"

«چون دخترت باید با یک مرد ازدواج کند»

"But I also have a son of marriageable age"

«اما من همچنین یک پسر در سن ازدواج دارم»

"Allow my son to marry your daughter"

«اجازه بده پسرم با دخترت ازدواج کنه»

"Allow him to have half of your kingdom"

«به او اجازه بده نیمی از پادشاهی تو را داشته باشد»

The king was agreed with the terms.

شاه با شرایط موافقت کرد.

"If you find a cure, he marries my daughter"

«اگر درمانی پیدا کنی، او با دختر من ازدواج می‌کند»

"And half of my kingdom shall be his"

«و نیمی از پادشاهی من از آن او خواهد بود»

A temporary hut was quickly erected.

به سرعت یک کلبه موقت برپا شد.

The hut was built on the embankment of the water.

کلبه روی خاکریز کنار آب ساخته شده بود۔

And Phakir's mother took up her abode.

و مادر فقیر در آنجا اقامت گزید۔

An outpost was also erected at some distance.

یک پاسگاه نیز در فاصله‌ای دور برپا شده بود۔

Because the woman might require some attendance.

زیرا ممکن است آن زن به حضور و غیاب نیاز داشته باشد۔

Strict orders were given by Phakir's mother.

مادر فقیر دستورات اکیدی داده بود۔

No one was allowed to go near the water.

به هیچ کس اجازه نزدیک شدن به آب را نمی‌دادند۔

Only she was allowed to stay by the water.

فقط او اجازه داشت کنار آب بماند۔

But let us leave Phakir's mother at the water.

اما بیایید مادر فقیر را کنار آب بگذاریم۔

Let us hasten down the subterranean palace.

بیایید با عجله از کاخ زیرزمینی پایین برویم۔

To see what the prince and the princess are doing.

تا ببینیم شاهزاده و پرنسس چه می‌کنند۔

The princess did want to go up again.

شاهزاده خانم واقعاً می‌خواست دوباره بالا برود۔

But she now knew that it would be dangerous.

اما حالا می‌دانست که این کار خطرناک خواهد بود۔

And she had given up the idea of a fourth visit.

و او از فکر ملاقات چهارم منصرف شده بود۔

But women generally have greater curiosity.

اما زنان عموماً کنجکاوی بیشتری دارند۔

And the princess was no exception to the rule.

و شاهزاده خانم نیز از این قاعده مستثنی نبود۔

One day her husband was asleep.

یک روز شوهرش خواب بود۔

He always slept after his noonday meal.

او همیشه بعد از ناهارش می‌خوابید۔

She took the snake-jewel in her hand.

او جواهر مار را در دست گرفت۔

And she rushed out of the palace.

و با عجله از قصر بیرون رفت.

And she came up to the upper world.

و او به جهان بالا آمد.

There was an upheaval in the waters.

در آب‌ها تلاطمی رخ داد.

And Phakir's mother was on high alert.

و مادر فَکیر کاملاً هوشیار بود.

She was hiding in the hut.

او در کلبه پنهان شده بود.

And she was looking through the chinks.

و او از میان شکاف‌ها نگاه می‌کرد.

The princess saw no human being nearby.

شاهزاده خانم هیچ انسانی را در آن نزدیکی ندید.

So she came to the bank of the water.

پس او به کنار آب آمد.

Phakir's mother showed herself outside the hut.

مادر فقیر خودش را بیرون کلبه نشان داد.

And she addressed the princess politely.

و او با ادب و احترام به شاهزاده خانم خطاب کرد.

"Come, my child, thou queen of beauty"

«بیا، فرزندم، ای ملکه زیبایی»

"Come to me, and I will help you to bathe"

«بیا پیش من، کمکت می‌کنم حمام کنی»

So saying, she approached the princess.

این را گفت و به شاهزاده خانم نزدیک شد.

The princess saw she was just an old woman.

شاهزاده خانم دید که او فقط یک پیرزن است.

So she made no resistance to her offer.

بنابراین او هیچ مقاومتی در برابر پیشنهاد او نکرد.

The old woman was washing the princess' hair.

پیرزن داشت موهای پرنسس را می‌شست.

And she noticed the bright jewel in her hand.

و او متوجه جواهر درخشانی که در دستش بود شد.

"Out the jewel here till you are bathed"

«این جواهر را اینجا بیاور تا وقتی که غسل داده شوی»

Now the jewel was in the hands of Phakir's mother.

حالا جواهر در دستان مادر فقیر بود۔

She wrapped the jewel up in a cloth.

او جواهر را در پارچه‌ای پیچید۔

And she wrapped the cloth around her waist.

و پارچه را دور کمرش پیچید۔

Now the princess was unable to escape.

حالا شاهزاده خانم قادر به فرار نبود۔

And Phakir's mother gave the signal.

و مادر فقیر علامت داد۔

The attendants rushed to the water.

خدمتکاران به سرعت به سمت آب دویدند۔

And they took the princess captive.

و آنها شاهزاده خانم را به اسارت بردند۔

The news soon reached the city.

خبر خیلی زود به شهر رسید۔

"Phakir's mother had captured a water-nymph"

«مادرِ فَکیر یک حوریِ آبی را اسیر کرده بود۔»

And the people rejoiced at the news.

و مردم از این خبر شادمان شدند۔

All came to see the "daughter of the immortals"

همه برای دیدن »دختر جاودانگان «آمدند

She was brought to the palace.

او را به قصر آوردند۔

And she was brought to the rajah's son.

و او را نزد پسر راجا آوردند۔

The rajah's son was still of impaired intellect.

پسر راجا هنوز عقلش ناقص بود۔

But that cloud on his brain soon dissipated.

اما آن ابر تیره و تار ذهنش خیلی زود از بین رفت۔

"I have found you! I have found you!"

«پیدات کردم۔ پیدات کردم۔»

His eyes had been vacant and lusterless.

چشمانش خالی و بی‌فروغ بودند۔

But now his eyes had the fire of intelligence.

اما حالا چشمانش آتش هوش و ذکاوت را در خود داشت۔

He had almost lost the use of his tongue.

تقریباً زبانش را از دست داده بود۔

"Now here, now gone!" was all he had been able to say.

حالا اینجا، حالا رفته. «تنها چیزی بود که توانست بگوید۔»

But this sense too was restored.

اما این حس نیز دوباره احیا شد۔

The joy of the rajah knew no bounds.

شادی راجا حد و مرزی نمی‌شناخت۔

There was great festivity in the city.

جشن و سرور بزرگی در شهر برپا بود۔

The people praised Phakir-Chand's mother.

مردم مادر پاکیر-چاند را ستایش کردند۔

And everyone soon expected the marriage.

و همه خیلی زود انتظار ازدواج را داشتند۔

The rajah's son was to wed the water-nymph.

قرار بود پسر راجا با پری آبی ازدواج کند۔

The princess, however, had made a promise.

با این حال، شاهزاده خانم قولی داده بود۔

She told Phakir's mother of her promise.

او قولش را به مادر فقیر گفت۔

"I won't as much as look at another man"

«من حتی حاضر نیستم به مرد دیگری نگاه کنم»

"For one year my vows shall last"

«نذرهای من یک سال دوام خواهد داشت»

"The marriage cannot happen in that time"

«ازدواج نمی‌تواند در آن زمان اتفاق بیفتد»

The rajah's son was somewhat disappointed.

پسر راجا تا حدودی ناامید شد۔

But he readily agreed to the delay.

اما او به راحتی با تأخیر موافقت کرد۔

"Delay enhances the sweetness of the pleasure"

«تأخیر، شیرینی لذت را افزایش می‌دهد»

Of course the princess spent her time in sorrow.

البته شاهزاده خانم وقت خود را در غم و اندوه گذراند۔

She spent her days and nights sighing.

شب و روزش را با آه و ناله می‌گذراند۔

And she lamented her idle curiosity.

و از کنجکاوی بیهوده‌اش اظهار تاسف کرد.

The curiosity that led her to the upper world.

کنجکاوی‌ای که او را به دنیای بالا هدایت کرد.

The curiosity that separated her from her husband.

کنجکاوی که او را از شوهرش جدا کرد.

She thought of her unfortunate husband.

به شوهر بدبختش فکر کرد.

She had left him all alone below the waters.

او او را کاملاً تنها، زیر آب‌ها رها کرده بود.

And she wept bitter tears each day.

و او هر روز اشک‌های تلخ می‌ریخت.

She wished that she could run away.

آرزو می‌کرد که می‌توانست فرار کند.

But that would have been impossible.

اما این غیرممکن می‌بود.

Because she was immured within walls.

چون او در میان دیوارها محبوس شده بود.

And there were walls within the walls.

و دیوارهایی درون دیوارها وجود داشت.

And what use was getting out the palace?

و بیرون رفتن از قصر چه فایده‌ای داشت؟

She couldn't get to her husband anyway.

به هر حال او نمی‌توانست به شوهرش برسد.

She didn't have the serpent jewel.

او جواهر مار را نداشت.

The ladies of the palace tried to comfort her.

بانوان کاخ سعی کردند او را دلداری دهند.

And Phakir's mother tried to divert her mind.

و مادر فکیر سعی کرد ذهنش را منحرف کند.

But their efforts were in vain.

اما تلاش آنها بی‌فایده بود.

She took pleasure in nothing.

او از هیچ چیز لذت نمی‌برد.

She hardly spoke to anyone.

او به ندرت با کسی صحبت می‌کرد.

She wept throughout the day.

او تمام روز گریه کرد.

And she wept through the night.

و او تمام شب را گریه کرد.

The year of her vow was drawing to a close.

سال نذر او رو به پایان بود.

But she was still disconsolate.

اما او هنوز ناراحت بود.

The marriage, however, had to be celebrated.

با این حال، این ازدواج باید جشن گرفته می‌شد.

The rajah consulted the astrologers.

راجا با ستاره شناسان مشورت کرد.

The day and the hour had been decided.

روز و ساعتش مشخص شده بود.

The nuptial knot was to be tied.

قرار بود عقد ازدواج بسته شود.

Great preparations were made.

تدارکات بزرگی دیده شد.

The confectioners were busy day and night.

شیرینی‌فروش‌ها شب و روز مشغول کار بودند.

They prepared all sorts of sweetmeats.

آنها انواع شیرینی‌ها را آماده کردند.

Milkmen supplied the palace with tanks of curds.

شیرفروشان مخازن کشک را برای کاخ تأمین می‌کردند.

Great quantities of gunpowder were manufactured.

مقادیر زیادی باروت تولید شد.

There were going to be grand fireworks.

قرار بود آتش‌بازی باشکوهی برگزار شود.

Stages were erected everywhere.

همه جا صحنه‌هایی برپا شده بود.

And musicians were selected to play music.

و نوازندگانی برای نواختن موسیقی انتخاب شدند.

All the city assumed an air of mirth.

تمام شهر حال و هوای شادی به خود گرفت.

All looked forward to the festivities.

همه مشتاقانه منتظر جشن و سرور بودند۔

We must return our attention to the minister's son.

ما باید توجه خود را به پسر وزیر برگردانیم۔

He had left his friend in the subterranean palace.

او دوستش را در قصر زیرزمینی جا گذاشته بود۔

And he had gone to his country.

و به کشورش رفته بود۔

He was bringing horses and elephants.

او اسب و فیل می‌آورد۔

And he had with him many attendants.

و ملازمان زیادی با خود داشت۔

For the return of the king's son.

برای بازگشت پسر پادشاه۔

And for the return of his lovely princess.

و برای بازگشت پرنسس دوست داشتنی اش۔

So that the ceremony had due pomp.

به طوری که مراسم از شکوه و جلال لازم برخوردار بود۔

The preparations took him many months.

مقدمات کار برای او ماه‌ها طول کشید۔

But eventually all was prepared.

اما بالاخره همه چیز آماده شد۔

And the minister's son started on his journey.

و پسر وزیر سفر خود را آغاز کرد۔

He was accompanied by a long train of elephants.

او با قطاری طولانی از فیل‌ها همراه بود۔

And behind the elephants were horses.

و پشت سر فیل‌ها اسب‌ها بودند۔

And all the horses had their own attendants.

و همه اسب‌ها ملازمان مخصوص به خود را داشتند۔

He reached the water ahead of schedule.

او زودتر از موعد به آب رسید۔

So he had two or three days to spare.

بنابراین دو سه روز وقت اضافه داشت۔

Tents were pitched in the mango slopes.

چادرها در دامنه‌های انبه برپا شده بودند۔

So the men and cattle had accommodation.

بنابراین مردان و گاوها محل اقامت داشتند.

The minister's son kept his eyes on the water.

پسر وزیر چشمش به آب بود.

The sun of the appointed day sank below the horizon.

خورشیدِ روز موعود، در افق فرو رفت.

But there was no sign of the prince.

اما هیچ اثری از شاهزاده نبود.

Nor did the princess come to the surface.

و شاهزاده خانم هم به سطح آب نیامد.

He waited two or three days longer.

دو سه روز دیگر هم صبر کرد.

Still the prince did not make his appearance.

با این حال، شاهزاده ظاهر نشد.

What could have happened to his friend?

چه اتفاقی ممکن است برای دوستش افتاده باشد؟

And where was his beautiful wife?

و همسر زیبایش کجا بود؟

Had another serpent beaten them to death?

آیا مار دیگری آنها را تا سر حد مرگ زده بود؟

Possibly the mate of the one that had died.

احتمالاً جفتِ آن کسی که مرده بود.

Had they somehow lost the serpent-jewel?

آیا آنها به نحوی جواهر مار را گم کرده بودند؟

Or had they perhaps visited the upper world?

یا شاید آنها از جهان بالا بازدید کرده بودند؟

And had they been captured in the upper world?

و آیا آنها در جهان بالا اسیر شده بودند؟

Such were the reflections of the prince's friend.

چنین بود اندیشه‌های دوست شاهزاده.

The prince's friend was overwhelmed with grief.

دوست شاهزاده غرق در اندوه شد.

The waters were quite close to the city.

آب‌ها کاملاً به شهر نزدیک بودند.

And often the sound of music could be heard.

و اغلب صدای موسیقی شنیده می‌شد.

He asked passers-by what that music meant.

او از رهگذران پرسید که این موسیقی چه معنایی دارد.

He was told about the rajah's son.

به او درباره پسر راجا گفته شد.

And he was told of a wonderful young lady.

و به او درباره یک خانم جوان فوق‌العاده گفته شد.

And he was told they were going to marry.

و به او گفته شد که قرار است با هم ازدواج کنند.

And he was told more about the wonderful lady.

و درباره آن بانوی شگفت‌انگیز بیشتر به او گفته شد.

She had come out of the waters he was waiting by.

او از آبی که او کنارش منتظر بود بیرون آمده بود.

The marriage ceremony was in two days.

مراسم عقد دو روز دیگر بود.

The minister's son made the connection.

پسر وزیر این ارتباط را برقرار کرد.

The wonderful young lady was the wife of his friend.

آن خانم جوان فوق‌العاده، همسر دوستش بود.

He resolved, therefore, to go into the city.

بنابراین، تصمیم گرفت به شهر برود.

And he was going to find out all he could.

و او قصد داشت هر آنچه را که می‌توانست، کشف کند.

If he could, he would rescue the princess.

اگر می‌توانست، شاهزاده خانم را نجات می‌داد.

He told the attendants to go home.

به خدمتکاران گفت که به خانه‌هایشان بروند.

And he told them to take the elephants.

و به آنها گفت که فیل‌ها را ببرند.

And he told them to take the horses.

و به آنها گفت که اسب‌ها را ببرند.

And he himself went to the city.

و خودش به شهر رفت.

And he took up his abode in the house of a Brahman.

و او در خانه یک برهمن اقامت گزید.

First, he rested from his journey.

اول، او از سفرش استراحت کرد.

Then the prince's friend had his dinner.

سپس دوست شاهزاده شامش را خورد.

And then he spoke to the Brahman.

و سپس با برهمن صحبت کرد.

"Throughout the city there are musicians and bands"

«در سراسر شهر نوازندگان و گروه‌های موسیقی حضور دارند»

"What is the cause of all the celebrations?

«علت این همه جشن و سرور چیست؟»

The Brahman was rather surprised.

برهمن نسبتاً شگفت‌زده شد.

"From what part of the world have you come?"

«از کدام گوشه‌ی دنیا آمده‌ای؟»

"What rock have you been living under?"

«زیر کدام صخره زندگی می‌کردی؟»

"Have you not heard the wonderful news?"

«مگر خبر شگفت‌انگیز را نشنیده‌ای؟»

"A young lady of heavenly beauty"

«بانوی جوانی با زیبایی آسمانی»

"She rose out of the waters"

«او از آب بیرون آمد»

"And she is going to the son of our rajah"

«و او به نزد پسر راجه ما می‌رود»

The prince's friend wanted to know more.

دوست شاهزاده می‌خواست بیشتر بداند.

The information could be useful.

اطلاعات می‌توانست مفید باشد.

"I have not heard of this news"

«من این خبر را نشنیده‌ام»

"I have come from a distant country"

«من از سرزمینی دور آمده‌ام»

"The story has not reached us yet"

«داستان هنوز به دست ما نرسیده است»

"Will you kindly tell me the particulars?"

«لطفاً جزئیات را به من بگویید؟»

The Brahman was happy to relay the story.

برهمن با خوشحالی داستان را تعریف کرد.

"The rajah's son went out hunting"

«پسر راجا به شکار رفت»

"It must have been about this time last year"

«حتماً پارسال همین موقع‌ها بوده»

"They pitched their tents by the waters in the suburbs"

«آنها چادرهایشان را کنار آب‌های حومه شهر برپا کردند»

"One day, the rajah's son was walking near the water"

«روزی پسر راجا نزدیک آب قدم می‌زد.»

"On this day, he saw a young woman"

«در این روز، او زن جوانی را دید»

"I have to mention she was of uncommon beauty"

«باید بگویم که او زیبایی غیرمعمولی داشت.»

"She had risen from the depth of the waters"

«او از ژرفای آب‌ها برخاسته بود»

"She gazed about for a minute or two"

«او یک یا دو دقیقه به اطراف خیره شد»

"And then the beautiful lady disappeared"

«و سپس بانوی زیبا ناپدید شد»

"The rajah's son, however, had seen her"

«اما پسر راجا او را دیده بود»

"He had been struck by her heavenly beauty"

«او مجذوب زیبایی آسمانی او شده بود»

"And so he became desperately enamored by her"

«و بدین ترتیب او به شدت شیفته‌ی او شد»

"Indeed, she had affected him greatly"

«در واقع، او تأثیر زیادی روی او گذاشته بود»

"And his mental faculties gave way to passion"

«و قوای ذهنی‌اش جای خود را به شور و اشتیاق داد»

"He was carried home as a mad man"

«او را دیوانه‌وار به خانه بردند»

"He spoke no words except a few"

«او جز چند کلمه، کلمه‌ای بر زبان نیاورد»

"'now here, now gone!' was all he said"

اینجا، اینجا رفته. «تنها چیزی بود که گفت.»

"The rajah sent for all the best physicians"

«راجح همه بهترین پزشکان را فراخواند»

"They tried to restore his son to reason"

«آنها سعی کردند پسرش را به عقل و منطق برگردانند»

"But the physicians were powerless"

«اما پزشکان ناتوان بودند»

"At last the rajah made a proclamation"

«بالاخره راجا اعلامیه‌ای صادر کرد»

"And he had the drum beat around the kingdom"

«و او طبل را در سراسر قلمرو پادشاهی به صدا درآورد»

"There was a reward for anyone who cured his son"

برای هر کسی که پسرش را درمان کند، پاداشی در نظر گرفته شده »
«بود

"They would become the rajah's son-in-law"

«آنها داماد راجا می‌شدند»

"And they would get half the kingdom"

«و آنها نیمی از پادشاهی را به دست خواهند آورد »

"An old woman answered the call of the drum"

«پیرزنی به ندای طبل پاسخ داد»

"All knew her as Phakir's mother"

«همه او را به عنوان مادر فقیر می‌شناختند»

"She said she could cure the rajah's son"

«او گفت که می‌تواند پسر راجا را درمان کند۔»

"She had a hut built outside the town"

«او کلبه‌ای بیرون شهر ساخته بود»

"In the suburbs, next to the waters"

«در حومه شهر، کنار آب‌ها»

"An in the hut she took her abode"

«در کلبه‌ای ساکن شد»

"She also had some huts erected close by"

«او همچنین چند کلبه در همان نزدیکی ساخته بود»

"And in those huts attendants waited"

«و در آن کلبه‌ها، خدمتکاران منتظر بودند»

"In case she might need their help"

«برای اینکه مبادا به کمکشان نیاز داشته باشد»

"It seems the goddess rose from the waters"

«به نظر می‌رسد الهه از آب‌ها برخاسته است»

"Phakir's mother and the attendants seized her"

«مادر فَکیر و ملازمانش او را گرفتند.»

"And they carried her in a palki to the palace"

«و او را در پالکی به کاخ بردند»

"The rajah's son saw the water-nymph"

«پسر راجا حوری آب را دید»

"And he was soon restored to his senses"

«و او خیلی زود به هوش آمد»

"They would have married there and then"

«آنها همانجا ازدواج می‌کردند»

"But the water goddess had made a vow"

«اما الهه آب نذر کرده بود»

"She wouldn't look at a man for one year"

«او یک سال به هیچ مردی نگاه نمی‌کرد»

"The year of the vow is now over"

«سال نذر اکنون به پایان رسیده است»

"The music is from the rajah's palace"

«موسیقی از کاخ راجا است»

"This, in brief, is the story"

«خلاصه داستان از این قرار است»

The prince's friend could put the story together.

دوست شاهزاده می‌توانست داستان را سر هم کند.

"a truly wonderful story!"

«یک داستان واقعاً شگفت‌انگیز.»

"So where is Phakir's mother?"

«پس مادر فقیر کجاست؟»

"And where is Phakir-Chand himself?"

«و خودِ پاکیر-چاند کجاست؟»

"Has he received the hand of the rajah's daughter?"

«آیا او با دختر راجا ازدواج کرده است؟»

"And has he received half the kingdom?"

«و آیا او نیمی از پادشاهی را دریافت کرده است؟»

The Brahman could also answer these questions.

برهمن همچنین می‌توانست به این سؤالات پاسخ دهد.

"No, they have not married yet"

«نه، آنها هنوز ازدواج نکرده‌اند»

"And he doesn't yet have half the kingdom"

«و او هنوز نیمی از پادشاهی را در اختیار ندارد»

"And, I should say, he is a dimwitted lad"

«و باید بگویم، او یک پسر کودن است.»

"In fact, no one knows where the lad is"

«در واقع، هیچ‌کس نمی‌داند آن پسر کجاست»

"He has been away from home for more than a year"

«او بیش از یک سال است که از خانه دور بوده است»

"That is his manner," he explained.

«او توضیح داد» :این شیوه‌ی اوست.

"He stays away for a long time"

«او مدت زیادی غیبت می‌کند»

"And then suddenly he comes home"

«و بعد ناگهان او به خانه می‌آید»

"And then suddenly he leaves again"

«و بعد ناگهان دوباره می‌رود»

"I believe his mother expects him to come soon"

«فکر می‌کنم مادرش منتظر است که او به زودی بیاید»

This was very useful information.

این اطلاعات بسیار مفید بود.

"What is he like?" he asked.

او چه شکلی است؟ «او پرسید.»

"And what does he do when he returns home?"

«و وقتی به خانه برگردد چه کار می‌کند؟»

These questions the Brahman could also answer.

این سؤالات را برهمن نیز می‌توانست پاسخ دهد.

"Well, he is about your height"

«خب، او تقریباً هم قد توست»

"Though he is somewhat younger than you"

«اگرچه او کمی از تو جوان‌تر است»

"He wears a small piece of cloth round his waist"

«او یک تکه پارچه کوچک دور کمرش می‌بندد»

"And he rubs his body with ashes"

«و بدنش را با خاکستر می‌مالد»

"He carries the branch of a tree in his hand"

«او شاخه درختی را در دست دارد»

"And there is a tune to which he dances"

«و آهنگی هست که او با آن می‌رقصد»

"He comes to the door of the hut of his mother"

«او به در کلبه مادرش می‌آید»

"And he sings 'dhoop! dhoop! dhoop!'"

"و او آواز می خواند "دوپ. دوپ. دوپ.

"His articulation is very indistinct"

«طرز بیان او بسیار نامفهوم است»

"'Come, stay with your mother,' she says"

بیا، پیش مادرت بمان، «او می‌گوید»

"And he always gives the same answer"

«و او همیشه همان جواب را می‌دهد»

"'No, I won't remain,' he says unintelligibly"

نه، من اینجا نمی‌مانم. «او با لحنی نامفهوم می‌گوید.»

"You should hear him when he wants to say yes"

«وقتی می‌خواهد بله بگوید، باید صدایش را بشنوی»

"To answer in the affirmative he says 'hoom'"

«برای جواب مثبت می‌گوید «هوم»»

A flood of light entered the prince's friend.

سیلی از نور به درون دوست شاهزاده وارد شد.

He now saw very well how matters stood.

حالا او به خوبی می‌دید که اوضاع از چه قرار است.

The princess must have taken the snake-jewel.

شاهزاده خانم حتماً جواهر مار را برداشته است.

And she must have left the palace alone.

و او حتماً قصر را تنها گذاشته بود.

And she was captured without the king's son.

و او بدون پسر پادشاه اسیر شد.

Phakir's mother must have the snake-jewel.

مادر فَکیر حتماً جواهر مار را دارد.

His friend was still below the water.

دوستش هنوز زیر آب بود.

The prince had no means of escape.

شاهزاده هیچ راه فراری نداشت.

He could imagine his friends desolate state.

او می‌توانست دوستانش را در حال ویرانی تصور کند.

And he could imagine how hopeless he must be.

و او می‌توانست تصور کند که چقدر باید ناامید باشد.

The prince's friend was filled with grief.

دوست شاهزاده غرق در اندوه شد.

But that was not cause to give up hope.

اما این دلیل نشد که امیدش را از دست بدهد.

Perhaps he could rescue his friend.

شاید می‌توانست دوستش را نجات دهد.

"I must get the jewel from the old woman"

«من باید جواهر را از پیرزن بگیرم»

"Can I not do it by personating Phakir-Chand?"

«نمی‌تونم با جا زدن خودم به جای فاکیر-چاند این کار رو بکنم؟»

"His mother is expecting him soon"

«مادرش به زودی منتظر اوست»

"Maybe I can rescue the princess the same way"

«شاید بتوانم شاهزاده خانم را به همین روش نجات دهم»

He resolved to act the role of Phakir-Chand.

او تصمیم گرفت نقش پاکیر-چاند را بازی کند.

In the morning he left the Brahman's house.

صبحگاه از خانه برهمن بیرون رفت.

And he went to the outskirts of the city.

و به حومه شهر رفت.

He divested himself of his usual clothing.

او لباس‌های همیشگی‌اش را کنار گذاشت.

Around his waist he put a narrow piece of cloth.

دور کمرش یک تکه پارچه باریک انداخت.

The cloth scarcely reached his knees.

پارچه به زحمت تا زانوهایش می‌رسید.

And he rubbed his body well with ashes.

و بدنش را با خاکستر خوب مالید.

And finally he broke some twigs off a tree.

و در نهایت او چند شاخه از درختی شکست.

And thus he was ready to play his role.

و بدین ترتیب او آماده ایفای نقش خود شد.

He went to the door of the hut of Phakir's mother.

او به در کلبه‌ی مادر فقیر رفت.

And he commenced the operation by dancing.

و او عملیات را با رقصیدن آغاز کرد.

He danced in a most violent manner.

او به خشونت‌آمیزترین شکل ممکن رقصید.

And he sung to the tune of "dhoop! dhoop! dhoop!"

"و با آهنگ "دوپ. دوپ. دوپ.

The dancing attracted the notice of the old woman.

رقص توجه پیرزن را جلب کرد.

The critical moment had come.

لحظه بحرانی فرا رسیده بود.

The old woman looked to her door.

پیرزن به در خانه‌اش نگاه کرد.

"Phakir-Chand, my son, have you come?"

«فاکیر-چاند، پسرم، آمده‌ای؟»

"My darling; the gods have become propitious to us"

«عزیزم؛ خدایان با ما مهربان شده‌اند»

Her supposed son uttered the monosyllable, "hoom"

پسر فرضی او کلمه تک هجایی «هوم» را بر زبان آورد.

And he danced more violently than before.

و او خشن‌تر از قبل رقصید.

And he waved the twig in his hand.

و شاخه گلی را که در دستش بود، تکان داد.

"This time you must not go away"

«این دفعه نباید بری»

"You must remain with me"

«تو باید پیش من بمونی»

"No, I won't remain," said the prince's friend.

«دوست شاهزاده گفت» :نه، من اینجا نمی‌مانم.

"Remain with me," the mother tried again.

«مادر دوباره سعی کرد» :پیش من بمان.

"I'll get you married to the rajah's daughter"

«من تو را به عقد دختر راجا درمی‌آورم.»

"Will you marry, Phakir-Chand?"

«با پاکیر-چاند ازدواج می‌کنی؟»

The minister's son replied—"hoom, hoom"

«پسر وزیر پاسخ داد - »هوم، هوم

And he danced even more like a madman.

و او حتی بیشتر شبیه یک دیوانه رقصید.

"Will you come with me to the rajah's house?"

»با من به خانه‌ی راجا می‌آیی؟«

"I'll show you a princess of uncommon beauty"

»من به تو شاهزاده خانمی با زیبایی بی‌نظیر نشان خواهم داد«

"She rose from the waters"

»او از آب‌ها برخاست«

"Hoom, hoom," was the answer from his lips.

هوم، هوم، »جواب از لب‌هایش بیرون آمد.«

And his feet stomped violently to "dhoop! dhoop!"

»و پاهایش با شدت به زمین می‌خوردند و می‌گفتند«: هوپ. هوپ.

"Do you wish to see a jewel, Phakir?"

»آیا می‌خواهی جواهری ببینی، فاکیر؟«

"The crest jewel of the serpent"

»جواهر تاج مار«

"The treasure of seven kings"

»گنج هفت پادشاه«

"Hoom, hoom," was the reply.

هوم، هوم، »پاسخ این بود.«

The old woman went back into the hut.

پیرزن دوباره به داخل کلبه برگشت.

And she brought out the snake-jewel.

و او جواهر مار را بیرون آورد.

She put the jewel into the hand of her supposed son.

او جواهر را در دست پسر فرضی خود گذاشت.

The minister's son took the snake-jewel.

پسر وزیر، جواهر مار را برداشت.

He wrapped the jewel up in the piece of cloth.

او جواهر را در تکه پارچه پیچید.

And he wrapped the cloth around his waist.

و پارچه را دور کمرش پیچید.

Phakir's mother was delighted beyond measure.

مادر فقیر بی‌نهایت خوشحال شد.

Her son had come at just the right time.

پسرش درست به موقع آمده بود.

She went to the rajah's house.

او به خانه‌ی راجا رفت.

She announced the news of Phakir's appearance.

او خبر ظهور فَکیر را اعلام کرد.

And also in order to show Phakir the princess.

و همچنین برای نشان دادن فاکیر به شاهزاده خانم.

They were given access to the rajah's palace.

به آنها اجازه ورود به کاخ راجا داده شد.

And all parts of the palace were open to them.

و تمام قسمت‌های کاخ به روی آنها باز بود.

The old woman had saved the rajah's son.

پیرزن پسر راجا را نجات داده بود.

So she was the most important person in the kingdom.

بنابراین او مهمترین فرد در پادشاهی بود.

She took her supposed son around the palace.

او پسر فرضی‌اش را در قصر می‌چرخاند.

And she took him to the princess' room.

و او را به اتاق شاهزاده خانم برد.

Phakir's mother introduced her son to the princess.

مادر فقیر پسرش را به شاهزاده خانم معرفی کرد.

You can imagine the princess was not best impressed.

می‌توانید تصور کنید که پرنسس خیلی تحت تأثیر قرار نگرفت.

She did not appreciate the company of a madman.

او از مصاحبت یک دیوانه خوشش نمی‌آمد.

A madman, half naked, and covered in ash.

دیوانه‌ای، نیمه‌برهنه و پوشیده از خاکستر.

And he kept dancing in a wild manner.

و او به رقصیدن وحشیانه ادامه داد.

The three had spent the day together.

آن سه نفر تمام روز را با هم گذرانده بودند.

It was soon going to be sunset.

به زودی غروب می‌شد.

The woman asked her son to come with her.

زن از پسرش خواست که با او بیاید.

But the supposed Phakir-Chand refused to comply.

اما آن شخصِ به اصطلاح پاکیر -چاند از اطاعت سر باز زد۔

He said he would stay there that night.

گفت که آن شب را آنجا خواهد ماند۔

His mother tried to persuade him to come with her.

مادرش سعی کرد او را متقاعد کند که با او بیاید۔

But he persisted in his determination.

اما او بر عزم راسخ خود پافشاری کرد۔

He said he would remain with the princess.

او گفت که در کنار شاهزاده خانم خواهد ماند۔

Phakir's mother went home without him.

مادر فقیر بدون او به خانه رفت۔

And she told the guards to look after her son.

و به نگهبانان گفت که مراقب پسرش باشند۔

Eventually all the palace retired to rest.

سرانجام تمام قصر برای استراحت به عقب رفتند۔

The supposed Phakir spoke to the princess again.

آن فقیر فرضی دوباره با شاهزاده خانم صحبت کرد۔

But this time he spoke in his own voice.

اما این بار با لحن خودش گفت۔

"Princess! do you not recognize me?"

«شاهزاده خانم۔ مرا نمی‌شناسی؟»

"I am the prince's friend"

«من دوست شاهزاده هستم»

"I am the friend of your princely husband"

«من دوست شوهر شاهزاده شما هستم»

The princess was astonished for a moment.

شاهزاده خانم برای لحظه ای شگفت زده شد۔

"Who? the prince's friend?"

«کی؟ دوست شاهزاده؟»

"Oh, my husband's best friend"

«اوه، بهترین دوست شوهرم »

"Please rescue me from this terrible captivity"

«لطفاً مرا از این اسارت وحشتناک نجات دهید»

"This is worse than death"

«این از مرگ هم بدتر است»

"All of this is my own fault"

«همه اینها تقصیر خودمه»

"Rescue me, oh please, thou best of friends!"

«ای بهترین دوستان، خواهش می‌کنم نجاتم دهید.»

She then burst into tears.

سپس او به گریه افتاد.

The prince's friend spoke again.

دوست شاهزاده دوباره صحبت کرد.

"Do not be disconsolate"

«ناامید نشو»

"I will try my best to rescue you"

«تمام تلاشم را می‌کنم تا تو را نجات دهم»

"I will try to have you out of here tonight"

«سعی می‌کنم امشب از اینجا بری بیرون»

"But you must do whatever I tell you"

«اما تو باید هر کاری که بهت میگم رو انجام بدی»

The princess trusted the prince's friend.

شاهزاده خانم به دوست شاهزاده اعتماد داشت.

"I will do anything you tell me"

«هر کاری که به من بگویید انجام می‌دهم»

After this the supposed Phakir left the room.

بعد از این، آن فقیر فرضی اتاق را ترک کرد.

He passed through the courtyard of the palace.

از حیاط کاخ گذشت.

Some of the guards challenged him.

بعضی از نگهبانان او را به چالش کشیدند.

"Hoom hoom!" he replied.

هوم هوم. «او پاسخ داد.»

"I'm just going out for a minute"

«من فقط برای یک دقیقه بیرون می‌روم»

"And then I will come back again"

«و بعد دوباره برمی‌گردم»

They understood that it was the madcap Phakir.

آنها فهمیدند که کار پاکیر دیوانه است.

True to his word he did come back shortly.

به قولش عمل کرد و خیلی زود برگشت.

And again he went to the princess.

و دوباره به سمت شاهزاده خانم رفت.

An hour afterwards he again went out.

یک ساعت بعد دوباره بیرون رفت.

And again he was challenged by the guards.

و دوباره او توسط نگهبانان مورد چالش قرار گرفت.

He made the same reply as at the first time.

او همان پاسخ دفعه اول را داد.

The guards began to talk among themselves.

نگهبانان شروع به صحبت با یکدیگر کردند.

“This Phakir surely has no sense”

«این فقیر مطمئناً عقل ندارد»

“He will go out and come in all night”

«او تمام شب بیرون می‌رود و می‌آید»

“Let us leave him to do what he likes”

بگذارید او را به حال خود رها کنیم تا هر کاری که دوست دارد انجام
«دهد

“There's no use guarding him all night”

«هیچ فایده‌ای نداره که تمام شب ازش مراقبت کنی»

The minister's son had worn down the guards.

پسر وزیر نگهبانان را خسته کرده بود.

And he was looking for a way to escape.

و دنبال راهی برای فرار می گشت.

He kept going in and out until three at night.

او تا ساعت سه شب مدام به داخل و خارج می‌رفت.

This time there were no guards there.

این بار هیچ نگهبانی آنجا نبود.

Because all the guards had fallen asleep.

چون همه نگهبانان خوابشان برده بود.

He was overjoyed at the auspicious circumstance.

او از این شرایط فرخنده بسیار خوشحال بود.

Then he went back to the princess.

سپس به سمت شاهزاده خانم برگشت.

“Now, princess, is the time for escape”

«حالا، پرنسس، وقت فراره»

“The guards are all asleep”

«نگهبانان همه خوابند»

"You must mount on my back"

«تو باید بر پشت من سوار شوی»

"Tie the locks of your hair round my neck"

«گیسوانت را دور گردنم ببند»

"And keep tight hold of me"

«و مرا محکم در آغوش بگیر»

The princess did what she was asked of.

شاهزاده خانم کاری را که از او خواسته شده بود انجام داد۔

He passed unchallenged through the courtyard.

او بدون هیچ مانعی از حیاط عبور کرد۔

And he had a lovely burden on his back.

و او بار سنگینی بر دوش داشت۔

Eventually he got to the gate of the palace.

سرانجام به دروازه قصر رسید۔

And he went through without being challenged.

و او بدون هیچ چالشی از آن عبور کرد۔

Then they went to the outskirts of the city.

سپس به حومه شهر رفتند۔

Eventually he reached the outer suburbs.

سرانجام به حومه بیرونی رسید۔

They reached the water from which the princess had risen.

آنها به آبی رسیدند که شاهزاده خانم از آن بیرون آمده بود۔

The princess rejoiced at her escape.

شاهزاده خانم از فرار او خوشحال شد۔

But she was still trembling with fear.

اما هنوز از ترس می‌لرزید۔

The prince's friend untied the snake-jewel.

دوست شاهزاده جواهر مار را باز کرد۔

And together they ascended into the water.

و با هم به درون آب رفتند۔

And soon they found back to the subterranean palace.

و خیلی زود آنها به کاخ زیرزمینی برگشتند۔

You can imagine how happy the prince was.

می‌توانید تصور کنید که شاهزاده چقدر خوشحال شد۔

He had nearly died of grief.

او از شدت غم نزدیک بود بمیرد۔

And you can imagine the princess' happiness too.

و شما می‌توانید شادی شاهزاده خانم را نیز تصور کنید.

All the three of them were mad with joy.

هر سه نفرشان از خوشحالی دیوانه شده بودند.

For three days they remained in the palace.

سه روز آنها در قصر ماندند.

And they retold the prince the whole story.

و آنها تمام ماجرا را برای شاهزاده تعریف کردند.

They told of how the princess was seized.

آنها از چگونگی دستگیری شاهزاده خانم گفتند.

They told him of her captivity in the palace.

آنها از اسارت او و در قصر برایش گفتند.

They described the marriage that was planned.

آنها ازدواجی را که برنامه‌ریزی شده بود، توصیف کردند.

They told him of the old woman.

آنها ماجرای پیرزن را برایش تعریف کردند.

And they told him all about her Phakir-Chand.

و آنها همه چیز را در مورد پاکیر-چاند او به او گفتند.

They told him how he had impersonated him.

آنها به او گفتند که چگونه خود را به جای او جا زده است.

And they told him how he freed the princess.

و آنها به او گفتند که چگونه شاهزاده خانم را آزاد کرد.

I don't need to tell you how grateful they were.

لازم نیست به شما بگویم که چقدر سپاسگزار بودند.

The prince's friend truly was a good friend.

دوست شاهزاده واقعاً دوست خوبی بود.

They thanked him in the warmest terms.

آنها با گرم‌ترین الفاظ از او تشکر کردند.

And they vowed to always follow his counsel.

و آنها سوگند یاد کردند که همیشه از نصیحت او پیروی کنند.

They were all resolved to return home.

همه آنها مصمم بودند که به خانه برگردند.

They wanted to return to their native country.

آنها می‌خواستند به کشور زادگاهشان برگردند.

The king's son, the minister's son, and the princess.

پسر پادشاه، پسر وزیر و شاهزاده خانم.

They left the subterranean palace together.

آنها با هم از قصر زیرزمینی خارج شدند.

They lighted the passage with the snake-jewel.

آنها با جواهر مار، راهرو را روشن کردند.

And they made their way to the upper world.

و به عالم بالا راه یافتند.

They had neither elephants nor horses waiting for them.

آنها نه فیلی داشتند و نه اسبی در انتظارشان بود.

So they had no choice but to travel on foot.

بنابراین چاره‌ای جز پیاده طی کردن مسیر نداشتند.

The two friends had been bred in the lap of luxury.

آن دو دوست در دامان تجمل و رفاه بزرگ شده بودند.

Both of them found walking troublesome.

هر دوی آنها راه رفتن را دردسرساز یافتند.

But the princess found it infinitely more troublesome.

اما شاهزاده خانم آن را بی‌نهایت دردسرسازتر یافت.

She was used to even finer treatment.

او به رفتارهای حتی ظریف‌تر هم عادت داشت.

The stones of the road were too rough for her.

سنگ‌های جاده برایش زیادی ناهموار بودند.

And the rough stones wounded her tender feet.

و سنگ‌های خشن پاهای لطیفش را زخمی کردند.

Eventually her feet became very sore.

سرانجام پاهایش به شدت درد گرفت.

At times the king's son carried her on his shoulders.

گاهی پسر پادشاه او را بر دوش خود حمل می‌کرد.

The load he was carrying was of course lovely.

باری که حمل می‌کرد، مسلماً دوست‌داشتنی بود.

But although lovely, she was heavy to carry.

اما اگرچه دوست‌داشتنی بود، حمل کردنش سنگین بود.

And she could not be carried a great distance.

و او را نمی‌توانستند مسافت زیادی حمل کنند.

And therefore she too had to walk often.

و بنابراین او نیز مجبور بود اغلب پیاده برود.

One evening they arrived beneath a tree.

یک شب آنها به زیر درختی رسیدند.

There were no visible signs of human habitations.

هیچ نشانه‌ای از سکونتگاه‌های انسانی دیده نمی‌شد.

So they decided to make the tree their sleeping place.

بنابراین تصمیم گرفتند درخت را محل خواب خود قرار دهند.

The prince's friend offered to keep guard.

دوست شاهزاده پیشنهاد داد که نگهبانی بدهد.

"Both of you can go to sleep"

«هر دوی شما می‌توانید بروید بخوابید»

"I will keep watch over you both tonight"

«من امشب مراقب هر دوی شما خواهم بود»

"In order to prevent any danger"

«به منظور جلوگیری از هرگونه خطر»

The royal couple soon dozed off.

زوج سلطنتی خیلی زود چرت زدند.

And they were locked in the arms of sleep.

و در آغوش خواب حبس شده بودند.

The faithful friend of the prince did not sleep.

دوست وفادار شاهزاده نخوابید.

He stayed awake and watched for danger.

او بیدار ماند و مراقب خطر بود.

It so happened they camped under a special tree.

اتفاقاً آنها زیر یک درخت مخصوص اردو زدند.

In the tree swung the nest of two birds.

روی درخت، لانه‌ی دو پرنده تاب می‌خورد.

The immortal birds Bihangama and Bihangami.

Bihangami و Bihangama پرندگان جاودانه-

These birds were endowed with human speech.

این پرندگان از قدرت تکلم انسانی برخوردار بودند.

And they could also see into the future.

و آنها همچنین می‌توانستند آینده را ببینند.

The minister's son listened to the bird's conversation.

پسر وزیر به گفتگوی پرنده گوش داد.

He was more than a little astonished at what he heard!

از آنچه شنیده بود، کمی بیشتر از یک ذره متعجب شد.

Bihangama: "The prince's friend risked his own life"

«بیهانگاما»: دوست شاهزاده جان خودش را به خطر انداخت

"He did everything for the safety of his friend"

«او همه کار را برای امنیت دوستش انجام داد»

"But more dangers will befall the king's son"

«اما خطرات بیشتری پسر پادشاه را تهدید خواهد کرد»

"And he will find it difficult to save the prince"

«و او نجات شاهزاده را دشوار خواهد یافت»

Bihangami: "Why is that?"

«بیهانگامی»: چرا اینطور است؟

Bihangama: "Many dangers await the king's son"

«بیهانگاما»: خطرات زیادی در انتظار پسر پادشاه است

"The prince's father will hear of his son's approach"

«پدر شاهزاده از نزدیک شدن پسرش باخبر خواهد شد.»

"He will send for him an elephant and some horses"

«او یک فیل و چند اسب برایش خواهد فرستاد.»

"And he will arrange attendants to meet him"

«و او ملازمانی را برای ملاقات با خود ترتیب خواهد داد»

"The king's son will ride the elephant"

«پسر پادشاه سوار فیل خواهد شد»

"But he will fall from the back of the elephant"

«اما او از پشت فیل خواهد افتاد»

"And he will die from his fall from the elephant"

«و او بر اثر افتادن از فیل خواهد مرد»

Bihangami: "But suppose someone prevented this?"

«بیهانگامی»: اما فرض کنید کسی جلوی این را گرفته باشد؟

"Suppose the king's son is not going to ride on the elephant"

«فرض کنید پسر پادشاه قرار نیست سوار فیل شود»

"What might happen if he rides on a horse instead?"

«اگر او به جای آن سوار اسب شود، چه اتفاقی ممکن است بیفتد؟»

"Will he not in that case be saved?"

«آیا در آن صورت نجات نخواهد یافت؟»

Bihangama: "Yes, in that case he would escape that fate"

«بیهانگاما»: بله، در آن صورت او از آن سرنوشت فرار می‌کرد.

"But then a fresh danger would await him"

«اما در آن صورت خطر تازه‌ای در انتظارش خواهد بود»

"When the king's son is in sight of his father's palace"

«وقتی پسر پادشاه در معرض دید کاخ پدرش باشد»

"When he is in the act of passing through the lion-gate"

«وقتی که او در حال عبور از دروازه شیر است»

"In that moment the lion-gate will fall upon him"

«در آن لحظه دروازه شیر بر او فرو خواهد ریخت»

"And the stones will crush him to death"

«و سنگ‌ها او را تا سر حد مرگ له خواهند کرد»

Bihangami: "But suppose someone gets there first"

«بیهانگامی» :اما فرض کن یکی زودتر به اونجا برسه

"Suppose someone destroys the lion-gate"

«فرض کنید کسی دروازه شیر را خراب کند»

"If that happens the king's son couldn't go through the lion-gate"

«اگر این اتفاق بیفتد، پسر پادشاه نمی‌تواند از دروازه شیرها عبور کند.»

"Will not the king's son in that case be saved?"

«آیا در آن صورت پسر پادشاه نجات نخواهد یافت؟»

Bihangama: "Yes, in that case he would escape his fate"

«بیهانگاما» :بله، در آن صورت او از سرنوشت خود فرار می‌کرد.

"But then a fresh danger would await him"

«اما در آن صورت خطر تازه‌ای در انتظارش خواهد بود»

"When the king's son reaches the palace"

«وقتی پسر پادشاه به قصر می‌رسد»

"When he sits at a feast prepared for him"

«هنگامی که در ضیافتی که برایش آماده شده است، بنشیند»

"The head of a fish will be cooked for him"

«سر ماهی برایش پخته خواهد شد»

"He will put into his mouth the head of the fish"

«سر ماهی را در دهانش خواهد گذاشت»

"But the head of the fish will stick in his throat"

«اما سر ماهی در گلویش گیر خواهد کرد»

"And he will choke to death on the head of the fish"

«و او بر سر ماهی خفه خواهد شد و خواهد مرد.»

Bihangami: "But suppose someone snatches the fish"

«بیهانگامی» :اما فرض کنید کسی ماهی را بدزدد

"Suppose someone takes the head of the fish from his plate"

«فرض کنید کسی سر ماهی را از بشقابش بردارد»

"Suppose he can't put the fish's head in his mouth"

«فرض کنید او نمی‌تواند سر ماهی را در دهانش بگذارد»

"Will not the king's son in that case be saved?"

«آیا در آن صورت پسر پادشاه نجات نخواهد یافت؟»

Bihangama: "Yes, in that case he will escape his fate"

«بیهانگاما» :بله، در این صورت او از سرنوشت خود فرار خواهد کرد۔

"But a fresh danger would await him"

«اما خطر تازه‌ای در انتظارش بود»

"When the prince and princess retire after dinner"

«وقتی شاهزاده و پرنسس بعد از شام بازنشسته می‌شوند»

"When they go into their sleeping apartment"

«وقتی به آپارتمان خوابشان می‌روند»

"They will lie together in bed"

«آنها با هم در رختخواب خواهند خوابید»

"A terrible cobra will come into the room"

«یک کبرا وحشتناک وارد اتاق خواهد شد»

"And the cobra will bite the king's son to death"

«و مار کبرا پسر پادشاه را تا سر حد مرگ نیش خواهد زد»

Bihangami: "But suppose someone was in the room"

«بیهانگامی» :اما فرض کنید کسی توی اتاق بوده

"Suppose this person was waiting for the snake"

«فرض کنید این شخص منتظر مار بوده است»

"And suppose that this person cuts the snake into pieces"

«و فرض کنید که این شخص مار را تکه تکه کند»

"Will not the king's son in that case be saved?"

«آیا در آن صورت پسر پادشاه نجات نخواهد یافت؟»

Bihangama: "Yes, in that case he will escape his fate"

«بیهانگاما» :بله، در این صورت او از سرنوشت خود فرار خواهد کرد۔

"In that case the life of the king's son will be saved"

«در آن صورت جان پسر پادشاه نجات خواهد یافت۔»

"But he who saves him can't repeat these words"

«اما کسی که او را نجات می‌دهد نمی‌تواند این کلمات را تکرار کند۔»

"If he tells his secret he will be turned into marble"

«اگر رازش را فاش کند، به سنگ مرمر تبدیل می‌شود»

Bihangami: "Can the statue be returned to life?"

«بیهانگامی» :آیا می‌توان مجسمه را به زندگی بازگرداند؟

Bihangama: "Yes, the marble statue can be restored to life"

«بیهانگاما» :بله، مجسمه مرمری را می‌توان دوباره زنده کرد

"The princess will give birth to a child"

«شاهزاده خانم فرزندی به دنیا خواهد آورد»

"They must wash the statue with the blood of the infant"

«باید مجسمه را با خون نوزاد بشویند»

The prophetical birds had spoken until that point.

پرندگان پیشگو تا آن لحظه سخن گفته بودند.

But then they were interrupted by the craw of crows.

اما ناگهان صدای قارقار کلاغ‌ها حرفشان را قطع کرد.

The eastern sky tinted in a reddish hue.

آسمان شرقی به رنگ قرمز مایل به قرمز درآمد.

And the travelers beneath the tree bestirred themselves.

و مسافران زیر درخت خود را تکان دادند.

The prophetic conversation came to an end.

گفتگوی نبوی به پایان رسید.

But the prince's friend had heard everything.

اما دوست شاهزاده همه چیز را شنیده بود.

The next morning they continued their journey.

صبح روز بعد آنها به سفرشان ادامه دادند.

The prince, the princess, and the prince's friend.

شاهزاده، شاهدخت و دوست شاهزاده.

Soon they met the king's procession.

خیلی زود آنها به کاروان پادشاه رسیدند.

There was an elephant, a horse, and a palki.

یک فیل، یک اسب و یک پالکی آنجا بود.

And there was a large number of attendants.

و تعداد زیادی از خادمان آنجا بودند.

These animals and men had been sent by the king.

این حیوانات و آدم‌ها را پادشاه فرستاده بود.

The king heard his son was with his friend.

پادشاه شنید که پسرش پیش دوستش است.

And he had heard that his son had married.

و شنیده بود که پسرش ازدواج کرده است.

And he heard they were not far from the capital.

و او شنیده بود که آنها خیلی از پایتخت دور نیستند.

The elephant had been richly caparisoned.

فیل با غنایم فراوان تجهیز شده بود.

The elephant was intended for the prince.

فیل برای شاهزاده در نظر گرفته شده بود.

The framework of the palki was of silver.

چارچوب پالکی از نقره بود.

The palki was meant for the princess.

پالکی برای شاهزاده خانم در نظر گرفته شده بود.

And the horse was for the prince's friend.

و اسب برای دوست شاهزاده بود .

The prince was about to mount on the elephant.

شاهزاده می‌خواست سوار فیل شود.

But then his friend spoke to him.

اما بعد دوستش با او صحبت کرد.

"Allow me to ride on the elephant, please"

«لطفاً اجازه دهید سوار فیل شوم»

"And you can ride back on horseback"

«و می‌توانی دوباره سوار اسب شوی»

The prince was not a little surprised.

شاهزاده کم تعجب نکرد.

The proposal had been made in a very cold manner.

این پیشنهاد به شیوه‌ای بسیار سرد مطرح شده بود.

Maybe his friend felt a little too entitled.

شاید دوستش کمی احساس حق به جانب بودن می‌کرد.

And the king's son was slightly annoyed.

و پسر پادشاه کمی آزرده خاطر شد.

But he remembered what his friend had done for him.

اما یادش آمد که دوستش برایش چه کارهایی کرده بود.

And he remembered how he saved the princess.

و او به یاد آورد که چگونه شاهزاده خانم را نجات داد.

So he mounted the horse without objecting.

بنابراین بدون هیچ اعتراضی سوار اسب شد.

But his mind became somewhat alienated from him.

اما ذهنش تا حدودی از او بیگانه شد.

The procession towards the capital started again.

حرکت به سمت پایتخت دوباره آغاز شد.

After some time they came in sight of the palace.

پس از مدتی، آنها به قصر رسیدند.

The lion-gate had been gaily adorned.

دروازه شیر با شکوه تمام تزیین شده بود.

There was a grand reception for the prince.

پذیرایی باشکوهی از شاهزاده به عمل آمد.

And the princess was equally anticipated.

و شاهزاده خانم هم به همان اندازه مورد انتظار بود.

But the prince's friend seemed to have an objection.

اما انگار دوست شاهزاده ایرادی داشت.

"I want the lion-gate to be broken down"

«می‌خواهم دروازه شیرها خراب شود»

The prince was astounded at the proposal.

شاهزاده از این پیشنهاد شگفت زده شد.

The request was very out of the ordinary.

درخواست خیلی غیرمعمول بود.

And he had given no reason for his demand.

و هیچ دلیلی برای درخواست خود ارائه نکرده بود.

But he remembered all his friend had done for him.

اما تمام کارهایی که دوستش برایش انجام داده بود را به یاد آورد.

And he remembered how he saved the princess.

و او به یاد آورد که چگونه شاهزاده خانم را نجات داد.

So he complied with the wish of his friend.

بنابراین او به خواسته دوستش عمل کرد.

And the beautiful lion-gate was torn down.

و دروازه زیبای شیرها ویران شد.

But his mind became even more estranged from him.

اما ذهنش از او حتی بیشتر بیگانه شد.

The procession now went into the palace.

حالا دسته‌ی عزاداران وارد کاخ شدند.

The king gave a warm reception to his son.

پادشاه از پسرش پذیرایی گرمی می‌کرد.

He welcomed his daughter-in-law equally warmly.

او به همان گرمی از عروسش استقبال کرد.

And he was very pleased to see the prince's friend.

و او از دیدن دوست شاهزاده بسیار خوشحال شد.

The story of their adventures was related.

داستان ماجراجویی‌هایشان به هم مرتبط بود.

The king expressed great astonishment at the tale.

پادشاه از این داستان بسیار شگفت‌زده شد.

And his courtiers were equally impressed.

و درباریانش نیز به همان اندازه تحت تأثیر قرار گرفتند.

All praised the minister's son's devotion.

همه از فداکاری پسر وزیر تعریف کردند.

And the ladies of the palace praised the princess.

و بانوان کاخ، شاهزاده خانم را ستودند.

The connoisseurs of beauty praised the princess.

متخصصان زیبایی، شاهزاده خانم را ستودند.

Her complexion was a mixture of milk and vermilion.

رنگ پوستش ترکیبی از شیر و شنگرف بود.

Her neck was like that of a swan.

گردنش مثل گردن قو بود.

Her eyes were like those of a gazelle.

چشمانش مانند چشمان غزال بود.

Her lips were as red as the berry bimba.

لب‌هایش به سرخی بیمبا)نوعی شیرینی(بود.

Her cheeks were as lovely as they could be.

گونه‌هایش تا حد امکان زیبا بودند.

And her nose was straight and high.

و بینی‌اش صاف و سربالا بود.

Her hair reached down to her ankles.

موهایش تا مچ پایش می‌رسید.

Her walk was as graceful as that of a young elephant.

راه رفتن او به زیبایی راه رفتن یک فیل جوان بود.

The princess whom destiny had brought to them.

شاهزاده خانمی که سرنوشت او را برایشان رقم زده بود.

They sat around her wanting to know everything.

آنها دور او نشسته بودند و می‌خواستند همه چیز را بدانند.

And they put to her a thousand questions.

و آنها هزار سوال از او پرسیدند.

They asked her about her parents.

از او درباره پدر و مادرش پرسیدند.

They asked her about the subterranean palace.

آنها از او درباره کاخ زیرزمینی پرسیدند.

And they asked her all about the serpent.

و آنها همه چیز را در مورد مار از او پرسیدند.

The serpent which had killed all her relatives.

ماری که تمام بستگانش را کشته بود.

Soon it was time for the new arrivals to dine.

خیلی زود نوبت شام خوردن تازه واردها رسید.

The dinner was served up in dishes of gold.

شام در ظرف‌های طلایی سرو شد.

All sorts of delicacies were on the table.

انواع و اقسام خوراکی‌های خوشمزه روی میز چیده شده بود.

The most conspicuous dish was the head of a rohita fish.

چشمگیرترین غذا، سر یک ماهی روهیتا بود.

The large fish's head was placed in a golden cup.

سر ماهی بزرگ در جامی طلایی قرار داده شده بود.

And the cup was placed near the prince's plate.

و جام نزدیک بشقاب شاهزاده قرار گرفت.

All were eating and retelling the adventure.

همه داشتند غذا می‌خوردند و ماجرا را تعریف می‌کردند.

And suddenly the prince's friend snatched the head.

و ناگهان دوست شاهزاده سر را ربود.

He took the fish's head from the prince's plate.

سر ماهی را از بشقاب شاهزاده برداشت.

"Let me, prince, eat this rohita's head"

«بگذار من، شاهزاده، سر این روهیتا را بخورم»

The king's son was quite indignant.

پسر پادشاه کاملاً خشمگین شد.

But he remembered all his friend had done for him.

اما تمام کارهایی که دوستش برایش انجام داده بود را به یاد آورد.

And he remembered how he saved the princess.

و او به یاد آورد که چگونه شاهزاده خانم را نجات داد.

And so he made no objection to the request.

و بنابراین او هیچ مخالفتی با این درخواست نکرد.

But he could not hide his terrible rage.

اما نتوانست خشم وحشتناکش را پنهان کند.

Of course the prince's friend noticed this.

البته دوست شاهزاده متوجه این موضوع شد.

But there was nothing else he could have done.

اما کار دیگری از دستش برنمی‌آمد.

His conduct, however strange, was necessary.

رفتار او، هر چقدر هم عجیب، ضروری بود.

It was for the safety of his friend's life.

برای حفظ جان دوستش بود.

Nor could he tell his friend the reason.

و دلیلش را هم نمی‌توانست به دوستش بگوید.

Else he would be transformed into a marble statue.

وگرنه او را به یک مجسمه مرمری تبدیل می‌کردند.

Soon the dinner was going to be over.

خیلی زود شام داشت تمام می‌شد.

The prince's friend had one more request.

دوست شاهزاده یک درخواست دیگر هم داشت.

The two friends had spent every night together.

آن دو دوست هر شب را با هم گذرانده بودند.

But tonight he wanted to go to his own house.

اما امشب دلش می‌خواست به خانه‌ی خودش برود.

The prince was also shocked at his strange conduct.

شاهزاده نیز از رفتار عجیب او شوکه شد.

But he remembered all his friend had done for him.

اما تمام کارهایی که دوستش برایش انجام داده بود را به یاد آورد.

And he remembered how he saved the princess.

و او به یاد آورد که چگونه شاهزاده خانم را نجات داد.

And he also agreed to this request of his friend.

و او نیز با این درخواست دوستش موافقت کرد.

The prince's friend, however, had other plans.

با این حال، دوست شاهزاده نقشه‌های دیگری داشت.

He had no intentions of going to his own house.

او قصد نداشت به خانه خودش برود.

He was resolved to avert the last peril.

او مصمم بود که از آخرین خطر جلوگیری کند.

The last thing to threaten the life of his friend.

آخرین چیزی که جان دوستش را تهدید می‌کند.

Accordingly, he took a sword into his hand.

بر این اساس، شمشیری به دست گرفت.

And he stealthily entered the royal room.

و یواشکی وارد اتاق سلطنتی شد.

The room of the prince and the princess.

اتاق شاهزاده و پرنس.

He ensconced himself under the bedstead.

خودش را زیر تخت پنهان کرد.

The bed was furnished with mattresses of down.

تخت با تشک‌هایی از جنس پر، مبله شده بود.

The mosquito curtains were of the richest silk.

پرده‌های پشه‌بند از مرغوب‌ترین ابریشم بودند.

And all the bedding was laced with gold.

و تمام ملافه‌ها با طلا تزیین شده بودند.

Soon the prince and princess came into the bedroom.

خیلی زود شاهزاده و پرنس وارد اتاق خواب شدند.

They undressed themselves and went to bed.

آنها لباس‌هایشان را درآوردند و به رختخواب رفتند.

And soon the royal couple were asleep.

و خیلی زود زوج سلطنتی به خواب رفتند.

At midnight he heard the slithering of a snake.

نیمه شب صدای خزیدن ماری را شنید.

The sound was coming from a water passage.

صدا از جوی آب می‌آمد.

A snake of gigantic size entered the room.

مار غول پیکری وارد اتاق شد.

The serpent climbed up the frame of the bed.

مار از چارچوب تخت بالا رفت.

The minister's son rushed out with the sword.

پسر وزیر با شمشیر بیرون دوید.

And he killed the serpent with one blow.

و او مار را با یک ضربه کشت.

And then he cut the snake into smaller pieces.

و سپس مار را به قطعات کوچکتری تقسیم کرد.

He put the pieces in the dish for holding betel-leaves.

او تکه‌ها را در ظرف مخصوص نگهداری برگ‌های فوفل گذاشت.

But as he did this, he spilled a drop of blood.

اما همین که این کار را کرد، قطره‌ای خون از او ریخت.

The drop of blood fell on the breast of the princess.

قطره خون روی سینه شاهزاده خانم افتاد.

Because the mosquito curtains had not been let down.

چون پرده‌های پشه‌بند پایین کشیده نشده بودند.

He worried for the health of the princess.

او نگران سلامتی شاهزاده خانم بود.

The blood might be of some sort of poison.

ممکنه خون یه جورایی سمی باشه.

So he resolved to lick up the blood.

بنابراین تصمیم گرفت خون را لیس بزند.

But he could not look at the naked princess.

اما او نمی‌توانست به شاهزاده خانم برهنه نگاه کند.

It would have been a great sin.

گناه کبیره ای می بود.

So he blindfolded himself with seven-fold cloth.

بنابراین او چشمان خود را با پارچه‌ای هفت لایه بست.

And he licked off the drop of blood.

و قطره خون را لیسید.

But just at this time the princess awoke.

اما درست در همین لحظه شاهزاده خانم از خواب بیدار شد.

Her scream roused her husband from his sleep.

فریاد او شوهرش را از خواب بیدار کرد.

And he could not believe what he was seeing.

و او نمی‌توانست آنچه را که می‌دید باور کند.

The prince fell into a great rage.

شاهزاده به شدت عصبانی شد.

And he was prepared to kill his friend.

و او آماده بود تا دوستش را بکشد.

But he gave his friend a chance to speak.

اما به دوستش فرصت حرف زدن داد.

"Please, my friend, restrain your anger"

«خواهش می‌کنم، دوست من، خشم خود را فرو بنشان»

"I have done this only to save your life"

«من این کار را فقط برای نجات جان تو انجام داده‌ام»

The prince was more confused than before.

شاهزاده گیج‌تر از قبل شده بود۔

"I do not understand what you mean"

«منظورت را نمی‌فهمم»

"From the time we came out of the subterranean palace"

«از زمانی که از کاخ زیرزمینی بیرون آمدیم»

"You have been behaving in a most extraordinary way"

«شما به طرز کاملاً غیرمعمولی رفتار کرده‌اید»

"First, you insisted on riding my elephant"

«اولاً، تو اصرار داشتی که سوار فیل من بشی»

"The elephant my father had sent for me"

«فیلی که پدرم برایم فرستاده بود»

"I thought it was vain of you to ask"

«فکر کردم پرسیدن از تو بیهوده است»

"But I remembered what you had done for me"

«اما من به یاد آوردم که تو چه کارهایی برایم انجام داده بودی»

"And I decided to let the matter pass"

«و من تصمیم گرفتم از این موضوع بگذرم»

"And instead I rode back on horseback"

«و در عوض سوار بر اسب برگشتم»

"Secondly, you insisted on destroying the lion-gate"

«دوم اینکه، شما اصرار داشتید که دروازه شیر را خراب کنید۔»

"The lion-gate my father had adorned for me"

«دروازه شیری که پدرم برایم آراسته بود»

"I thought it was strange of you to ask"

«به نظرم پرسیدن این سوال از شما عجیب بود»

"But I remembered what you had done for me"

«اما من به یاد آوردم که تو چه کارهایی برایم انجام داده بودی»

"And I decided to let the matter pass"

«و من تصمیم گرفتم از این موضوع بگذرم»

"And I had the lion-gate destroyed"

«و من دروازه شیر را خراب کردم»

"Thirdly, at dinner you behaved most shamefully"

«سوم اینکه، سر شام خیلی شرم‌آور رفتار کردی»

"You snatched the rohita's head from my plate"

«تو سر روهیتا را از بشقاب من قاپیدی»

"And you insisted on eating the fish head"

«و تو اصرار داشتی سر ماهی را بخوری»

"I thought you felt too entitled"

«فکر کردم زیادی احساس حق به جانب بودن می‌کنی»

"But I remembered what you had done for me"

«اما من به یاد آوردم که تو چه کارهایی برایم انجام داده بودی»

"So I decided to let the matter pass"

«بنابراین تصمیم گرفتم موضوع را بی‌خیال شوم»

"You then pretended that you were going home"

«بعد وانمود کردی که داری میری خونه»

"And I was very glad you were going home"

«و من خیلی خوشحال شدم که داشتی به خانه می‌رفتی»

"Because you had made yourself very disagreeable"

«چون خودت را خیلی بداخلاق کرده بودی.»

"And now you are actually in my bedroom"

«و حالا تو واقعاً توی اتاق خواب منی»

"You are bending over the naked bosom of my wife"

«تو روی سینه‌ی برهنه‌ی همسرم خم شده‌ای»

"You must have had some evil plan"

«حتماً نقشه شومی داشتی»

"And now you pretend you are saving my life"

«و حالا وانمود می‌کنی که داری جونمو نجات می‌دی»

"But I don't believe you want to save my life"

«اما من باور نمی‌کنم که تو بخواهی جان مرا نجات دهی»

"I believe you want to destroy my wife's chastity"

«من معتقدم که شما می‌خواهید عفت همسرم را از بین ببرید»

The prince's friend knew how things looked.

دوست شاهزاده می‌دانست اوضاع از چه قرار است.

"Oh, do not harbor such thoughts in your mind"

«اوه، چنین افکاری را در ذهنت پرورش نده»

"Please do not think badly against me"

«لطفاً در مورد من فکر بد نکنید»

"The gods know what I have done"

«خدایان می‌دانند که من چه کرده‌ام»

"They know I did it to save your life"

«آنها می‌دانند که من این کار را برای نجات جان تو انجام دادم»

"You would see the reasonableness of my conduct"

«تو منطقی بودن رفتار من را می‌دیدی»

"But I don't have liberty to state my reasons"

«اما من آزادی بیان دلایلم را ندارم»

The prince asked him to explain himself.

شاهزاده از او خواست که خودش توضیح دهد.

"And why are you not at liberty?"

«و چرا آزاد نیستی؟»

"Who has put a seal upon your mouth?"

«چه کسی دهان تو را مُهر کرده است؟»

And the prince's friend answered.

و دوست شاهزاده پاسخ داد.

"Destiny has put a seal upon my mouth"

«سرنوشت بر دهانم مُهر زده است»

"If I told you, I would be transformed into marble"

«اگر به تو می‌گفتم، تبدیل به سنگ مرمر می‌شدم»

The prince grew angrier with his friend.

شاهزاده از دوستش عصبانی‌تر شد.

"You should be transformed into a marble statue!"

«تو باید به یک مجسمه مرمری تبدیل شوی.-»

"You must take me to be a simpleton"

«حتماً من را ساده‌لوح فرض کرده‌ای»

"You can't expect me to believe this nonsense"

«از من انتظار نداشته باش که این مزخرفات رو باور کنم»

The minister's son made one last request.

پسر وزیر آخرین درخواستش را کرد.

"Do you wish me then, friend, for me to tell you?

«پس، دوست من، آیا مایلی که من به تو بگویم؟»

"You would make your friend turn into stone?"

«می‌خوای دوستت رو به سنگ تبدیل کنی؟»

The prince wanted to hear the reason.

شاهزاده می‌خواست دلیلش را بشنود.

He did not care about the consequences.

او به عواقب آن اهمیتی نمی‌داد.

"Tell me, or else you are a dead man"

«به من بگو، وگرنه مُردی»

The prince's friend wanted to clear his name.

دوست شاهزاده می‌خواست نام او را پاک کند.

He wanted no foul accusations brought against him.

او نمی‌خواست هیچ اتهام ناروایی علیه او مطرح شود.

And he deemed it his duty to reveal the secret.

و او وظیفه خود دانست که این راز را فاش کند.

Even if this would put his life at risk.

حتی اگر این کار جانش را به خطر بیندازد.

He again warned the prince not to ask him.

او دوباره به شاهزاده هشدار داد که از او چیزی نپرسد.

But the prince remained inexorable.

اما شاهزاده سرسخت ماند.

The prince's friend then told him his secret.

سپس دوست شاهزاده رازش را به او گفت.

"While sleeping under a lofty tree one night"

«شبی هنگام خوابیدن زیر درختی بلند»

"I overheard a conversation between two birds.

من مکالمه‌ای بین دو پرنده شنیدم-»

"The prophesizing birds Bihangama and Bihangami"

«پرندگان پیشگو، بیهانگاما و بیهانگامی»

"Bihangama predicted all the dangers in your life"

«بیهانگاما تمام خطرات زندگی شما را پیش‌بینی کرده است»

"First the bird predicted your father would send an elephant"

«اول پرنده پیش‌بینی کرد که پدرت یک فیل خواهد فرستاد»

"The bird said you would fall from the elephant"

«پرنده گفت که از فیل می‌افتی پایین»

"And the bird said you would die from the fall"

«و پرنده گفت که تو از سقوط خواهی مرد»

At this point the minister's son's legs turned to stone.

در این هنگام پاهای پسر وزیر به سنگ تبدیل شد.

"See? my legs have already turned to stone"

«می‌بینی؟ پاهایم دیگر سنگ شده‌اند.»

"Go on with your story," said the prince.

«شاهزاده گفت»: به داستانت ادامه بده.

And the prince's friend continued the story.

و دوست شاهزاده داستان را ادامه داد.

"The bird said the lion-gate would be gaily decorated"

«پرنده گفت که دروازه شیرها با شکوه تزئین خواهد شد.»

"And the bird said the lion-gate would collapse on you"

«و پرنده گفت که دروازه شیرها روی شما فرو خواهد ریخت.»

"If the lion-gate had fallen on you, you would have died"

«اگر دروازه شیرها روی تو افتاده بود، مرده بودی»

At this point the minister's son's torso turned to stone.

در این هنگام نیم تنه پسر وزیر به سنگ تبدیل شد.

But the prince insisted the minister's son continues.

اما شاهزاده اصرار داشت که پسر وزیر ادامه دهد.

"Go on with your story," said the prince.

«شاهزاده گفت»: به داستانت ادامه بده.

"The bird said there would be the head of a fish"

«پرنده گفت که سر یک ماهی آنجا خواهد بود»

"And the bird predicted you would choke on the fish"

«و پرنده پیش‌بینی کرد که تو از ماهی خفه خواهی شد»

Now his head was the only thing not of stone.

حالا تنها چیزی که از سنگ نبود، سرش بود.

"See? my whole body has turned to stone"

«می‌بینی؟ تمام بدنم تبدیل به سنگ شده»

"If I continue, I will become a man of stone"

«اگر ادامه بدهم، تبدیل به یک مرد سنگی می‌شوم»

"Do you wish me to tell the rest"

«می‌خوای بقیه‌ش رو هم بگم؟»

"Go on with your story," said the prince.

«شاهزاده گفت»: به داستانت ادامه بده.

"Very well, I will go on to the end"

«بسیار خوب، من تا آخر ادامه می‌دهم»

"But you may repent after I tell you"

«اما شاید بعد از اینکه به تو گفتم توبه کنی»

"And you may wish to restore me to life"

«و شاید بخواهی مرا به زندگی بازگردان»

"I will tell you how to reverse the spell"

«بهت میگم چطور طلسم رو باطل کنی»

"In a few months the princess will bear a child"

«چند ماه دیگر، شاهزاده خانم بچه‌دار خواهد شد.»

"Wait for the birth of the child"

«منتظر تولد فرزند باشید»

"Besmear my statue with the infant's blood"

«مجسمه‌ام را با خون نوزاد آغشته کنید»

"Only then will I be restored back to life"

«تنها در آن صورت است که به زندگی باز خواهم گشت»

The last word left his lips, and he turned to stone.

آخرین کلمه از لب‌هایش خارج شد و تبدیل به سنگ شد.

The princess jumped out of bed.

شاهزاده خانم از رختخواب بیرون پرید.

She opened the vessel for betel-leaves and spices.

او ظرف را برای برگ‌های فوفل و ادویه‌ها باز کرد.

And she saw the pieces of a serpent.

و او تکه‌های یک مار را دید.

The prince and the princess were now convinced.

شاهزاده و پرنسس حالا متقاعد شده بودند.

They saw the good faith of their departed friend.

آنها حسن نیت دوست مرحومشان را دیدند.

They saw the benevolence of his actions.

آنها خیرخواهی اعمال او را دیدند.

They went to the marble statue.

آنها به سمت مجسمه مرمری رفتند.

But the statue of their friend was lifeless.

اما مجسمه دوستشان بی‌جان بود.

They let out a loud cry of lamentation.

فریاد بلند و شیون و زاری سر دادند.

But their cries were to no purpose.

اما فریادهایشان بی‌فایده بود.

Because the statue was not moved by tears.

زیرا مجسمه از اشک‌ها تکان نخورده بود.

The prince and princess knew what they had to do.

شاهزاده و پرنسس می‌دانستند که باید چه کار کنند.

They concealed the marble figure in a safe place.

آنها مجسمه مرمری را در جای امنی پنهان کردند۔

And they waited for the birth of their child.

و منتظر تولد فرزندشان بودند۔

In process of time the hour came.

با گذشت زمان، ساعت موعود فرا رسید۔

The princess's travail had arrived.

درد زایمان شاهزاده خانم فرا رسیده بود۔

The princess bore a beautiful boy.

شاهزاده خانم پسری زیبا به دنیا آورد۔

The child was the perfect image of his mother.

کودک، نمونه‌ی کاملی از مادرش بود۔

The beauty of their child was striking.

زیبایی فرزندشان خیره کننده بود۔

And they were in awe of him.

و آنها از او در شگفت بودند۔

They would have spared his life.

آنها جان او را نجات می‌دادند۔

But they remembered their best friend.

اما آنها بهترین دوستشان را به یاد داشتند۔

They remembered all he had done for them.

آنها تمام کارهایی را که او برایشان انجام داده بود، به یاد آوردند۔

But now he was a lifeless stone.

اما حالا او یک سنگ بی‌جان بود۔

And they remembered the vows they had made.

و نذرهایی را که کرده بودند به یاد آوردند۔

And they cut the child into two.

و کودک را به دو نیم کردند۔

They besmeared the statue with the child's blood.

آنها مجسمه را با خون کودک آغشته کردند۔

And their friend became animated back to life.

و دوستشان دوباره زنده شد۔

They were glad to see him alive again.

آنها از اینکه او را دوباره زنده می‌دیدند، خوشحال بودند۔

But the prince's friend was overwhelmed with grief.

اما دوست شاهزاده غرق در اندوه بود۔

Because he saw the new-born in a pool of blood.

زیرا او نوزاد را در گودالی از خون دید۔

So he picked up the dead infant.

بنابراین او نوزاد مرده را برداشت۔

He carefully wrapped the child in a towel.

او با دقت کودک را در حوله پیچید۔

And he resolved to get the child restored to life.

و او تصمیم گرفت کودک را به زندگی بازگرداند۔

He consulted all the physicians of the country.

او با تمام پزشکان کشور مشورت کرد۔

They all told him the same thing.

همه آنها همین را به او گفتند۔

A cure can be found for any illness.

برای هر بیماری می‌توان درمانی پیدا کرد۔

But life requires the spark of life.

اما زندگی به جرقه حیات نیاز دارد۔

When the spark is gone, it is beyond their jurisdiction.

وقتی جرقه خاموش شد، دیگر از حوزه اختیارات آنها خارج است۔

And so they had to go on with their lives.

و بنابراین آنها مجبور بودند به زندگی خود ادامه دهند۔

Eventually the prince's friend returned to his wife.

سرانجام دوست شاهزاده پیش همسرش بازگشت۔

She was a devoted worshipper of the goddess kali.

او از پرستشگران وفادار الهه کالی بود۔

She was the only one who could return life.

او تنها کسی بود که می‌توانست زندگی را به او بازگرداند۔

His wife was living in a distant town.

همسرش در شهری دوردست زندگی می‌کرد۔

So he set out on a journey to the town.

بنابراین او سفری را به سوی شهر آغاز کرد۔

His wife still lived in her father's house.

همسرش هنوز در خانه پدرش زندگی می‌کرد۔

Adjoining the house there was a garden.

در کنار خانه، باغی بود۔

And in the garden there was a tree.

و در باغ درختی بود۔

The child had been stored in that tree.

کودک در آن درخت نگهداری می‌شد.

His wife was overjoyed to see her husband.

همسرش از دیدن شوهرش بسیار خوشحال شد.

She had not seen him for a long time.

مدت زیادی بود که او را ندیده بود.

But she was surprised when she saw him.

اما وقتی او را دید، تعجب کرد.

Her husband was very melancholy that day.

شوهرش آن روز خیلی غمگین بود.

He spoke very little to his wife.

او خیلی کم با همسرش صحبت می‌کرد.

And his wife knew that he was not himself.

و همسرش می‌دانست که او خودش نیست.

He was brooding over something in his mind.

داشت توی ذهنش به یه چیزی فکر می‌کرد.

She asked the reason for his melancholy.

دلیل دلتنگی‌اش را پرسید.

But he kept quiet, and wouldn't tell her.

اما او سکوت کرد و چیزی به او نگفت.

One night they were lying together in bed.

یک شب آنها کنار هم در رختخواب دراز کشیده بودند.

The wife got up and left the marital bed.

همسر بلند شد و از رختخواب زناشویی بیرون آمد.

She opened the door and went into the garden.

در را باز کرد و وارد باغ شد.

Her husband had not been able to sleep well.

شوهرش نتوانسته بود خوب بخوابد.

Therefore he awoke from the movement of his wife.

بنابراین از حرکت همسرش از خواب بیدار شد.

He heard her leave in the dead of the night.

صدای رفتنش را در دل شب شنید.

And he was determined to follow her.

و او مصمم بود که او را دنبال کند.

But he was also determined not to be noticed.

اما او همچنین مصمم بود که مورد توجه قرار نگیرد.

She went to a temple of the goddess kali.

او به معبد الهه کالی رفت.

The temple was at no great distance from her house.

معبد فاصله زیادی با خانه او نداشت.

She worshipped the goddess with flowers.

او الهه را با گل پرستش می‌کرد.

And she worshiped the goddess with sandal-wood perfume.

و او الهه را با عطر چوب صندل پرستش کرد.

"Oh mother kali! have mercy upon me"

«ای مادر کالی. به من رحم کن»

"Deliver me out of all my troubles"

«مرا از تمام سختی‌هایم رهایی بخش»

The goddess replied to the woman.

الهه به زن پاسخ داد.

"Why, what further grievance have you?

«چرا، دیگر چه شکایتی داری؟»

"You long prayed for the return of your husband"

«تو مدت‌ها برای بازگشت شوهرت دعا کردی»

"And your prayers have been answered"

«و دعاهایت مستجاب شد»

"Your husband has returned to you"

«شوهرت به سوی تو بازگشته است»

"So then, what ails thee now?"

«خب، حالا چه مشکلی داری؟»

The woman answered the goddess.

زن به الهه پاسخ داد.

"True, oh mother, my husband has come to me"

«راستی، ای مادر، شوهرم به دیدنم آمده است.»

"But he has come to me in a melancholy mood"

«اما او با حال و هوای مالیخولیایی پیش من آمده است.»

"He hardly speaks to me when I speak to him"

«وقتی من با او صحبت می‌کنم، او به ندرت با من صحبت می‌کند»

"He takes no delight in me when he is with me"

«وقتی با من است از من لذت نمی‌برد»

"All he does is sit melancholy in a corner"

«تنها کاری که می‌کند این است که غمگین در گوشه‌ای بنشیند»

The goddess replied to her devotee.

الهه به عابد خود پاسخ داد.

"Ask your husband why he feels melancholy"

«از شوهرت بپرس چرا احساس افسردگی می‌کند»

"When he tells you, let me know the reason"

«وقتی بهت گفت، دلیلش رو بهم بگو»

The minister's son overheard the conversation.

پسر وزیر این مکالمه را شنید.

But he stayed unnoticed by the goddess.

اما او مورد توجه الهه قرار نگرفت.

And his wife did not notice him either.

و همسرش هم متوجه او نشد.

He quietly slunk away before his wife.

او یواشکی از جلوی همسرش رد شد.

And he returned back to bed before her.

و دوباره پیش او به رختخواب برگشت.

The following day the wife asked her husband.

روز بعد زن از شوهرش پرسید.

"My dear husband, why are you in a melancholy mood?"

«شوهر عزیزم، چرا اینقدر غمگینی؟»

Her husband retold the whole story.

شوهرش تمام ماجرا را تعریف کرد.

He told her about the jewel serpent.

او درباره مار جواهرنشان به او گفت.

He told her about the subterranean palace.

او درباره کاخ زیرزمینی به او گفت.

He told her about the princess being captured.

او به او در مورد اسیر شدن شاهزاده خانم گفت.

He told her how he freed the princess.

او به او گفت که چگونه شاهزاده خانم را آزاد کرد.

And he told her about Bihangama and Bihangami.

و او درباره بیهانگاما و بیهانگامی به او گفت.

He told her how he had turned to stone.

او به او گفت که چگونه به سنگ تبدیل شده است.

And he told her how he was returned back to life.

و او به او گفت که چگونه به زندگی بازگشته است.

So he told her also about the killing of the child.

پس او ماجرای کشتن کودک را نیز به او گفت.

That night his wife left the bed again.

آن شب همسرش دوباره رختخواب را ترک کرد.

And she returned to the goddess kali's temple.

و او به معبد الهه کالی بازگشت.

And she told the goddess of her husband's melancholy.

و او از اندوه شوهرش به الهه گفت.

The goddess listened intently to what was said.

الهه با دقت به حرف‌هایش گوش می‌داد.

"Bring the child here and I will restore it to life"

«کودک را به اینجا بیاورید تا او را زنده کنم.»

The next night she left the marital bed again.

شب بعد دوباره از رختخواب بیرون آمد.

She went to the tree in the garden.

به سمت درخت توی باغچه رفت.

And she took the child from the tree.

و کودک را از درخت گرفت.

And she took the child to the goddess kali.

و او کودک را نزد الهه کالی برد.

And the goddess kali returned the child back to life.

و الهه کالی کودک را به زندگی بازگرداند.

The prince's friend was entranced with joy.

دوست شاهزاده از شادی غرق در شادی شد.

He picked up the reanimated child.

او کودکِ دوباره زنده شده را برداشت.

And he ran as fast as he could to his friend.

و با تمام سرعت به سمت دوستش دوید.

And he gave him his child, alive and well.

و فرزندش را زنده و سالم به او سپرد.

They all rejoiced with exceedingly great joy.

همه آنها با شادی بی نهایت زیادی شادمان شدند.

And they lived together happily till the day of their death.

و آنها تا روز مرگشان با خوشی در کنار هم زندگی کردند.

The Indignant Brahman
برهمن خشمگین

There was once a poor Brahman.

روزگاری برهمن فقیری بود۔

This poor Brahman had a wife.

این برهمن بیچاره همسری داشت۔

And he also had four children.

و او همچنین چهار فرزند داشت۔

He was a very poor man.

او مرد بسیار فقیری بود۔

And he had no resources in the world.

و او هیچ منبعی در دنیا نداشت۔

He lived from the charity of others.

او از صدقه دیگران امرار معاش می‌کرد۔

During marriages he earned well.

در طول ازدواج‌ها، او درآمد خوبی داشت۔

And he earned well during funerals.

و او در طول مراسم تشییع جنازه درآمد خوبی کسب کرد۔

But his parishioners did not marry daily.

اما اعضای کلیسای او روزانه ازدواج نمی‌کردند۔

And they did not die every day either.

و آنها هر روز هم نمی‌مردند۔

It was difficult to make the two ends meet.

رساندن این دو به هم کار سختی بود۔

His wife often rebuked him.

همسرش اغلب او را سرزنش می‌کرد۔

"Why can you not support me?"

«چرا نمی‌تونی از من حمایت کنی؟»

"Our children run around naked"

«بچه‌های ما برهنه این‌طرف و آن‌طرف می‌دوند»

"And they suffer from hunger"

«و آنها از گرسنگی رنج می‌برند»

Though poor, he was a good man.

اگرچه فقیر بود، اما مرد خوبی بود۔

And he was diligent in his devotions.

و در عباداتش کوشا بود.

Every day he said his prayers.

هر روز نمازش را قضا می‌کرد.

He prayed at the same time each day.

او هر روز در همان زمان نماز می‌خواند.

His tutelary deity was the Goddess Durga.

خدای حامی او الهه دورگا بود.

She is the consort of Shiva.

او همسر شیوا است.

She is the creative energy of the universe.

او انرژی خلاق جهان است.

Every day he wrote the name of Durga.

هر روز نام دورگا را می‌نوشت.

He wrote the name in red ink.

او اسمش را با جوهر قرمز نوشت.

At least one hundred and eight times.

حداقل صد و هشت بار.

He did not drink or eat till he did this.

او تا این کار را نکرد، نه چیزی نوشید و نه چیزی خورد.

throughout the day he uttered prayers.

در تمام طول روز دعا می‌کرد.

"O Durga! have mercy upon me"

«ای دورگا. به من رحم کن»

He prayed whenever he felt anxious.

هر وقت دلشوره داشت، دعا می‌کرد.

And he often felt anxious.

و اغلب احساس اضطراب می‌کرد.

Because he lived in poverty.

چون در فقر و تنگدستی زندگی می‌کرد.

He prayed when his worries were too much.

وقتی نگرانی‌هایش بیش از حد می‌شد، دعا می‌کرد.

And there were many things he worried about.

و چیزهای زیادی بود که او نگرانشان بود.

He worried about his wife and children.

نگران زن و فرزندانش بود.

And he worried about supporting them.

و او نگران حمایت از آنها بود.

One day he was very sad.

یک روز خیلی غمگین بود.

On this day he went to a forest.

در این روز او به جنگلی رفت.

The forest was far outside the village.

جنگل خیلی دور از روستا بود.

He let out all his grief.

تمام غم و اندوهش را بیرون ریخت.

And he wept bitter tears.

و او اشک‌های تلخی ریخت.

"O Durga! O Mother Bhagavati!"

"ای دورگا. ای مادر باگاواتی."

"Please put an end to my misery?"

«لطفاً به بدبختی من پایان بده؟»

"I wish I were alone in the world"

«کاش در دنیا تنها بودم»

"Then my poverty wouldn't worry me"

«آنوقت فقرم مرا نگران نمی‌کرد»

"But thou hast given me a wife"

«اما تو به من همسری دادی»

"And my wife has given me children"

«و همسرم به من فرزندانی داده است»

"O Mother, I beg of you"

«ای مادر، از تو التماس می‌کنم»

"Give me the means to support them"

«به من وسیله‌ای برای حمایت از آنها بدهید»

Shiva and his wife Durga happened to be there.

شیوا و همسرش دورگا اتفاقاً آنجا بودند.

They were taking their morning walk.

آنها داشتند پیاده‌روی صبحگاهی‌شان را انجام می‌دادند.

The Goddess Durga saw the Brahman at a distance.

الهه دورگا برهمن را از دور دید.

"O Lord of Kailas, do you see that Brahman?"

«ای خدای کایلاش، آیا آن برهمن را می‌بینی؟»

"He is always taking my name on his lips"

»او همیشه اسم مرا بر لب دارد«

"He prays I deliver him from his troubles"

»او دعا می‌کند که من او را از مشکلاتش رهایی بخشم«

"Can we not do something for the poor Brahman?"

»آیا نمی‌توانیم برای برهمن بیچاره کاری انجام دهیم؟«

"He is oppressed with many cares"

»او از بسیاری از نگرانی‌ها رنج می‌برد«

"And he deeply cares for his growing family"

»و او عمیقاً به خانواده‌ی در حال رشدش اهمیت می‌دهد«

"We should make his life more comfortable"

»ما باید زندگی او را راحت‌تر کنیم«

"Because the poor man never has enough to eat"

»چون مرد فقیر هیچ‌وقت غذای کافی برای خوردن ندارد-«

"And his family doesn't have enough to eat either"

»و خانواده‌اش هم غذای کافی برای خوردن ندارند«

"Let us give him a pot"

»بیایید به او یک قابلمه بدهیم«

"A pot with an infinite supply of murukku"

»گلدانی با ذخیره بی‌نهایت موروکو«

The divine consort was right.

همسر الهی درست می‌گفت.

The Lord of Kailas agreed to the proposal.

ارباب کایلاش با این پیشنهاد موافقت کرد-

On the spot he created a magical pot.

او درجا یک گلدان جادویی درست کرد-

Durga went to the poor Brahman.

دورگا نزد برهمن فقیر رفت-

"O Brahman! My loyal devotee"

»ای برهمن. ای عابد وفادار من«

"I have often thought of your pitiable case"

»من بارها به مورد رقت‌انگیز شما فکر کرده‌ام-«

"Your repeated prayers have moved my compassion"

»دعاهای مکرر شما دلسوزی مرا برانگیخته است«

"Here is a pot for you"

»اینجا یک قابلمه برای توست«

"You must turn the pot upside down"

«باید قابلمه را وارونه کنی»

"And then you must shake the pot"

«و بعد باید قابلمه را تکان بدهی»

"The finest murukku will pour out"

«بهترین شراب‌ها جاری خواهد شد»

"The murukku will keep pouring out forever"

«موروکو تا ابد جاری خواهد ماند»

"Until you put the pot upright again"

«تا وقتی که دوباره قابلمه را عمودی بگذاری»

"You can eat as much murukku as you like"

«هر چقدر دوست دارید می‌توانید موروکو بخورید»

"Your wife and children will hunger no more"

«زن و فرزندانت دیگر گرسنه نخواهند ماند»

"And you can sell the murukku if you like"

«و اگر دوست داشته باشی می‌توانی موروکو را بفروشی.»

The Brahman was delighted beyond measure.

برهمن بی‌نهایت خوشحال شد.

He had received a truly valuable treasure.

او گنجی واقعاً ارزشمند دریافت کرده بود.

He made his deepest obeisance to the goddess.

او عمیق‌ترین تعظیمات خود را به الهه تقدیم کرد.

And he expressed his eternal gratefulness.

و او سپاسگزاری ابدی خود را ابراز کرد.

The Brahman had started walking home.

برهمن راه خانه را در پیش گرفته بود.

But first he had to test his magical pot.

اما اول باید کوزه جادویی‌اش را امتحان می‌کرد.

He wanted to see if the pot really worked.

او می‌خواست ببیند که آیا دیگ واقعاً کار می‌کند یا نه.

He turned the pot upside down.

قابلمه را وارونه کرد.

And he shook the pot, as instructed.

و طبق دستور، قابلمه را تکان داد.

Lo and behold! The pot really did work.

و ببین. قابلمه واقعاً کار کرد.

The finest murukku fell to the ground.

بهترین موروکو به زمین افتاد.

He tied the sweetmeat in his sheet.

او شیرینی را در ملحفه‌اش بست.

And he walked on, towards his village.

و او به راه خود ادامه داد، به سمت روستایش.

By noon the Brahman had gotten hungry.

تا ظهر برهمن گرسنه شده بود.

But he could not eat without his ablutions.

اما او نمی‌توانست بدون وضو غذا بخورد.

First, he had to say his prayers.

اول باید نمازش را می‌خواند.

There was an inn on his way.

سر راهش یک مسافرخانه بود.

Close to the inn there was a water tank.

نزدیک کاروانسرا یک آب انبار بود.

So, he intended to halt there.

بنابراین، او قصد داشت در آنجا توقف کند.

In order to bathe and say his prayers.

برای اینکه غسل کند و نمازش را بخواند.

After this he could eat all the murukku.

بعد از این او می‌توانست تمام موروکوها را بخورد.

The Brahman sat at the innkeeper's shop.

برهمن در دکان صاحب مهمانخانه نشست.

The shopkeeper was smoking tobacco.

مغازه‌دار داشت سیگار می‌کشید.

He put the pot near the shopkeeper.

قابلمه را نزدیک مغازه‌دار گذاشت.

And he asked him to look after the pot.

و از او خواست که مراقب گلدان باشد.

"Please take special care of this pot"

«لطفاً از این گلدان مراقبت ویژه کنید»

"I must bathe and say my prayers"

«من باید غسل کنم و نمازهایم را بخوانم»

"Please look after this pot for me"

»لطفاً از این گلدان برای من مراقبت کنید«

"Make sure nothing happens to this pot"

»مطمئن شو که اتفاقی برای این قابلمه نمی‌افته«

He thought it was a strange request.

او فکر کرد که این یک درخواست عجیب و غریب است.

But he agreed to look after the pot.

اما او قبول کرد که از گلدان مراقبت کند.

And the Brahman gave him the pot.

و برهمن دیگ را به او داد.

He besmeared his body with mustard oil.

بدنش را با روغن خردل آغشته کرد.

And he went to do his ablutions.

و رفت تا وضو بگیرد.

The innkeeper grew curious about the pot.

مهمانخانه‌دار در مورد دیگ کنجکاو شد.

"This pot must have something valuable in it"

»این گلدان حتماً چیز ارزشمندی در خود دارد«

"Why else would he be so careful?"

»چرا باید اینقدر محتاط باشد؟«

His curiosity had been excited.

کنجکاوی‌اش برانگیخته شده بود.

So, he opened the pot.

بنابراین، او در قابلمه را باز کرد.

To his surprise the pot was empty.

در کمال تعجب، گلدان خالی بود.

"What can be the meaning of this?"

»معنی این چی می‌تونه باشه؟«

"Why does he care so much for an empty pot?"

»چرا او اینقدر به یک گلدان خالی اهمیت می‌دهد؟«

He began to examine the pot more carefully.

او شروع به بررسی دقیق‌تر گلدان کرد.

During his inspection he turned the pot upside down.

در حین بررسی‌اش، قابلمه را وارونه کرد.

And then the finest murukku fell out from the pot.

و سپس بهترین موروکو از گلدان افتاد.

And the murukku didn't stop falling out.

و اختلاف بین موروکوها تمام نشد.
The innkeeper called his wife and children.
صاحب مهمانخانه همسر و فرزندانش را صدا زد.
He wanted them to witness what had happened.
او می‌خواست آنها شاهد آنچه اتفاق افتاده بود باشند.
An unexpected stroke of good fortune!
یک خوش‌شانسی غیرمنتظره.
The pot gave copious showers of sugared paddy.
دیگ، حجم زیادی از برنج شکرک زده را سرازیر کرد.
He filled all his pots and jars.
او تمام کوزه‌ها و کوزه‌هایش را پر کرد.
He knew he had to have this pot.
او می‌دانست که باید این قابلمه را داشته باشد.
So, he replaced the pot with another one.
بنابراین، گلدان را با گلدان دیگری جایگزین کرد.
He had a pot of the same size and color.
او یک گلدان به همان اندازه و همان رنگ داشت.

The Brahman had finished his ablutions.
برهمن وضویش را تمام کرده بود.
He had performed all of his devotions.
او تمام عباداتش را انجام داده بود.
He came back to the shop in wet clothes.
با لباس خیس به مغازه برگشت.
He was still reciting holy texts of the Vedas.
او هنوز متون مقدس وداها را تلاوت می‌کرد.
He put back on his dry clothes.
لباس‌های خشکش را دوباره پوشید.
In red ink he wrote the name of Durga.
با جوهر قرمز نام دورگا را نوشت.
He wrote her name one hundred and eight times.
او صد و هشت بار اسمش را نوشت.
After doing this he broke his fast.
پس از انجام این کار، روزه‌اش را افطار کرد.
And he ate the murukku he had in his sheet.
و او موروکویی را که در ملحفه‌اش داشت، خورد.

He was refreshed from the meal.

او از غذا سرحال شده بود.

Now he could resume his journey home.

حالا او می‌توانست سفرش را به خانه از سر بگیرد.

So he called to the innkeeper.

بنابراین او صاحب مهمانخانه را صدا زد.

"Please could I get my pot back"

«لطفاً میشه قابلمه‌ام رو پس بگیرم؟»

The innkeeper gave him back his pot.

صاحب مهمانخانه کوزه‌اش را به او پس داد.

"There, sir, here is your pot"

«بفرمایید، آقا، این هم قابلمه‌تان»

"The pot is exactly where you had put it"

«گلدان دقیقاً همان جایی است که گذاشته بودی»

"Your pot is just as you left it"

«گلدان شما همانطور که رهایش کردید، هست»

"I made sure no one has touched your pot"

«مطمئن شدم کسی به قابلمه‌ات دست نزده»

The Brahman didn't suspect a thing.

برهمن به هیچ چیز مشکوک نشد.

He picked up the pot.

قابلمه را برداشت.

And he proceeded on his journey home.

و او به سفر خود به خانه ادامه داد.

On his journey he had to think.

در طول سفرش مجبور بود فکر کند.

He congratulated his good fortune.

او به بخت و اقبال خوبش تبریک گفت.

"My wife will be most pleasantly surprised!"

«همسرم خیلی خوشحال خواهد شد.»

"The children will devour the murukku!"

«بچه‌ها موروکو را خواهند خورد.»

"I shall soon become rich"

«من به زودی ثروتمند خواهم شد»

"I will be able to lift my head up high"

«من قادر خواهم بود سرم را بالا بگیرم»
The pains of travelling had been reduced.

رنج سفر کمتر شده بود۔

Now his problems were much more pleasant.

حالا مشکلاتش خیلی خوشایندتر شده بودند۔

Only anticipation made the journey difficult.

تنها پیش‌بینی، سفر را دشوار می‌کرد۔

He finally reached his home again.

بالاخره دوباره به خانه‌اش رسید۔

He called to his wife and children.

او همسر و فرزندانش را صدا زد۔

"Look at what I have brought"

«ببین چی آوردم»

"This pot is an unfailing source of wealth".

«این کوزه منبع بی‌پایان ثروت است۔»

"We will never have to struggle again"

«ما دیگر هرگز مجبور به مبارزه نخواهیم بود»

"I will turn the pot upside down"

«گلدان را وارونه می‌کنم»

"And then you will see something.

«و بعد چیزی خواهی دید۔»

"Something you've never seen before"

«چیزی که قبلاً هرگز ندیده‌اید»

"A stream of the finest murukku will flow"

«نهر‌ه‌ای از بهترین موروکو جاری خواهد شد»

You can imagine what his wife was thinking.

می‌توانید تصور کنید که همسرش به چه چیزی فکر می‌کرد۔

"My husband has gone mad," she thought.

«او فکر کرد» :شوهرم دیوانه شده است۔

She was soon confirmed in her opinion.

خیلی زود نظرش تایید شد۔

Nothing fell from the pot, as promised.

همانطور که قول داده شده بود، چیزی از گلدان نیفتاد۔

He turned the pot upside down again and again.

او بارها و بارها قابلمه را زیر و رو کرد۔

The Brahman was overwhelmed with grief.

برهمن غرق در اندوه شد.

He realized that he had been tricked.

او فهمید که فریب خورده است.

The innkeeper must have swapped the pot.

حتماً صاحب مهمانخانه قابلمه را عوض کرده بود.

He must have stolen Durga's pot.

او حتماً گلدان دورگا را دزدیده است.

And he must have replaced the pot with a normal one.

و حتماً گلدان را با یک گلدان معمولی عوض کرده است.

He went back to the innkeeper the next day.

روز بعد دوباره پیش صاحب مهمانخانه رفت.

And he accused him of having changed his pot.

و او را متهم کرد که گلدانش را عوض کرده است.

At first the innkeeper acted surprised.

در ابتدا، مهمانخانه‌دار تعجب کرد.

Then he pretended to be angry at the accusation.

سپس وانمود کرد که از این اتهام عصبانی است.

Finally, he chased him out of his shop.

بالاخره او را از مغازه‌اش بیرون کرد.

He had no way of getting the pot back.

او هیچ راهی برای پس گرفتن گلدان نداشت.

The Brahman knew what he had to do.

برهمن می‌دانست چه باید بکند.

He went to see the goddess Durga again.

او دوباره به دیدار الهه دورگا رفت.

Siva and Durga honored him with their presence.

شیوا و دورگا با حضور خود به او ادای احترام کردند.

Durga spoke to the poor Brahman.

دورگا با برهمن بیچاره صحبت کرد.

"So, you have lost the pot I gave you"

«پس، ظرفی که بهت داده بودم رو از دست دادی»

"I take pity on your situation"

«من از وضعیت شما متاسفم»

"Here is another magical pot"

«این هم یک گلدان جادویی دیگر»

"Take this pot, and make good use of it"

«این قابلمه را بردار و از آن خوب استفاده کن»

The Brahman was elated with joy.

برهمن از شادی به وجد آمد.

He made obeisance to the divine couple.

او در برابر زوج الهی سجده کرد.

And he took the pot with him.

و قابلمه را با خودش برد.

Again he had to see if the pot worked.

دوباره باید می‌دید که آیا قابلمه کار می‌کند یا نه.

He turned the pot upside down.

قابلمه را وارونه کرد.

And he shook the pot as before.

و مثل دفعه قبل قابلمه را تکان داد.

And he waited for the murukku to fall out.

و منتظر ماند تا موروکو بیرون بیفتد.

But no, horror of horrors!

اما نه، وحشت از وحشت‌ها.

Murukku did not fall from the pot.

موروکو از گلدان نیفتاد.

Instead of murukku, demons jumped out.

به جای موروک، شیاطین بیرون پریدند.

They began to beat the astonished Brahman.

آنها شروع به کتک زدن برهمنِ حیرت‌زده کردند.

The Brahman received punches and kicks.

برهمن مشت و لگد دریافت می‌کرد.

But he kept his presence of mind.

اما حضور ذهنش را حفظ کرد.

He turned the pot the right way up.

او قابلمه را به سمت بالا چرخاند.

And he covered the pot up again.

و دوباره روی قابلمه را پوشاند.

Fortunately his quick thinking worked.

خوشبختانه تفکر سریع او جواب داد.

The demons disappeared as soon as he did this.

به محض اینکه او این کار را انجام داد، شیاطین ناپدید شدند.

The Brahman tried to understand what this meant.

برهمن کوشید تا بفهمد این به چه معناست.

It must be to punish the innkeeper!

حتماً برای تنبیه صاحب مهمانخانه است.

So he went to the innkeeper again.

بنابراین دوباره نزد صاحب مهمانخانه رفت.

He gave him the new pot.

گلدان جدید را به او داد.

He begged of him to look after the pot.

از او التماس کرد که از گلدان مراقبت کند.

Just like he had done before.

درست همانطور که قبلاً این کار را کرده بود.

He went for his ablutions and prayers.

رفت وضو گرفت و نمازش را خواند.

The innkeeper was delighted.

صاحب مهمانخانه خوشحال شد.

He had been given a second godsend.

به او موهبتی دیگر عطا شده بود.

He agreed to take the greatest care of the pot.

او موافقت کرد که بیشترین مراقبت را از گلدان به عمل آورد.

He waited for the Brahman to go.

منتظر ماند تا برهمن برود.

And he called his wife and children.

و همسر و فرزندانش را صدا زد.

"This is another pot from the Brahman"

«این یک ظرف دیگر از برهمن است»

"This time I hope it is not murukku"

«این دفعه امیدوارم موروکو نباشه»

"I hope this pot is full of sandesa"

«امیدوارم این قابلمه پر از ساندِسا باشه»

"Come, be ready with the baskets"

«بیایید، با سبدها آماده باشید»

"I will turn the pot upside down"

«گلدان را وارونه می‌کنم»

"And then I will shake the pot"

«و بعد قابلمه را تکان می‌دهم»

And he did what he said he would do.

و او کاری را که گفته بود انجام خواهد داد، انجام داد.

But the room did not fill with food.

اما اتاق پر از غذا نشد.

This time the room filled with demons.

این بار اتاق پر از شیاطین شد.

The demons caught hold of the innkeeper.

شیاطین صاحب مهمانخانه را گرفتند.

And the demons also caught his family.

و شیاطین خانواده‌اش را نیز گرفتار کردند.

And the demons beat them mercilessly.

و شیاطین آنها را بی‌رحمانه کتک زدند.

They would have completely destroyed the shop.

آنها مغازه را کاملاً ویران می‌کردند.

But the victims ran to the Brahman.

اما قربانیان به سوی برهمن شتافتند.

The Brahman had returned from his ablutions.

برهمن از وضو برگشته بود.

The Brahman showed mercy to them.

برهمن به آنها رحم کرد.

And he accepted their request.

و حضرت درخواست آنها را پذیرفت.

But there was one condition to his help.

اما کمک او یک شرط داشت.

"I will only help if I get my pot back"

«فقط در صورتی کمک می‌کنم که گلدانم را پس بگیرم»

The innkeeper didn't have much choice.

صاحب مهمانخانه انتخاب زیادی نداشت.

He had to accept the Brahman's conditions.

او مجبور بود شرایط برهمن را بپذیرد.

The Brahman put the pot upright again.

برهمن دوباره گلدان را عمودی گذاشت.

And he put the lid on the pot.

و درب قابلمه را گذاشت.

He took his pot back from the innkeeper.

او کوزه‌اش را از صاحب مهمانخانه پس گرفت.

And he returned back to his village.

و او به روستای خود بازگشت.

Now the Brahman had two magical pots.

حالا برهمن دو کوزه جادویی داشت.

The Brahman shut the door of his house.

برهمن در خانه‌اش را بست.

And he called his family again.

و دوباره با خانواده اش تماس گرفت.

He turned the murukku-pot upside down.

او قابلمه‌ی موروکو را وارونه کرد.

And he shook the murukku-pot as before.

و او مثل قبل قابلمه موروکو را تکان داد.

This time the magic pot worked.

این بار دیگ جادویی کار کرد.

An endless stream of the finest murukku.

جریانی بی‌پایان از بهترین موروکوها.

The family devoured the sweetmeat.

خانواده شیرینی را با ولع خوردند.

They ate to their hearts' content.

آنها تا دلشان بخواهد غذا خوردند.

All the pots and pans were filled.

تمام قابلمه‌ها و ماهیتابه‌ها پر شده بودند.

The next day the Brahman became confectioner.

روز بعد برهمن شیرینی پز شد.

He opened a shop in his house.

او در خانه‌اش مغازه‌ای باز کرد.

And he sold the best murukku.

و او بهترین موروکو را فروخت.

The whole village came to the Brahman's house.

تمام روستا به خانه برهمن آمدند.

They all wanted to buy the wonderful murukku.

همه آنها می‌خواستند آن موروکوی فوق‌العاده را بخرند.

They had never seen such murukku in their life.

آنها در عمرشان چنین موروکویی ندیده بودند.

It was the most delicious murukku they ever had.

این خوشمزه‌ترین موروکویی بود که تا به حال خورده بودند.

No one had ever made anything like this dessert.

هیچ‌کس تا حالا همچین دسری درست نکرده بود.

The reputation of the Brahman's murukku spread.

آوازه موروکوی برهمن‌ها فراگیر شد.

Soon people from outside the city came.

خیلی زود مردم از خارج از شهر آمدند.

Cartloads of the sweetmeat were sold every day.

هر روز گاری‌های پر از شیرینی فروخته می‌شد.

The Brahman quickly became very rich.

برهمن به سرعت بسیار ثروتمند شد.

He built a large brick house.

او یک خانه آجری بزرگ ساخت.

And he lived like a nobleman of the land.

و او مانند یک اشراف‌زاده‌ی آن سرزمین زندگی می‌کرد.

Once, however, his luck almost changed.

با این حال، یک بار، شانس او تقریباً تغییر کرد.

His children had taken the wrong pot.

بچه‌هایش قابلمه‌ی اشتباهی را برداشته بودند.

A large number of demons came out.

تعداد زیادی از شیاطین بیرون آمدند.

And they caught hold of the Brahman's wife.

و آنها همسر برهمن را گرفتند.

And they also caught his children.

و فرزندانش را نیز گرفتند.

They were striking them mercilessly.

آنها بی‌رحمانه آنها را مورد ضرب و شتم قرار می‌دادند.

Fortunately the Brahman came back into the house.

خوشبختانه برهمن به خانه برگشت.

He turned the pot back to its proper position.

او گلدان را به جای درستش برگرداند.

He wanted to prevent a similar catastrophe.

او می‌خواست از وقوع فاجعه‌ای مشابه جلوگیری کند.

So the Brahman had a private room built.

بنابراین برهمن دستور داد یک اتاق خصوصی بسازند.

And he put the pot in a secret place.

و گلدان را در مکانی مخفی گذاشت.

Mortals, however, do not have the luck of Gods.

با این حال، فانیان شانس خدایان را ندارند.

Uninterrupted prosperity is not their fortune.

رفاه بی‌وقفه، بخت و اقبال آنها نیست.

The demon-pot had been put out of the way.

دیگ دیو از سر راه برداشته شده بود.

But why might accident not befall the murukku pot?

اما چرا ممکن است حادثه‌ای برای ظرف موروکو رخ ندهد؟

One day the Brahman and his wife were absent.

روزی برهمن و همسرش غایب بودند.

The children decided to shake the pot.

بچه‌ها تصمیم گرفتند گلدان را تکان دهند.

Each of them wanted to do the honors.

هر کدام از آنها می‌خواستند این افتخار را به دست آورند.

So there was a fight to get the pot.

بنابراین برای تصاحب گلدان دعوایی درگرفت.

In the struggle the pot fell to the ground.

در این کشمکش، گلدان به زمین افتاد.

Like any other earthen pot, it broke.

مثل هر کوزه سفالی دیگری، شکست.

Eventually the Braham came back home again.

سرانجام برهم دوباره به خانه بازگشت.

You can imagine how the news grieved him.

می‌توانید تصور کنید که این خبر چقدر او را غمگین کرد.

Of course the children were well cudgeled.

البته بچه‌ها خوب تربیت شده بودند.

But anger could not replace the pot.

اما خشم نتوانست جای گلدان را بگیرد.

After some days he went to the forest again.

بعد از چند روز دوباره به جنگل رفت.

He offered many a prayer for Durga's favor.

او دعاهای زیادی برای جلب لطف دورگا کرد.

At last Siva and Durga appeared to him.

سرانجام شیوا و دورگا بر او ظاهر شدند.

They listened to how the pot had been broken.

آنها به چگونگی شکسته شدن کوزه گوش دادند.

Durga decided to give him another pot.

دورگا تصمیم گرفت یک قابلمه دیگر به او بدهد.

But this pot was accompanied with a caution.

اما این گلدان با یک هشدار همراه بود.

"Brahman, take care of this pot"

«برهمن، از این گلدان مراقبت کن»

"Do not break or lose this pot again"

«این گلدان را دوباره نشکنید یا از دست ندهید»

"Next time I will not give you another pot"

«دفعه بعد دیگه قابلمه بهت نمیدم»

The Brahman made obeisance to the Gods.

برهمن در برابر خدایان سجده کرد.

And he went straight back to his house.

و او مستقیماً به خانه‌اش برگشت.

This time he did not halt at the innkeeper's.

این بار او جلوی مهمانخانه‌دار توقف نکرد.

He shut the door of his house.

در خانه‌اش را بست.

He called his family to him.

خانواده‌اش را به سوی خود فراخواند.

And he turned the pot upside down.

و قابلمه را وارونه کرد.

And then he began to shake the pot.

و بعد شروع کرد به تکان دادن قابلمه.

They were only expecting murukku.

آنها فقط انتظار موروکو (نوعی غذای ژاپنی) را داشتند.

But this time it was not murukku.

اما این بار موروکو نبود.

A stream of beautiful sandesa poured out.

جویباری از ساندِسای زیبا جاری شد.

It was the finest sandesa you can imagine.

این بهترین ساندِسایی بود که می‌توانید تصور کنید.

It truly was the food of Gods.

واقعاً غذای خدایان بود.

The Brahman set up another shop.

برهمن دکانی دیگر تأسیس کرد.

Now he was selling sandesa.

حالا او ساندِسا می‌فروخت.

The fame of his shop soon drew large crowds.

شهرت مغازه‌اش خیلی زود جمعیت زیادی را به آنجا کشاند.

People came from all over the country.

مردم از سراسر کشور آمده بودند.

At all festivals and marriage feasts.

در تمام اعیاد و جشن‌های عروسی.

And at all funeral celebrations in the area.

و در تمام مراسم تشییع جنازه در منطقه.

No one bought any other sandesa.

هیچ کس ساندِسای دیگری نخرید.

All day long the pot produced sandesa.

تمام روز گلدان ساندِسا تولید می‌کرد.

Gigantic jars were filled with sweet.

شیشه‌های غول‌پیکر پر از شیرینی بودند.

And the jars were sent all over the country.

و شیشه‌ها به سراسر کشور ارسال شدند.

The Brahman's wealth made the Zemindar jealous.

ثروت برهمن حسادت زمیندار را برانگیخت.

In these days all villages had a Zemindar.

در این روزگار، همه روستاها یک زمیندار داشتند.

He had heard strange things about the sandesa.

او چیزهای عجیبی درباره ساندسا شنیده بود.

He heard the dessert came from a magic pot.

او شنید که دسر از یک ظرف جادویی می‌آید.

So he devised a plan to get this pot.

بنابراین او نقشه ای برای به دست آوردن این گلدان کشید.

His son was going to get married.

پسرش قرار بود ازدواج کند.

To celebrate there was a great feast.

برای جشن گرفتن، جشن بزرگی برپا شد.

Many hundreds of people were invited.

صدها نفر دعوت شده بودند.

Mountain-loads of sandesa were required.

مقدار زیادی سانِدسا مورد نیاز بود.

The Zemindar made a proposal to the Brahman.

زمیندار پیشنهادی به برهمن داد.

"Bring the magical pot to my house"

«گلدان جادویی را به خانه من بیاورید»

At first the Brahman refused to bring the pot.

در ابتدا برهمن از آوردن دیگ خودداری کرد.

But the Zemindar insisted.

اما زمیندار اصرار کرد.

"I will have hundreds of guests"

«من صدها مهمان خواهم داشت»

"I will need mountains of sandesa"

«به کوه‌هایی از سانِدسا نیاز خواهم داشت»

"More sandesa than you can carry"

«بیشتر از آنچه می‌توانی حمل کنی، سانِدسا»

"Bring the vessel to my house"

«کشتی را به خانه من بیاورید»

"It will be easier for you and me"

«برای من و تو آسان‌تر خواهد بود»

Eventually the Brahman agreed.

سرانجام برهمن موافقت کرد.

Himalayas of sandesa were shaken out.

هیمالیاهای سندسا از جا کنده شدند.

But the Zemindar got hold of the pot.

اما زمیندار دیگ را به دست گرفت.

The Zemindar insulted the Brahman.

زمیندار به برهمن توهین کرد.

And he chased him out of his house.

و او را از خانه‌اش بیرون راند.

The Brahman didn't give vent to anger.

برهمن خشم خود را بروز نداد.

Instead, he quietly went back to his house.

در عوض، او بی‌سروصدا به خانه‌اش برگشت.

He went to the private room.

به سمت اتاق خصوصی رفت.

And he took out the demon-pot.

و او ظرف دیو را بیرون آورد.

He came back to the Zemindar's house.

او به خانه‌ی زمیندار برگشت.

And he went to the door of the Zemindar.

و به سمت در زمیندار رفت.

He turned the pot upside down.

قابلمه را وارونه کرد.

And then shook the magical pot.

و سپس گلدان جادویی را تکان داد.

A hundred demons fell out of the pot.

صد دیو از دیگ افتاد.

The chaos was impossible to describe.

توصیف آن همه هرج و مرج غیرممکن بود.

The unearthly visitors flooded the party.

مهمانان ماورایی مهمانی را پر کردند.

They caught hundreds of the guests.

آنها صدها نفر از مهمانان را گرفتند.

And the demons beat them mercilessly.

و شیاطین آنها را بی‌رحمانه کتک زدند.

The women were dragged by their hair.

زنان را از موهایشان می‌کشیدند.

The Zemindar was chased from room to room.

زمیندار از اتاقی به اتاق دیگر تعقیب می‌شد.

The demons' mischief was getting out of hand.

شیطنت شیاطین داشت از کنترل خارج می‌شد.

Someone had to put an end to their mischief.

یکی باید به شیطنت‌هایشان پایان می‌داد.

Else all the men would have been killed.

وگرنه همه مردها کشته می‌شدند.

And the house would have been torn to the ground.

و خانه با خاک یکسان می‌شد.

The Zemindar fell at the feet of the Brahman.

زمیندار به پای برهمن افتاد.

And he begged to be shown mercy.

و التماس کرد که به او رحم شود.

The Brahman showed him great mercy.

برهمن به او رحم و شفقت فراوان نشان داد۔

And he put the demons back in the pot.

و دیوها را دوباره داخل قابلمه گذاشت۔

The Zemindar never disturbed the Brahman again.

زمیندار دیگر هرگز مزاحم برهمن نشد۔

Nor was he disturbed by anyone else.

و هیچ کس دیگری هم مزاحمش نشد۔

And he lived for many happy years.

و او سال‌های سال با خوشی زندگی کرد۔

The Story of the Rakshasas
داستان راکشاساها

There was once a poor dimwitted Brahman.
روزگاری برهمنِ فقیر و کودنی بود.

This dimwitted man had a wife, but no children.
این مرد کودن زن داشت، اما فرزندی نداشت.

But him not having children was probably for the best.
اما بچه‌دار نشدنش احتمالاً به نفعش بود.

Because he was barely able to meet his own needs.
زیرا او به سختی می‌توانست نیازهای خودش را برآورده کند.

And he could hardly supply enough for his wife.
و او به سختی می‌توانست به اندازه کافی برای همسرش غذا تهیه کند.

But his dimwittedness was not even his biggest problem.
اما کودنی او حتی بزرگترین مشکلش هم نبود.

This dimwitted man was also a rather lazy man!
این مرد کودن، مرد نسبتاً تنبلی هم بود.

He was averse to making any long journeys.
او از هرگونه سفر طولانی بیزار بود.

Had he travelled further he might have had enough.
اگر بیشتر سفر کرده بود، شاید دیگر بس بود.

He could have got presents from rich men.
او می‌توانست از مردان ثروتمند هدیه بگیرد.

This would have enabled them to live comfortably.
این امر به آنها امکان می‌داد تا راحت زندگی کنند.

There was a great king in a neighbouring country.
در کشور همسایه، پادشاه بزرگی حکومت می‌کرد.

The mother of the great king had just died.
مادر پادشاه بزرگ تازه فوت کرده بود.

So this king was celebrating the funeral obsequies.
بنابراین این پادشاه داشت مراسم خاکسپاری را جشن می‌گرفت.

And the funeral was celebrated with great pomp.
و مراسم تشییع جنازه با شکوه فراوان برگزار شد.

Brahmans and beggars were coming from faraway lands.
برهمنان و گدایان از سرزمین‌های دور می‌آمدند.

They all came expecting to receive rich presents.

همه آنها آمده بودند و انتظار داشتند هدایای گران‌قیمتی دریافت کنند.

The Brahman's wife requested him to also go.

همسر برهمن از او نیز خواست که برود.

"Seize this opportunity and get us a little money"

«از این فرصت استفاده کن و کمی پول برای ما بگیر»

But his constitutional indolence stood in the way.

اما تنبلی ناشی از قانون اساسی او مانع از این کار شد.

The woman, however, gave her husband no rest.

با این حال، زن به شوهرش استراحت نداد.

Finally she extorted from him the promise.

بالاخره او این قول را از او به زور گرفت.

He promised his wife that he would go.

به همسرش قول داده بود که برود.

The good woman, accordingly, cut down a plantain tree.

زن نیکوکار، بر این اساس، یک درخت چنار را قطع کرد.

And she burnt the plantain tree to ashes.

و او درخت چنار را به خاکستر سوزاند.

With the ashes she cleaned the clothes of her husband.

با خاکستر، لباس‌های شوهرش را تمیز کرد.

And she made his clothes as white as any cleaner could.

و لباس‌هایش را تا جایی که هر نظافتچی دیگری می‌توانست سفید کرد.

Her husband was going to the palace of a great king.

شوهرش به قصر یک پادشاه بزرگ می‌رفت.

The king could not be approached by men in rags.

مردان ژنده‌پوش نمی‌توانستند به پادشاه نزدیک شوند.

Besides, Brahman are bound to appear neat and clean.

علاوه بر این، برهمن‌ها موظفند مرتب و تمیز به نظر برسند.

At last, one morning the Brahman left his house.

سرانجام، یک روز صبح، برهمن خانه‌اش را ترک کرد.

And he made his way to the palace of the great king.

و راه خود را به سوی کاخ پادشاه بزرگ در پیش گرفت.

I have already mentioned he was a dimwitted man.

قبلاً هم اشاره کردم که او مرد کودنی بود.

He did not inquire which road he should take.

او نپرسید که از کدام جاده باید برود.

Instead, he walked on and on without directions.

در عوض، او بدون هیچ راهنمایی به راهش ادامه داد و رفت.

And he followed wherever his nose pointed him.

و هر جا که بینی‌اش اشاره می‌کرد، دنبالش می‌رفت.

I don't need to say he was not on the right road.

لازم نیست بگویم که او در مسیر درستی نبود.

The regions he wandered became less and less inhabited.

مناطقی که او در آنها پرسه می‌زد، رفته رفته خالی از سکنه شدند.

Soon he met no human being for many miles.

خیلی زود تا کیلومترها هیچ انسانی را ندید.

But there were many other things he saw there.

اما چیزهای زیاد دیگری هم آنجا دید.

Things he had never seen in all his life.

چیزهایی که در تمام عمرش ندیده بود.

He saw hillocks of cowries on the roadside.

او تپه‌های پوشیده از صدف را در کنار جاده دید.

Cowries were shells used as money in those times.

کاوری‌ها صدف‌هایی بودند که در آن زمان به عنوان پول استفاده می‌شدند.

He kept going and saw hillocks of jewels.

او به رفتن ادامه داد و تپه‌هایی از جواهرات دید.

Next, he saw hillocks of four-anna pieces.

سپس، تپه‌هایی از قطعات چهار آناری دید.

Further along were hillocks of eight-anna pieces.

کمی جلوتر، تپه‌هایی از قطعات هشت آنا دیده می‌شد.

And further yet were hillocks of rupees.

و هنوز تپه‌های روپیه در پیش بود.

But the Brahman's surprise did not end there.

اما شگفتی برهمن به همین جا ختم نشد.

Next there was a hill of burnished gold-mohurs.

در کنار آن تپه‌ای از موهورهای طلایی صیقل داده شده قرار داشت.

The burnished gold-mohurs were shining brightly.

موهورهای طلایِ صیقل‌خورده به روشنی می‌درخشیدند.

Because the gold-mohurs had been freshly minted.

زیرا طلا-موهورها تازه ضرب شده بودند.

Close to the hill of gold-mohurs was a large house.

نزدیک تپه‌ی گلد-مورها خانه‌ی بزرگی بود.

The house looked like the palace of a powerful king.

خانه شبیه کاخ یک پادشاه قدرتمند بود.

At the door stood a lady of exquisite beauty.

دم در، خانمی با زیبایی بی‌نظیر ایستاده بود.

The lady, seeing the Brahman, said;

بانو، با دیدن برهمن، گفت؛

"Come to me, my beloved husband"

«بیا پیش من، شوهر عزیزم»

"You married me when I was young"

«تو وقتی جوون بودم با من ازدواج کردی»

"But you never came back after our marriage"

«اما تو بعد از ازدواجمان دیگر هرگز برنگشتی»

"Though I have been daily expecting you"

«اگرچه هر روز منتظرت بوده‌ام»

"Blessed be this day," said the lady.

«خانم گفت» :امروز مبارک باد.

"On this day I see the face of my husband"

«در این روز چهره شوهرم را می‌بینم»

"Come, my sweet, come in," she asked of him.

«از او پرسید» :بیا عزیزم، بیا تو.

"You must be fatigued from your long journey"

«حتماً از سفر طولانی‌ات خسته شده‌ای»

"Wash your feet and rest, and eat and drink"

«پاهایت را بشوی و استراحت کن، و بخور و بیاشام»

"And after that we shall make ourselves merry"

«و بعد از آن خودمان را شاد خواهیم کرد»

The Brahman was astonished beyond measure.

برهمن بی‌نهایت شگفت‌زده شد.

He had no recollection marrying twice.

او به یاد نمی‌آورد که دو بار ازدواج کرده باشد.

He remembered marrying the wife he left at home.

او به یاد آورد که با همسری که در خانه رها کرده بود ازدواج کرد.

But he did not remember marrying this lady.

اما یادش نمی‌آمد که با این خانم ازدواج کرده باشد.

But he remembered that he was a Kulin Brahman.

اما به یاد آورد که او یک برهمن کولین است.

Perhaps his father got him married as a child.

شاید پدرش او را در کودکی شوهر داده است.

But what he thought did not matter much.

اما آنچه او فکر می‌کرد، چندان مهم نبود.

The woman was certain he was her husband.

زن مطمئن بود که او شوهرش است.

And he had no reason to say he was not her husband.

و او هیچ دلیلی نداشت که بگوید شوهرش نیست.

Because her beauty was more than he could fathom.

زیرا زیبایی او فراتر از آن بود که او بتواند آن را درک کند.

As beautiful as the Goddesses of Indra's heaven.

به زیبایی الهه‌های آسمان ایندرا.

And he was sure that she was wealthy too.

و او مطمئن بود که او هم ثروتمند است.

These thoughts went through the Brahman's mind.

این افکار از ذهن برهمن گذشت.

But the lady interrupted his flow of thought.

اما خانم رشته افکارش را پاره کرد.

"Are you doubting whether I am your wife?"

«شک داری که من همسر تو هستم؟»

"Have you lost all memories of that happy event?

«آیا تمام خاطرات آن اتفاق شاد را از دست داده‌ای؟»

"All the pomp and circumstance of our nuptials"

«تمام زرق و برق و تشریفات عروسی‌مان»

"Come in, beloved; this is your house"

«بیا تو، عزیزم؛ این خانه‌ی توست»

"Because whatever is mine is thine also"

«چون هر چه مال من است، مال تو نیز هست»

The fair lady easily persuaded the Brahman.

بانوی زیبا به راحتی برهمن را متقاعد کرد.

And he succumbed to her loving entreaties.

و او تسلیم التماس‌های عاشقانه‌ی او شد.

And he went into the house of the lady.

و وارد خانه‌ی آن خانم شد.

The house was not an ordinary one.

خانه، خانه‌ی معمولی نبود.

The house was in fact a magnificent palace.

آن خانه در واقع یک کاخ باشکوه بود۔

All the apartments were large and lofty.

همه آپارتمان‌ها بزرگ و مرتفع بودند۔

Every room in the palace was richly furnished.

هر اتاق در کاخ با مبلمان مجللی تزئین شده بود۔

But one thing surprised the Brahman very much.

اما یک چیز برهمن را بسیار شگفت زده کرد۔

There was no other person in all the house.

هیچ کس دیگری در تمام خانه نبود۔

The only one there was the lady herself.

تنها کسی که آنجا بود، خودِ خانم بود۔

He could not account for the strange phenomenon.

او نمی‌توانست دلیل این پدیده عجیب را توضیح دهد۔

They meet anyone on their walks either.

آنها در پیاده روی های خود با هر کسی ملاقات می کنند۔

The fact was that the lady was not a human being.

واقعیت این بود که آن خانم انسان نبود۔

What the lady really was was a Rakshasi.

آن خانم واقعاً یک راکشاسی بود۔

She had eaten up the king and queen.

او پادشاه و ملکه را خورده بود۔

And she had eaten all the members of the royal family.

و او تمام اعضای خانواده سلطنتی را خورده بود۔

And gradually she had eaten their servants too.

و کم کم خدمتکاران آنها را هم خورده بود۔

This was why there were no humans far and wide.

به همین دلیل بود که هیچ انسانی دور و برشان نبود۔

The Rakshasi and the Brahman now lived together.

اکنون راکشاسی‌ها و برهمن‌ها با هم زندگی می‌کردند۔

After a week the former said to the latter;

بعد از یک هفته اولی به دومی گفت؛

"I am very anxious to see my sister"

«من خیلی مشتاقم خواهرم را ببینم»

"As you know, my sister is your other wife"

«همانطور که می‌دانید، خواهرم همسر دیگر شماست ۔»

"You must go and fetch my sister; your other wife"

«باید بروی و خواهرم را بیاوری؛ همسر دیگرت را.»

"Then we shall all live together happily"

«آنگاه همه با هم شادمانه زندگی خواهیم کرد»

"You must go to get her early tomorrow"

«باید فردا صبح زود بری دنبالش»

"I will give you clothes and jewels for her"

«من به تو لباس و جواهرات برای او می‌دهم»

Next morning the Brahman set out for his home.

صبح روز بعد، برهمن به سوی خانه‌اش رهسپار شد.

He was furnished with fine clothes.

او با لباس‌های نفیس آراسته شده بود.

And he wore around his wrists costly ornaments.

و او جواهرات گرانبهایی را به مچ دستانش می‌بست.

The poor woman was in great distress.

زن بیچاره خیلی اذیت شد.

The funeral ceremony of the king's mother was over.

مراسم تشییع جنازه مادر پادشاه به پایان رسید.

All the Brahmans and Pandits had returned.

همه برهمنان و پاندیت‌ها بازگشته بودند.

And they were loaded with donations.

و آنها پر از کمک‌های مالی بودند.

But her husband had not returned.

اما شوهرش برنگشته بود.

No one could give any news of him.

هیچ کس نمی‌توانست خبری از او بدهد.

Because no one had seen him there.

چون هیچکس او را آنجا ندیده بود.

The woman therefore could only come to one conclusion.

بنابراین، زن فقط می‌توانست به یک نتیجه برسد.

He must have been murdered on the road by highwaymen.

او حتماً در جاده توسط راهزنان به قتل رسیده است.

She was in this terrible suspense.

او در این بلاتکلیفی وحشتناک گرفتار شده بود.

But then one day she heard some rumors.

اما یک روز او شایعاتی شنید.

People in her village were talking about her husband.

مردم روستایش درباره شوهرش صحبت می‌کردند.

They said they saw him coming back.

گفتند که او را در حال بازگشت دیده‌اند.

And they said he was dressed in fine clothes.

و گفتند که لباس‌های فاخری پوشیده بود.

And they said he had fine jewels for his wife.

و گفتند که او جواهرات نفیسی برای همسرش داشته است.

And sure enough the Brahman soon appeared.

و مطمئناً برهمن به زودی ظاهر شد.

And he was carrying fine jewels for his wife.

و جواهرات نفیسی برای همسرش حمل می‌کرد.

On seeing his wife the Brahman thus accosted her;

برهمن با دیدن همسرش، چنین با او برخورد کرد؛

“Come with me, my dearest wife”

«با من بیا، همسر عزیزم»

“I have found my first wife”

«من همسر اولم را پیدا کرده‌ام»

“She lives in a stately palace”

«او در یک کاخ باشکوه زندگی می‌کند»

“Near her palace are hillocks of rupees”

«نزدیک کاخ او تپه‌های روپیه وجود دارد»

“And there is a large hill of gold-mohurs”

«و تپه بزرگی از طلا-موهورها وجود دارد»

“Why should you pine away in wretchedness?”

«چرا باید در بدبختی و فلاکت بمیری؟»

“Why would you stay in this horrible place?”

«چرا باید توی این جای وحشتناک بمونی؟»

“Come with me to the house of my first wife”

«با من به خانه‌ی همسر اولم بیا»

“There we shall all live together happily”

«آنجا همه با هم شادمانه زندگی خواهیم کرد»

At first, she thought her half-witted man had gone mad.

در ابتدا، او فکر کرد که مرد نیمه‌هوشش دیوانه شده است.

She could not imagine the hillocks of rupees.

او نمی‌توانست تپه‌های روپیه را تصور کند.

And she could not imagine a hill of gold-mohurs.

و او نمی‌توانست تپه‌ای از درختان موهور طلایی را تصور کند.

But then she saw how he was beautifully dressed.

اما بعد دید که او چقدر زیبا لباس پوشیده است.

Beautiful clothes of exquisite silks and satins.

لباس‌های زیبا از ابریشم و ساتن‌های نفیس.

Ornaments set with diamonds and precious stones.

زیورآلات مزین به الماس و سنگ‌های قیمتی.

Clothes fit for the queen of the land.

لباس‌هایی که برای ملکه‌ی سرزمین مناسب هستند.

Clothes only princesses were in the habit of putting on.

لباس‌هایی که فقط پرنسس‌ها عادت داشتند بپوشند.

She concluded in her mind that something was amiss:

او در ذهنش به این نتیجه رسید که مشکلی وجود دارد:

Her stupid husband must have been tricked.

شوهر احمقش حتماً گول خورده.

He must have fallen into the meshes of a Rakshasi.

او حتماً در دام یک راکشاسی افتاده بود.

The Brahman, however, insisted his wife went with him.

با این حال، برهمن اصرار داشت که همسرش با او برود.

"Feel free to stay here and pine away in poverty"

«می‌توانید اینجا بمانید و در فقر و تنگدستی زندگی کنید.»

"As for me, I will return to the palace of my first wife"

«اما من، به قصر همسر اولم برمی‌گردم»

The good woman did her best to stop her husband.

زن نیکوکار تمام تلاشش را کرد تا جلوی شوهرش را بگیرد.

But in the end she resolved to go with him.

اما در نهایت تصمیم گرفت با او برود.

Perhaps she could judge the matter better at the palace.

شاید او می‌توانست در کاخ بهتر در مورد این موضوع قضاوت کند.

They set out accordingly the next morning.

آنها صبح روز بعد بر همین اساس حرکت کردند.

They went the same road the Brahman had travelled.

آنها همان راهی را رفتند که برهمن پیموده بود.

The woman was not a little surprised by what she saw.

زن از آنچه دید، کم تعجب نکرد.

She saw the hillocks of cowries and of jewels.

او تپه‌های صدف و جواهرات را دید.

And she saw hillocks of eight-anna pieces.

و او تپه‌هایی از سکه‌های هشت عنایی دید.

And she saw the hillocks of rupees too.

و او تپه‌های روپیه را هم دید.

And last of all she saw a lofty hill of gold-mohurs.

و آخر از همه، تپه‌ای بلند از درختان موهور طلایی دید.

She saw also an exceedingly beautiful lady.

او همچنین یک خانم بسیار زیبا را دید.

The lady of the palace was hastening towards her.

بانوی قصر با عجله به سمت او می‌آمد.

The lady fell on the neck of the Brahman woman.

بانو به گردن زن برهمن افتاد.

And she wept tears of joy, and said:

و از خوشحالی اشک ریخت و گفت:

"Welcome, beloved sister!"

«خوش اومدی خواهر عزیزم.»

"This is the happiest day of my life!"

«این شادترین روز زندگی من است.»

"I see the face of my dearest sister again!"

«دوباره چهره‌ی عزیزترین خواهرم را می‌بینم.»

The husband and his two wives entered the palace.

شوهر و دو همسرش وارد قصر شدند.

Now he was lodged in a stately mansion.

حالا او در یک عمارت مجلل اقامت داشت.

The most delectable food appeared, as if by enchantment.

لذیذترین غذا، گویی با جادو، ظاهر شد.

He was caressed and endeared by his two wives.

او مورد نوازش و محبت دو همسرش قرار گرفت.

Both wives did their best to make him happy.

هر دو همسر تمام تلاش خود را برای خوشحال کردن او انجام دادند.

Both wives did their best to make him comfortable.

هر دو همسر تمام تلاش خود را کردند تا او را راحت کنند.

His two wives were competing for his love.

دو همسرش برای عشق او رقابت می‌کردند۔

The Brahman had a jolly time of it.

برهمن اوقات خوشی را سپری کرد۔

He was steeped in an ocean of enjoyment.

او غرق در اقیانوسی از لذت بود۔

The Brahman lived in this state of Elysian pleasure.

برهمن در این حالت لذت الیسیایی زندگی می‌کرد۔

Some fifteen or sixteen years he spent this way.

حدود پانزده یا شانزده سال را به این ترتیب گذراند۔

During this time his two wives presented him with two sons.

در این مدت دو همسرش دو پسر به او هدیه دادند۔

The Rakshasi's son was the elder.

پسر راکشاسی بزرگتر بود۔

He looked more like a god than a human being.

او بیشتر شبیه یک خدا بود تا یک انسان۔

He was named Sahasra-Dal.

او را ساهاسرا-دال نامیدند۔

His name meant the thousand-branched.

نام او به معنی هزار شاخه بود۔

The son of the Brahman woman was a year younger.

پسر زن برهمن یک سال کوچکتر بود۔

He was named Champa-Dal

او را چامپا-دال نامیدند

His name meant the branch of a champaka tree.

نام او به معنی شاخه درخت چامپاکا بود۔

The two brothers loved each other dearly.

دو برادر عاشقانه یکدیگر را دوست داشتند۔

They were both sent to the same school.

هر دو به یک مدرسه فرستاده شدند۔

The school was several miles distant from the palace.

مدرسه چندین مایل از کاخ فاصله داشت۔

Every day they rode their two little ponies to school.

هر روز آنها دو اسب کوچکشان را سوار بر اسب به مدرسه می‌بردند۔

The Brahman woman had always been suspicious.

زن برهمن همیشه مشکوک بود۔

A thousand little circumstances gave her clues.

هزار و یک اتفاق کوچک به او سرنخ‌هایی داد.

She knew her sister-in-law was not a human being.

او می‌دانست که خواهرشوهرش انسان نیست.

She was sure her sister-in-law was a Rakshasi.

او مطمئن بود که خواهر شوهرش یک راکشاسی است.

But her suspicion had not yet ripened into certainty.

اما شک او هنوز به یقین تبدیل نشده بود.

Because the Rakshasi exercised great self-restraint.

زیرا راکشاسی‌ها خویشتن‌داری زیادی از خود نشان می‌دادند.

She never did anything which human beings did not do.

او هرگز کاری نکرد که انسان‌ها انجام نمی‌دادند.

But she couldn't hide her demonic nature forever.

اما او نمی‌توانست ذات شیطانی‌اش را برای همیشه پنهان کند.

Her demonic nature was eventually going to reveal itself.

ماهیت شیطانی او سرانجام خود را آشکار می‌کرد.

The Brahman had little to keep him busy.

برهمن چیز زیادی برای مشغول نگه داشتن خود نداشت.

In order to pass his time he went hunting.

برای گذراندن وقتش به شکار رفت.

The first day he returned with an antelope.

روز اول با یک بز کوهی برگشت.

The antelope was laid in the courtyard of the palace.

بز کوهی در حیاط کاخ گذاشته شد.

The Rakshasi saw the antelope with great interest.

راکشاسی با علاقه‌ی زیادی به بز کوهی نگاه کرد.

At the sight of the raw meat her mouth began to water.

با دیدن گوشت خام، دهانش آب افتاد.

The antelope was never taken to the kitchen.

آن آهو هرگز به آشپزخانه برده نمی‌شد.

Instead, the Rakshasi took the antelope to another room.

در عوض، راکشاسی بز کوهی را به اتاق دیگری برد.

In this room she began devouring the antelope.

در این اتاق او شروع به خوردن بز کوهی کرد.

The Brahman woman saw everything from a secret room.

زن برهمن همه چیز را از یک اتاق مخفی می‌دید.

Her Rakshasi sister tore a leg off the antelope.

خواهر راکشاسی‌اش یک پای بز کوهی را کند.

She saw how she opened her tremendous jaw.

او دید که چگونه فک عظیمش را باز کرد.

And in one mouthful she swallowed up the leg.

و با یک لقمه، پایش را قورت داد.

The other limbs were devoured in the same manner.

اندام‌های دیگر نیز به همین ترتیب بلعیده شدند.

And opening her jaw even further, she swallowed the body.

و فکش را بیشتر باز کرد و جسد را بلعید.

Only a little bit of the meat was kept for the kitchen.

فقط کمی از گوشت برای آشپزخانه نگه داشته می‌شد.

On the second day the Brahman caught another antelope.

روز دوم، برهمن یک بز کوهی دیگر گرفت.

On the third day the Brahman caught another antelope.

روز سوم، برهمن یک بز کوهی دیگر گرفت.

The Rakshasi was unable to restrain her appetite.

راکشاسی نتوانست اشتهایش را کنترل کند.

The raw flesh brought out her demonic nature.

گوشت خام، ماهیت شیطانی او را آشکار کرد.

And she devoured each antelope like the last.

و او هر بز کوهی را مانند آخرین بز کوهی بلعید.

On the third day the Brahman woman expressed her
surprise.

روز سوم، زن برهمن تعجب خود را ابراز کرد.

"Nearly three whole antelopes have disappeared"

«نزدیک به سه بز کوهی کامل ناپدید شده‌اند»

"All that is left is a little bit of meat"

«فقط کمی گوشت باقی مانده است»

The Rakshasi did not appreciate the accusation.

راکشاسی از این اتهام خوشش نیامد.

"Do I eat raw flesh?" she asked fiercely.

«او با عصبانیت پرسید»: «آیا من گوشت خام می‌خورم؟

"Perhaps you do eat raw flesh," replied the Brahman
woman.

«زن برهمن پاسخ داد» :شاید شما گوشت خام می‌خورید.

"I have nothing to prove the contrary"

«من چیزی برای اثبات خلاف آن ندارم»

The Rakshasi knew she had been discovered.

راکشاسی می‌دانست که او را پیدا کرده‌اند.

Her eyes became even fiercer than before.

چشماش حتی از قبل هم شیطون تر شد.

And she vowed to get her revenge.

و او قسم خورد که انتقامش را خواهد گرفت.

The Brahman woman concluded her fate was sealed.

زن برهمن به این نتیجه رسید که سرنوشتش قطعی شده است.

She thought her husband would meet the same fate.

او فکر می‌کرد شوهرش هم به همین سرنوشت دچار خواهد شد.

She did not expect her son to be spared either.

او انتظار نداشت که پسرش هم از این ماجرا جان سالم به در ببرد.

That night she hardly slept at all.

آن شب او به سختی خوابش برد.

The Rakshasi had prevented her from seeing her husband.

راکشاسی مانع از دیدن شوهرش توسط او شده بود.

Early next morning Champa-Dal went to school.

صبح زود روز بعد، چامپا-دال به مدرسه رفت.

Before he went to school she gave her son a golden bottle.

قبل از اینکه به مدرسه برود، به پسرش یک بطری طلایی داد.

In the golden bottle was her own breast milk.

توی بطری طلایی، شیر خودش بود.

"Carefully watch the colour of the milk"

«به رنگ شیر دقت کنید»

"If the milk turns red, your father has been killed"

«اگر شیر قرمز شد، پدرت کشته شده است»

"If the milk turns redder, then I have been killed"

«اگر شیر قرمزتر شود، پس من کشته شده‌ام»

"If the milk turns red you must gallop away"

«اگر شیر قرمز شد، باید تاخت و تاز کرد»

"Gallop as fast as your horse can carry you"

«تا جایی که اسبت می‌تواند تو را حمل کند، تند بتاز»

"If you do not run away, you will be devoured"

«اگر فرار نکنی، بلعیده خواهی شد»

That morning the Rakshasi made a suggestion to her husband.

آن روز صبح، راکشاسی پیشنهادی به شوهرش داد.

"Let us bathe in the river this morning"

«بیایید امروز صبح در رودخانه شنا کنیم»

She would not take no for an answer.

او جواب نه را قبول نمی‌کرد.

The river was some distance from the palace.

رودخانه کمی از کاخ فاصله داشت.

The Brahman followed her as meekly as a lamb.

برهمن با فروتنی چون بره‌ای او را دنبال کرد.

The Brahman woman saw that her doom was near.

زن برهمن دید که هلاکتش نزدیک است.

But it was beyond her power to avert the catastrophe.

اما جلوگیری از فاجعه فراتر از توان او بود.

The Brahman and the Rakshasi did indeed reach the river.

برهمن و راکشاسی واقعاً به رودخانه رسیدند.

Soon after the Rakshasi changed into her real dimensions.

خیلی زود پس از آن، راکشاسی به ابعاد واقعی خود تغییر شکل داد.

She tore the Brahman limb from limb.

او اندام برهمن را از هم جدا کرد.

She devoured him like she had devoured the antelope.

او را همانطور که بز کوهی را بلعیده بود، بلعید.

Then she ran back to her palace.

سپس او به قصرش دوید.

The wife's fate was the same as the Brahman's.

سرنوشت همسر نیز مانند برهمن بود.

Young Champ Dal had done as his mother instructed.

قهرمان جوان دال طبق دستور مادرش عمل کرده بود.

He was diligently observing the golden bottle.

او با دقت بطری طلایی را زیر نظر داشت.

He paid special attention to the colour of the milk.

او به رنگ شیر توجه ویژه‌ای داشت.

He was horror-struck to find the milk redden a little.

او با وحشت متوجه شد که شیر کمی قرمز شده است.

"My father has been killed," he cried.

‏«‏او فریاد زد‏»‏ :پدرم کشته شده است.

Soon after the milk completely reddened.

خیلی زود شیر کاملاً قرمز شد.

"Now my mother has been killed too," he cried.

‏«‏او گریه کرد و گفت‏»‏ :حالا مادرم هم کشته شده است.

Quickly he rushed to mount his pony.

او به سرعت دوید تا سوار اسبش شود.

His half-brother, Sahasra-Dal, was surprised.

برادر ناتنی او، ساهاسرا‌-دال، شگفت‌زده شد.

"Where are you going, Champa?"

‏«‏چامپا، کجا می‌روی؟‏»‏

"Why are you crying, brother?"

‏«‏چرا گریه می‌کنی، برادر؟‏»‏

"Let me accompany you to wherever you are going"

‏«‏بگذار هر جا که می‌روی، تو را همراهی کنم‏»‏

But Champa-Dal now feared his brother.

اما چامپا‌-دال حالا از برادرش می‌ترسید.

"Oh! do not come to me," he objected.

‏«‏او اعتراض کرد‏»‏ :اوه‌- پیش من نیا.

"Your mother has devoured my father and mother"

‏«‏مادرت پدر و مادرم را بلعیده است‏»‏

"Don't you come and devour me"

‏«‏نکن بیایی و مرا ببلعی‏»‏

"I will not devour you," he promised his brother.

‏«‏او به برادرش قول داد‏»‏ :من تو را نخواهم خورد.

"I'll save you," he promised his brother.

‏«‏او به برادرش قول داد‏»‏ :من تو را نجات خواهم داد.

And he galloped after his brother, Champa-Dal.

و او به دنبال برادرش، چامپا‌-دال، تاخت.

Soon his mother, the Rakshasi, appeared at a distance.

خیلی زود مادرش، راکشاسی، از دور ظاهر شد.

She demanded Champa-Dal to come to her.

او از چامپا‌-دال خواست که پیش او بیاید.

But Champa-Dal knew better than to go to the Rakshasi.

اما چامپا-دال می‌دانست که نباید پیش راکشاسی برود.

"Champa-Dal will not come to you, but I will"

«چمپا-دال پیش تو نخواهد آمد، اما من خواهم آمد»

And instead, Sahasra-Dal went to his mother.

و در عوض، ساهاسرا-دال نزد مادرش رفت.

The young prince always carried a sword with him.

شاهزاده جوان همیشه شمشیری با خود حمل می‌کرد.

With his sword he cut off his mother's head.

با شمشیرش سر مادرش را از تنش جدا کرد.

Champa-Dal had not stayed to witness this.

چامپا-دال برای دیدن این صحنه نمانده بود.

He had galloped off as far as his pony could carry him.

او تا جایی که اسبش می‌توانست او را حمل کند، تاخت و تاز کرده بود.

Because he was running for his life.

چون داشت برای نجات جانش فرار می‌کرد.

But Sahasra-Dal soon caught up with his brother.

اما ساهاسرا-دال خیلی زود به برادرش رسید.

And he told him that his mother was no more.

و به او گفت که مادرش دیگر نیست.

This was small consolation to Champa-Dal.

این برای چامپا-دال تسلی کوچکی بود.

The Rakshasi had already devoured both his parents.

راکشاسی قبلاً هر دو والدینش را بلعیده بود.

But he could still not trust Sahasra-Dal's friendship.

اما او هنوز نمی‌توانست به دوستی ساهاسرا-دال اعتماد کند.

They both rode as fast as their horses could carry them.

هر دو با تمام سرعتی که اسب‌هایشان می‌توانستند، تاختند.

And their horses could carry them very far.

و اسب‌هایشان می‌توانستند آنها را تا مسافت‌های بسیار دور حمل کنند.

Because their horses were Pakshirajes horses.

زیرا اسب‌های آنها اسب‌های پاکشیراجس بودند.

Pakshirajes horses are the kings of birds.

اسب‌های پاکشیراجس، پادشاهان پرندگان هستند.

On their horses they travelled over hundreds of miles.

آنها سوار بر اسب‌هایشان صدها مایل سفر کردند.

An hour or two before sundown they reached a village.

یکی دو ساعت مانده به غروب آفتاب به روستایی رسیدند.

Here they became the guests of a respectable family.

اینجا مهمان یک خانواده محترم شدند.

But the two brothers saw the family was in gloom.

اما دو برادر دیدند که خانواده در غم و اندوه فرو رفته است.

Something was agitating the family very much.

چیزی خانواده را به شدت نگران کرده بود.

Some of the family held private consultations.

برخی از اعضای خانواده مشاوره‌های خصوصی برگزار کردند.

And others in the family were weeping.

و دیگر اعضای خانواده گریه می‌کردند.

The mother was the eldest lady in the house.

مادر، بزرگترین زن خانه بود.

“I will go, as I am the eldest,” she said.

«او گفت» :من می‌روم، چون از همه بزرگترم.

“I have lived long enough”

«من به اندازه کافی زندگی کرده‌ام»

“At most my life would be cut short by a year or two”

«حداکثر یک یا دو سال از عمرم کم می‌شود»

The youngest member of the house was a little girl.

کوچکترین عضو خانه، یک دختر بچه بود.

“I will go, as I am young,” she said.

«او گفت» :من خواهم رفت، چون جوان هستم.

“I am useless to the family”

«من برای خانواده بی‌فایده هستم»

“If I die, I shall not be missed”

«اگر بمیرم، کسی دلم برایم تنگ نخواهد شد»

The head of the house was the son of the old lady.

رئیس خانه پسر پیران بود.

“I am the representative of the family,” he said.

«او گفت» :من نماینده خانواده هستم.

“It is but reasonable that I should give up my life”

«اینکه من باید از زندگی‌ام دست بکشم، کاملاً منطقی است.»

He also had a younger brother.

او یک برادر کوچکتر هم داشت.

“You are the pillar of the family,” he said.

«او گفت» :شما ستون خانواده هستید.

"If you go the whole family is ruined"

«اگر تو بروی، تمام خانواده نابود می‌شوند»

"It is not reasonable that you should go"

«رفتن تو منطقی نیست»

"I will go, as I shall not be much missed"

«من خواهم رفت، چون قرار نیست زیاد دلم برایم تنگ شود.»

The two strangers listened to all this conversation.

آن دو غریبه به تمام این مکالمه گوش دادند.

You can imagine their curiosity was not little.

می‌توان تصور کرد که کنجکاوی آنها کم نبود.

They wondered what the discussion could be about.

آنها فکر می‌کردند که بحث در مورد چه چیزی می‌تواند باشد.

Sahasra-Dal took the risk of being thought meddlesome.

ساهاسرا-دال خطر اینکه فضول تلقی شود را پذیرفت.

"What is the subject of your consultations?"

«موضوع مشاوره‌های شما چیست؟»

"What is the reason for your deep miserable?"

«دلیل این همه بدبختی و فلاکتت چیه؟»

"Why are your words full of countenances?"

«چرا کلماتت پر از قیافه‌گری است؟»

The head of the house gave the following answer.

رئیس خانه پاسخ زیر را داد.

"There is something you must know, me worthy guests"

«یه چیزی هست که باید بدونید، من، مهمونای محترم»

"These lands are infested by a terrible Rakshasi"

«این سرزمین‌ها توسط یک راکشاسی وحشتناک آلوده شده‌اند»

"This Rakshasi has depopulated all the regions here"

«این راکشاسی تمام مناطق اینجا را خالی از سکنه کرده است»

"This town, too, would have been depopulated"

«این شهر هم خالی از سکنه می‌شد»

"But that our king became suppliant to the Rakshasi"

«اما اینکه پادشاه ما به راکشاسی التماس کرد»

"He begged her to show mercy to us his people"

«او از او التماس کرد که به ما قومش رحم کند»

The Rakshasi replied to the king.

راکشاسی به پادشاه پاسخ داد.

"I will consent to show mercy to your subjects"

«من به نشان دادن رحمت به رعایای تو رضایت می‌دهم»

"But there is one condition for my mercy"

«اما یک شرط برای رحمت من وجود دارد»

"Every night I demand one human being"

«هر شب من یک انسان را طلب می‌کنم»

"I don't mind if it is a male or a female"

«مهم نیست که مرد باشد یا زن»

"Put the human being in a temple for me to feast"

«انسان را در معبدی قرار دهید تا من در آن ضیافت کنم»

"If I get a human being every night, I will rest satisfied"

«اگر هر شب یک انسان داشته باشم، با خیال راحت استراحت خواهم کرد.»

"Promise me this and I will commit no further depredations"

«این را به من قول بده و من دیگر مرتکب غارت و چپاول نخواهم شد.»

"Your subjects will be spared from my ravenous hunger"

«رعایای تو از گرسنگی طاقت‌فرسای من در امان خواهند بود»

"Our king had no other alternative than to agree"

«پادشاه ما چاره‌ای جز موافقت نداشت»

"What human can ever hope to contend against a Rakshasi?"

«کدام انسانی می‌تواند امید داشته باشد که با یک راکشاسی رقابت کند؟»

"From that day the king made a new law"

«از آن روز پادشاه قانون جدیدی وضع کرد»

"Every family has to send one member to the temple"

«هر خانواده باید یک عضو خود را به معبد بفرستد»

"To appease the wrath of the terrible Rakshasi"

«برای فرو نشاندن خشم راکشاسی وحشتناک»

"To satisfy the endless hunger of the Rakshasi"

«برای رفع گرسنگی بی‌پایان راکشاسی»

"All the families in this neighbourhood have had their turn"

«نوبت همه خانواده‌های این محله رسیده است»

"This night it is the turn of our family"

«امشب نوبت خانواده ماست»

"One of us is to devote ourself to destruction"

«یکی از ما باید خود را وقف نابودی کند»

"We are therefore discussing who should go to the Rakshasi"

بنابراین ما در حال بحث در مورد این هستیم که چه کسی باید به »
«راکشاسی برود

"You can now perceive the cause of our distress"

«حالا می‌توانید علت پریشانی ما را درک کنید»

The two friends consulted together for a few minutes.

دو دوست چند دقیقه‌ای با هم مشورت کردند.

After this time they concluded their consultation.

پس از این مدت، آنها مشاوره خود را به پایان رساندند.

Sahasra-Dal was the spokesman for the brothers.

ساهاسرا-دال سخنگوی برادران بود.

"Most worthy host, do not any longer be sad"

«ای میزبان بسیار شایسته، دیگر غمگین مباش»

"You have been very kind to us"

«شما با ما خیلی مهربان بوده‌اید»

"We have resolved to requite your hospitality"

«ما تصمیم گرفته‌ایم که مهمان‌نوازی شما را جبران کنیم»

"We will go to the temple instead of you"

«ما به جای شما به معبد خواهیم رفت»

"We shall go as your representatives"

«ما به عنوان نمایندگان شما خواهیم رفت»

"We will become the food of the Rakshasi"

«ما غذای راکشاسی‌ها خواهیم شد»

The whole family protested against the proposal.

تمام خانواده به این پیشنهاد اعتراض کردند.

They declared that guests were like gods.

آنها اعلام کردند که مهمانان مانند خدایان هستند.

"The host must ensure the comfort of the guests"

«میزبان باید آسایش مهمانان را تضمین کند»

"The guests must not suffer for the host"

«مهمانان نباید به خاطر میزبان رنج بکشند»

But the two strangers could not be persuaded.

اما آن دو غریبه را نتوانستند متقاعد کنند.

"We will stand as proxies for your family"

«ما به عنوان نماینده خانواده شما خواهیم ایستاد»

There was a great deal of objection to the proposal.

مخالفت‌های زیادی با این پیشنهاد شد.

But eventually the guests persuaded their hosts.

اما سرانجام مهمانان، میزبانان خود را متقاعد کردند.

Finally the hosts consented to the arrangement.

بالاخره میزبانان با این ترتیب موافقت کردند.

Sahasra-Dal and Champa-Dal rode off on their horses.

ساهاسرا-دال و چامپا-دال سوار بر اسب‌هایشان رفتند.

Immediately after candle light they reached the temple.

بلافاصله پس از روشن کردن شمع، به معبد رسیدند.

They went into the temple, and shut the door.

آنها وارد معبد شدند و در را بستند.

Sahasra told his brother to go to sleep.

ساهاسرا به برادرش گفت که بخوابد.

“I will guard over your sleep”

«من از خواب تو محافظت خواهم کرد»

“I will watch out for the terrible Rakshasi”

«من مراقب راکشاسی وحشتناک خواهم بود»

Champa was soon in a fine sleep.

چامپا خیلی زود به خواب عمیقی فرو رفت.

Sahasra lay awake, waiting for the Rakshasi.

ساهاسرا بیدار دراز کشیده بود و منتظر راکشاسی بود.

Nothing happened during the early hours of the night.

در ساعات اولیه شب هیچ اتفاقی نیفتاد.

But then the gong of the king's bell sounded.

اما ناگهان صدای ناقوس پادشاه به گوش رسید.

It was midnight, the dead hour of the night.

نیمه‌شب بود، ساعت مرده‌ی شب.

Sahasra heard the sound as of a rushing tempest.

ساهاسرا صدایی شبیه به صدای طوفانی سهمگین شنید.

He used the knowledge he had of Rakshasas.

او از دانشی که از راکشاسی‌ها داشت استفاده کرد.

He concluded the Rakshasi was nigh.

او نتیجه گرفت که راکشاسی نزدیک است.

A thundering knock was heard at the door.

صدای کوبیدن محکمی به در شنیده شد.

The following words accompanied the knock at the door:

کلمات زیر با صدای کوبیدن در همراه شد:

"How, mow, khow! A human being I smell"

«چطور، مو، می‌دونی. یه آدمم که بو می‌دم»

"Who keeps guard inside this temple?"

«چه کسی در این معبد نگهبانی می‌دهد؟»

To this question Sahasra-Dal made the following reply:

ساهاسرا-دال به این سوال چنین پاسخ داد:

"Sahasra-Dal keeps guard inside this temple"

«ساهاسرا-دال درون این معبد نگهبانی می‌دهد»

"Champa-Dal keeps guard inside this temple"

«چمپا-دال در داخل این معبد نگهبانی می‌دهد»

"Two winged horses keep guard inside this temple"

«دو اسب بالدار از درون این معبد نگهبانی می‌دهند»

Rakshasa blood flowed through Sahasra-Dal's veins.

خون راکشاسا در رگ‌های ساهاسرا-دال جریان داشت.

The Rakshasi knew Sahasra-Dal was not human.

راکشاسی می دانست که ساهاسرا-دال انسان نیست.

And so the Rakshasi turned away with a groan.

و بنابراین راکشاسی با ناله ای رویش را برگرداند.

After an hour the Rakshasi returned to the temple.

پس از یک ساعت، راکشاسی به معبد بازگشت.

The Rakshasi thundered at the door again.

راکشاسی دوباره با خشم به در کوبید.

"How, mow, khow! A human being I smell"

«چطور، مو، می‌دونی. یه آدمم که بو می‌دم»

"Who keeps guard inside this temple?"

«چه کسی از این معبد نگهبانی می‌دهد؟»

To this question Sahasra-Dal again replied:

ساهاسرا-دال دوباره به این سوال پاسخ داد:

"Sahasra-Dal keeps guard inside this temple"

«ساهاسرا-دال درون این معبد نگهبانی می‌دهد»

"Champa-Dal keeps guard inside this temple"

«چمپا-دال در داخل این معبد نگهبانی می‌دهد»

"Two winged horses keep guard inside this temple"

«دو اسب بالدار از درون این معبد نگهبانی می‌دهند»

The Rakshasi again groaned and went away.

راکشاسی دوباره ناله‌ای کرد و رفت.

At two o'clock the Rakshasi appeared once more.

ساعت دو، راکشاسی دوباره ظاهر شد.

And at three o'clock the Rakshasi came again.

و ساعت سه، راکشاسی دوباره آمد.

Each time the Rakshasi made the same inquiry.

هر بار راکشاسی همان سؤال را مطرح می‌کرد.

And each time the Rakshasi left with a groan.

و هر بار راکشاسی با ناله ای آنجا را ترک می کرد.

After three o'clock, however, Sahasra-Dal felt very sleepy.

با این حال، بعد از ساعت سه، ساهاسرا‌-‌دال احساس خواب‌آلودگی شدیدی کرد.

He could not any longer keep awake.

دیگر نمی‌توانست بیدار بماند.

He therefore roused Champa.

بنابراین او چامپا را بیدار کرد.

And he told him to keep guard over the temple.

و به او دستور داد که از معبد محافظت کند.

"The Rakshasi will come again in an hour"

«راکشا تا یک ساعت دیگر دوباره می‌آید»

"The Rakshasi will ask who keeps guard here"

«راکشاها خواهند پرسید چه کسی اینجا نگهبانی می‌دهد؟»

"You must mention Sahasra's name first"

«شما باید اول اسم ساهاسرا را بگویید»

Having given these instructions he went to sleep.

پس از دادن این دستورات، به خواب رفت.

At four o'clock the Rakshasi again made her appearance.

ساعت چهار، راکشاسی دوباره ظاهر شد.

The Rakshasi thundered at the door, and said:

رخشاشی با خشم به در نزدیک شد و گفت:

"How, mow, khow! A human being I smell"

«چطور، مو، می‌دونی. یه آدمم که بو می‌دم»

"Who keeps guard inside this temple?"

«چه کسی در این معبد نگهبانی می‌دهد؟»

Champa-Dal was in a terrible fright.

چامپا-دال وحشت وحشتناکی داشت.

He had forgotten the instructions of his brother.

او دستورات برادرش را فراموش کرده بود.

"Champa-Dal keeps guard inside this temple"

«چمپا-دال در داخل این معبد نگهبانی می‌دهد»

"Sahasra-Dal keeps guard inside this temple"

«ساهاسرا-دال درون این معبد نگهبانی می‌دهد»

"Two winged horses keep guard inside this temple"

«دو اسب بالدار از درون این معبد نگهبانی می‌دهند»

The Rakshasi uttered a shout of exultation.

رخشاشی فریادی از شادی برآورد.

And the Rakshasi laughed how only demons can laugh.

و راکشاسی خندید، همانطور که فقط شیاطین می‌توانند بخندند.

With a dreadful noise the door broke open.

با صدای وحشتناکی در باز شد.

The noise roused Sahasra from his sleep.

این سر و صدا ساهاسرا را از خواب بیدار کرد.

Within a moment he sprung to his feet.

در عرض یک لحظه، او از جایش پرید.

He had his sword with him not only by day.

او شمشیرش را نه تنها در روز، بلکه در تمام طول سال نیز همراه داشت.

He had his sword with him by night too.

شب‌ها هم شمشیرش را همراه داشت.

His sword was as supple as a palm-leaf.

شمشیرش به نرمی برگ نخل بود.

And he cut off the head of the Rakshasi.

و سر راکشاسی را از تن جدا کرد.

The huge mountain of a body fell to the ground.

کوه عظیم جسد بر زمین افتاد.

The body made a great noise when it fell.

جسد هنگام افتادن صدای بلندی ایجاد کرد.

And the body covered many surrounding acres.

و جسد، هکتارهای زیادی از اطراف را پوشانده بود.

Sahasra-Dal kept the severed head of the Rakshasi.

ساهاسرا-دال سر بریده راکشاسی ها را نگه داشت.

And he slept again with the head near him.

و دوباره در حالی که سر را نزدیک خود نگه داشته بود، خوابید.

Early in the morning some wood-cutters came.

صبح زود چند هیزم‌شکن آمدند.

The wood-cutters were passing near the temple.

هیزم‌شکن‌ها از نزدیکی معبد عبور می‌کردند.

The wood-cutters saw the huge body on the ground.

هیزم‌شکن‌ها جسد عظیم‌الجثه‌ای را روی زمین دیدند.

So they walked towards the temple.

پس آنها به سمت معبد راه افتادند.

Soon they saw that it was a carcass.

خیلی زود دیدند که لاشه است.

The carcass of the terrible Rakshasi.

لاشه‌ی راکشاسیِ وحشتناک.

The Rakshasi that had nearly depopulated the land.

راکشاسی که تقریباً آن سرزمین را خالی از سکنه کرده بود.

There had been a bounty for this Rakshasi.

برای این راکشاسی جایزه تعیین شده بود.

The king offered the hand of his daughter.

پادشاه دست دخترش را دراز کرد.

And the king had offered half the kingdom.

و پادشاه نیمی از پادشاهی را پیشنهاد داده بود.

He would trade it all for the head of the Rakshasi.

او حاضر بود همه چیز را با سر راکشاسی معامله کند.

The wood-cutters saw no claimant at hand.

هیزم‌شکن‌ها هیچ مدعی‌ای در دسترس ندیدند.

So they went to get the reward.

پس رفتند تا پاداش را بگیرند.

Each wood-cutter cut off a limb from the Rakshasi.

هر هیزم‌شکن عضوی از راکشاسی را برید.

And each wood-cutter went to the king.

و هر هیزم‌شکن نزد پادشاه رفت.

And each wood-cutter tried to claim the reward.

و هر هیزم‌شکنی سعی می‌کرد پاداش را مطالبه کند.

"I am the destroyer of the great man eater"

»من نابودگرِ آدمخوار بزرگ هستم«

"I have come to claim my reward"

»آمده‌ام تا پاداش خود را بگیرم«

The king knew there could only be one hero.

پادشاه می‌دانست که فقط یک قهرمان می‌تواند وجود داشته باشد.

So he made an inquiry with his minister.

بنابراین از وزیرش تحقیق کرد.

"What family's turn was it last night?"

»دیشب نوبت کدام خانواده بود؟«

"And who is the head of that family?"

»و رئیس آن خانواده کیست؟«

The king's minister set out to find the family.

وزیر پادشاه برای یافتن خانواده راهی شد.

He brought the head of the family to the king.

او رئیس خانواده را نزد پادشاه آورد.

And the head of the family told of his guests.

و بزرگ خانواده از مهمانانش گفت.

"Last night two youthful travelers came to me"

»دیشب دو مسافر جوان پیش من آمدند«

"We offered to be their hosts for the night"

»ما پیشنهاد دادیم که امشب میزبان آنها باشیم«

"Soon they discovered the problem we had"

»خیلی زود آنها متوجه مشکلی که ما داشتیم شدند«

"And they volunteered to take our place"

»و آنها داوطلب شدند تا جای ما را بگیرند«

"They went to the temple, instead of one of us"

»آنها به معبد رفتند، به جای یکی از ما«

The king took his men to the temple.

پادشاه افرادش را به معبد برد.

The door of the temple was broken open.

درب معبد شکسته و باز بود.

They found the two brothers sleeping.

آنها دو برادر را در حال خواب یافتند.

And the horses were safe in the temple too.

و اسب‌ها هم در معبد در امان بودند.

And the head of the Rakshasi was there too.

و سر راکشاسی هم آنجا بود.

There was no doubt about who had killed the monster.

شکی نبود که چه کسی هیولا را کشته است.

The real hero had been discovered.

قهرمان واقعی کشف شده بود.

And the king kept true to his word.

و پادشاه به قول خود وفادار ماند.

He gave the hand of his daughter to Sahasra-Dal.

او دست دخترش را به ساهاسرا-دال داد.

And he gave him half his kingdom too.

و نیمی از پادشاهی خود را نیز به او بخشید.

Champa-Dal remained with his friend.

چامپا-دال پیش دوستش ماند.

And he rejoiced in Sahasra-Dal's prosperity.

و او از رفاه ساهاسرا-دال شادمان شد.

And they lived together happily for some time.

و مدتی با هم به خوبی و خوشی زندگی کردند.

But one day a misunderstanding arose between them.

اما یک روز سوء تفاهمی بین آنها پیش آمد.

The queen-mother had a certain maid-servant.

ملکه مادر، کنیز و خدمتکاری داشت.

This maid-servant was the most useful domestic.

این خدمتکار، مفیدترین خدمتکار خانه بود.

She could turn her hand to any task.

او می‌توانست دستش را به هر کاری دراز کند.

And she had uncommon strength for a woman.

و او برای یک زن قدرت غیرمعمولی داشت.

Her intelligence was not lacking either.

هوش و ذکاوتش هم کم نبود.

And she had a remarkable amount of energy.

و او انرژی قابل توجهی داشت.

She would have been quickly missed in the palace.

جای او در کاخ به سرعت خالی می‌شد.

The zenana was completely dependent on her.

زن کاملاً به او وابسته بود.

Hence her services were highly valued.

از این رو خدمات او بسیار ارزشمند بود.

The queen-mother appreciated her very much.

ملکه مادر از او بسیار قدردانی کرد.

And the ladies of the palace valued her too.

و بانوان قصر نیز برای او ارزش قائل بودند.

But this valuable woman was not a woman.

اما این زن ارزشمند، زن نبود.

What this woman was was a Rakshasi.

این زن یک راکشاسی بود.

She had put on the appearance of a woman.

قیافه یه زن رو به خودش گرفته بود.

She had her own nefarious reasons for doing this.

او دلایل شیطانی خودش را برای این کار داشت.

And then she took service in the royal household.

و سپس او در دربار سلطنتی خدمت کرد.

At night she used to assume her own real form.

شب‌ها او شکل واقعی خودش را به خود می‌گرفت.

When everyone in the palace was asleep.

وقتی همه در قصر خواب بودند.

And then she went about in search of food.

و سپس او به دنبال غذا رفت.

Because her hunger was not satisfied at the palace.

زیرا گرسنگی او در کاخ برطرف نشد.

A Rakshasi needs much more food than a man or woman.

یک راکشاسی به غذای بسیار بیشتری نسبت به یک مرد یا زن نیاز دارد.

At this time Champa-Dal had no wife.

در این زمان چامپا-دال همسری نداشت.

So he often slept outside the zenana.

بنابراین او اغلب بیرون از زَنّا می‌خوابید.

He was not far from the outer gate of the palace.

او از دروازه بیرونی قصر دور نبود.

And from there he could observe her.

و از آنجا می‌توانست او را زیر نظر داشته باشد.

He saw her devouring sundry goats and sheep.

او را دید که بزها و گوسفندان مختلفی را می‌بلعد.

And he saw her devouring horses and elephants.

و او را دید که اسب‌ها و فیل‌ها را می‌بلعد.

This of course was not good for the maid-servant.

البته این برای خدمتکار خوب نبود.

Champa-Dal was in the way of her supper.

چامپا-دال مانع شام او شده بود.

So she was determined to get rid of him.

بنابراین او مصمم شد که از شر او خلاص شود.

One day she went to the queen-mother.

روزی او نزد ملکه مادر رفت.

"Queen-mother," she said to her.

«به او گفت» :ملکه مادر۔

"I can no longer work in the palace"

«دیگر نمی‌توانم در کاخ کار کنم»

"Why?" asked the queen-mother.

«ملکه مادر پرسید» :چرا؟

"What is the matter, Dasi" she wanted to know.

«می‌خواست بداند» :چی شده، داسی؟

"How can I go on without you?"

«چطور می‌توانم بدون تو ادامه بدهم؟»

"Tell me your reasons for leaving"

«دلایل رفتنت را بگو»

The maid-servant explained her situation.

خدمتکار وضعیتش را توضیح داد.

"I am but a poor woman in this palace"

«من در این کاخ فقط یک زن فقیر هستم»

"A woman like me can't preserve her honor here"

«زنی مثل من اینجا نمی‌تواند آبرویش را حفظ کند»

"Your son-in-law has a friend, Champa-Dal"

«دامادت یه دوست داره، چامپا-دال»

"He always cracks indecent jokes with me"

«او همیشه با من شوخی‌های ناشایستی می‌کند»

"I would rather beg for my rice than to lose my honor"

«ترجیح می‌دهم برای برنجم گدایی کنم تا اینکه آبرویم را از دست بدهم»

"If Champa-Dal remains in the palace I must go away"

«اگر چامپا‌ـ‌دال در قصر بماند، من باید بروم-»

The maid-servant was irreplicable in the palace.

آن خدمتکار‌ـ‌کنیز در قصر بی‌نظیر بود۔

The queen-mother knew what sacrifice to make.

ملکه مادر می‌دانست چه فداکاری‌ای باید بکند۔

Champa-Dal was going to have to leave the palace.

چامپا‌ـ‌دال مجبور بود قصر را ترک کند۔

And she told Sahasra-Dal all her reasons.

و او تمام دلایلش را برای ساهاسرا‌ـ‌دال تعریف کرد۔

"Champa-Dal is a bad man"

«چمپا‌ـ‌دال مرد بدی است»

"His character and morals are loose"

«شخصیت و اخلاق او سست است»

"He must leave this palace at once"

«او باید فوراً این کاخ را ترک کند»

Sahasra-Dal did his best to persuade her otherwise.

ساهاسرا‌ـ‌دال تمام تلاشش را کرد تا او را متقاعد کند که نظرش عوض شود۔

He earnestly pleaded on behalf of his friend.

او با جدیت از طرف دوستش التماس می‌کرد۔

But his efforts were in vain.

اما تلاش‌هایش بی‌فایده بود۔

The queen-mother had made up her mind.

ملکه مادر تصمیمش را گرفته بود۔

He had to be driven out of the palace.

او را باید از قصر بیرون می‌راندند۔

Sahasra-Dal had not the courage to tell his friend.

ساهاسرا‌ـ‌دال جرات نداشت به دوستش بگوید۔

He therefore wrote a letter to him.

از این رو، نامه‌ای به او نوشت۔

In the letter he was vague about the reason.

در نامه، او دلیل را مبهم بیان کرده بود۔

But either way, he was going to have to leave.

اما در هر صورت، او مجبور به ترک آنجا بود۔

Champa-Dal went to have a bath.

چامپا‌ـ‌دال رفت حمام کند۔

And the letter was put in his room.

و نامه را در اتاقش گذاشتند.

Champa-Dal was grieved upon reading the letter.

چامپا-دال با خواندن نامه بسیار غمگین شد.

He mounted his fleet of horses.

او سوار بر ناوگان اسب‌هایش شد.

And on his horses, he left the palace.

و سوار بر اسب‌هایش، از قصر بیرون رفت.

Champa's horses were uncommonly fleet.

اسب‌های چامپا به طرز غیرمعمولی چابک بودند.

Soon he had traversed thousands of miles.

خیلی زود او هزاران مایل را پیمود.

And eventually he reached a new city.

و سرانجام به شهر جدیدی رسید.

He stood at the gateway of a magnificent palace.

او در دروازه یک کاخ باشکوه ایستاده بود.

He dismounted from his horse.

از اسبش پیاده شد.

And he entered the palace.

و وارد قصر شد.

But in the palace he met not a single creature.

اما در کاخ او حتی یک موجود زنده را هم ندید.

He went from apartment to apartment.

او از آپارتمانی به آپارتمان دیگر می‌رفت.

All the rooms were richly furnished.

تمام اتاق‌ها با اثاثیه‌ی مجلل چیده شده بودند.

But none of the rooms were lived in.

اما در هیچ یک از اتاق‌ها کسی زندگی نمی‌کرد.

But in the end he came to a different room.

اما در نهایت به اتاق دیگری رسید.

In this room there was a young lady.

در این اتاق یک خانم جوان بود.

The young lady was of heavenly beauty.

بانوی جوان از زیبایی آسمانی برخوردار بود.

And she was lying down on a splendid bedstead.

و او روی یک تخت خواب مجلل دراز کشیده بود۔

The beautiful young lady was asleep.

خانم جوان و زیبا خواب بود۔

Champa-Dal looked upon the sleeping beauty.

چامپا‌-دال به زیبای خفته نگاه کرد۔

He was captivated by what he was seeing.

او مسحور چیزی بود که می‌دید۔

He had not seen any woman so beautiful.

او هیچ زنی را به این زیبایی ندیده بود۔

Upon the bed there were two sticks.

روی تخت دو عصا بود۔

The two sticks were near the woman's head.

دو چوب نزدیک سر زن بودند۔

One of the sticks was made of silver.

یکی از چوب‌ها از نقره ساخته شده بود۔

And the other stick was made of gold.

و عصای دیگر از طلا ساخته شده بود۔

Champa took the silver stick into his hand.

چامپا عصای نقره‌ای را در دست گرفت۔

And with the stick he touched the body of the lady.

و با عصا بدن آن خانم را لمس کرد۔

But no change was perceptible to her sleep.

اما هیچ تغییری در خوابش احساس نشد۔

He then took up the gold stick.

سپس عصای طلایی را برداشت۔

And with the stick he touched the body of the lady.

و با عصا بدن آن خانم را لمس کرد۔

This time the young lady did awake.

این بار خانم جوان بیدار شد۔

Eyeing the stranger, she inquired who he was.

با نگاهی به غریبه، پرسید که او کیست۔

"I am Champa-Dal," he told her.

«او به او گفت» :من چامپا‌-دال هستم۔

"There was once a poor dimwitted Brahman"

«روزی روزگاری برهمنِ فقیر و کودنی بود»

"This dimwitted man had a wife, but no children"

«این مرد کودن زن داشت، اما فرزندی نداشت»

"But him not having children was probably for the best"

«اما بچه‌دار نشدنش احتمالاً به نفعش بود»

"Because he was barely able to meet his own needs"

«چون او به سختی می‌توانست نیازهای خودش را برآورده کند»

"And he could hardly supply enough for his wife"

«و او به سختی می‌توانست به اندازه کافی برای همسرش غذا تهیه کند»

"But his dimwittedness was not even his biggest problem"

«اما کودنی‌اش حتی بزرگترین مشکلش هم نبود۔۔»

And he continued the story as we have followed it.

و او داستان را همانطور که ما دنبال کرده‌ایم، ادامه داد۔

"My mother concluded her fate was sealed"

«مادرم به این نتیجه رسید که سرنوشتش رقم خورده است»

"And she thought my father would meet the same fate"

«و او فکر می‌کرد پدرم هم به همین سرنوشت دچار خواهد شد»

"And she did not expect me to be spared either"

«و او انتظار نداشت که من هم بخشیده شوم»

"That night she hardly slept at all"

«آن شب او به سختی خوابش برد»

"The Rakshasi had prevented her from seeing my father"

«راکشاسی مانع از دیدن پدرم توسط او شده بود»

"Early next morning I went to school"

«صبح زود روز بعد به مدرسه رفتم»

"Before I went to school she gave me a golden bottle"

«قبل از اینکه به مدرسه بروم، او یک بطری طلایی به من داد»

"In the golden bottle was her own breast milk"

«شیر خودش توی بطری طلایی بود»

"I was told to carefully watch the colour of the milk"

«به من گفته شد که به دقت رنگ شیر را زیر نظر داشته باشم۔»

And he continued the story as we have followed it.

و او داستان را همانطور که ما دنبال کرده‌ایم، ادامه داد۔

"We will stand as proxies for your family"

«ما به عنوان نماینده خانواده شما خواهیم ایستاد»

"There was a great deal of objection to our proposal"

«اعتراضات زیادی به پیشنهاد ما شد»

"But eventually we persuaded our hosts"

»اما در نهایت میزبانان خود را متقاعد کردیم«

"Finally the hosts consented to the arrangement"

»بالاخره میزبانان با این توافق موافقت کردند«

And he continued the story as we have followed it.

و او داستان را همانطور که ما دنبال کرده‌ایم، ادامه داد.

"So I often slept outside the zenana"

»بنابراین من اغلب بیرون از ساختمان می‌خوابیدم«

"I was not far from the outer gate of the palace"

»من از دروازه بیرونی کاخ دور نبودم«

"And from there I could observe her"

»و از آنجا می‌توانستم او را زیر نظر داشته باشم«

"I saw her devouring sundry goats and sheep"

»من او را دیدم که انواع بز و گوسفند را می‌بلعید ـ«

"And I saw her devouring horses and elephants"

»و من او را دیدم که اسب‌ها و فیل‌ها را می‌بلعید«

And he continued the story as we have followed it.

و او داستان را همانطور که ما دنبال کرده‌ایم، ادامه داد.

"One day a letter was put in my room"

»روزی نامه‌ای در اتاقم گذاشته شد«

"I was grieved upon reading the letter"

»با خواندن نامه غمگین شدم«

"I mounted my fleet of horses"

»من سوار ناوگان اسب‌هایم شدم«

"And on my horses he left the palace"

»و سوار بر اسب‌های من، قصر را ترک کرد«

"My horse are uncommonly fleet"

»اسب‌های من به طرز غیرمعمولی چابک هستند«

"Soon I had traversed thousands of miles"

»به زودی هزاران مایل را پیمودم«

"And eventually I reached a new city"

»و سرانجام به شهر جدیدی رسیدم«

And he continued the story as we have followed it.

و او داستان را همانطور که ما دنبال کرده‌ایم، ادامه داد.

"I took the silver stick into his hand"

»من عصای نقره‌ای را در دست او گرفتم«

"And with the stick I touched your body"

«و با عصا بدنت را لمس کردم»

"But no change was perceptible to your sleep"

«اما هیچ تغییری در خواب شما محسوس نبود.»

"I then took up the gold stick"

«بعدش عصای طلایی رو برداشتم»

And with the stick he touched your body.

و با عصا بدنت را لمس کرد.

"This time you did awake from your sleep"

«این بار از خواب بیدار شدی»

The young lady had listened to Champa-Dal's story.

خانم جوان به داستان چامپا-دال گوش داده بود.

The young lady was in fact a princess.

آن خانم جوان در واقع یک شاهزاده خانم بود.

"Unhappy man! why have you come here?"

«مرد بدبخت. چرا به اینجا آمده‌ای؟»

"This is the country of Rakshasas"

«اینجا سرزمین راکشاساست»

"No less than seven hundred Rakshasas live here"

«کمتر از هفتصد راکشاسا اینجا زندگی نمی‌کنند»

"Every morning the Rakshasas leave"

«هر روز صبح راکشاها می‌روند»

"They go to the other side of the ocean"

«آنها به آن سوی اقیانوس می‌روند»

"And they search for provisions there"

«و در آنجا به دنبال روزی می‌گردند»

"And before dusk they return again"

«و پیش از غروب دوباره بازمی‌گردند»

"My father was king in these regions"

«پدرم در این مناطق پادشاه بود»

"His kingdom had millions of subjects"

«پادشاهی او میلیون‌ها رعیت داشت»

"They lived in flourishing towns and cities"

«آنها در شهرهای بزرگ و آباد زندگی می‌کردند»

"But some years ago the Rakshasas invaded"

«اما چند سال پیش راکشاساها حمله کردند»

"And they devoured all the subjects of the kingdom"

«و آنها تمام رعایای پادشاهی را بلعیدند»

"The Rakshasas devoured my father and my mother"

«راکشاساها پدر و مادرم را خوردند»

"The Rakshasas devoured my brothers and sisters"

«راکشاساها برادران و خواهرانم را خوردند»

"And they devoured all the cattle of the country"

«و آنها تمام گاوهای کشور را خوردند»

"There is no living human being in these regions"

«هیچ انسان زنده‌ای در این مناطق وجود ندارد»

"I am the last human living left"

«من آخرین انسان زنده‌ی باقی‌مانده هستم»

"I too would have been devoured long ago"

«من هم مدت‌ها پیش بلعیده می‌شدم»

"But an old Rakshasi took a liking to me"

«اما یک راکشاسی پیر از من خوشش آمد»

"She prevents the other Rakshasas from eating me"

«او مانع از آن می‌شود که دیگر راکشاساها مرا بخورند»

"Do you see those sticks of silver and gold?"

«آن چوب‌های نقره و طلا را می‌بینی؟»

"Every morning she kills me with the silver stick"

«هر روز صبح او مرا با عصای نقره‌ای می‌کشد»

"Every evening she re-animates me with the gold stick"

«هر شب او با عصای طلایی مرا دوباره زنده می‌کند»

"I do not know how to advise you"

«نمی‌دانم چطور نصیحتت کنم»

"If the Rakshasas see you, you are a dead man"

«اگر راکشاها تو را ببینند، تو یک مرد مرده‌ای»

Then they talked in a very affectionate manner.

سپس آنها با لحنی بسیار محبت آمیز صحبت کردند.

And they laid their heads together.

و سرهایشان را روی هم گذاشتند.

And they thought to devise a means of escape.

و به فکر چاره‌ای برای فرار افتادند.

Some way to get out of the hands of the Rakshasas.

یه جوری از دست راکشاها خلاص شم.

The hour of the return of the Rakshasas was coming.

ساعت بازگشت راکشاها فرا می‌رسید۔

The seven hundred flesh-eaters were soon returning.

هفتصد گوشتخوار به زودی بازمی‌گشتند۔

Keshavati called out to Champa-Dal.

کِشاواتی چمپا-دال را صدا زد۔

(Because that was the name of the princess)

(چون اسم پرنسس این بود)

"Hide yourself in the heaps of the sacred trefoil"

«خودت را در انبوه گل‌های سه برگ مقدس پنهان کن»

But first Champ Dal picked up the silver stick.

اما اول قهرمان دال عصای نقره‌ای را برداشت۔

He touched Keshavati with the silver stick.

او با عصای نقره‌ای، کشاواتی را لمس کرد۔

And as soon as he touched her, she died.

و به محض اینکه او را لمس کرد، او مُرد۔

Then he went to the center of the temple of Siva.

سپس به مرکز معبد سیوا رفت۔

And he hid beneath the heaps of sacred trefoil.

و او زیر انبوهی از گل‌های شبدر مقدس پنهان شد۔

From his hiding place he heard the sound of wind rushing.

از مخفیگاهش صدای وزش باد را شنید۔

Then he heard terrible noises in the palace.

سپس صداهای وحشتناکی در قصر شنید۔

The Rakshasas had come home from their hunt.

راکشاها از شکار به خانه برگشته بودند۔

They had filled their stomachs with meat.

شکم‌هایشان را از گوشت پر کرده بودند۔

Sundry goats, sheep, cows, horses, buffaloes.

انواع بز، گوسفند، گاو، اسب، گاومیش۔

And they had devoured elephants too.

و آنها فیل‌ها را هم بلعیده بودند۔

The old Rakshasi returned to the palace too.

راکشاسی پیر نیز به قصر بازگشت۔

She went to the room of the sleeping princess.

او به اتاق شاهزاده خانم خفته رفت۔

And she woke her with the stick made of gold.

و او را با عصای طلایی بیدار کرد۔

"Hye, mye, khye! A human being I smell"

«هی، مای، کای۔ بوی یه آدم رو حس می‌کنم»

"I am the only human being here," said the princess.

«شاهزاده خانم گفت» :من تنها انسان اینجا هستم۔

"Eat me if you like," added Keshavati.

«کِشاواتی اضافه کرد» :اگر دوست داری، من را بخور۔

To this the Rakshasi replied:

:راکشاسی در پاسخ گفت

"Let me eat up your enemies"

«بگذار دشمنانت را بخورم»

"Why should I eat you?" she asked the princess.

«او از شاهزاده خانم پرسید» :چرا باید تو را بخورم؟

She laid herself down on the ground.

خودش را روی زمین انداخت۔

She was as long and high as the Vindhya Hills.

او به بلندی و درازی تپه‌های ویندهیا بود۔

And in this position she fell asleep.

و در این موقعیت او خوابش برد۔

The other Rakshasas and Rakshasis soon fell asleep too.

خیلی زود راکشاساها و راکشاسی‌های دیگر هم به خواب رفتند۔

Because they were tired from their gigantic labor.

زیرا از کار عظیم خود خسته شده بودند۔

Keshavati also composed herself to sleep.

کِشاواتی هم خودش را برای خوابیدن آماده کرد۔

But Champa did not dare to come out from under the leaves.

اما چمپا جرأت نکرد از زیر برگ ها بیرون بیاید۔

And he tried his best to pray to the god of repose.

و او تمام تلاش خود را کرد تا به خدای آرامش دعا کند۔

At daybreak all seven hundred Rakshasas got up again.

هنگام سپیده دم، هر هفتصد راکشا دوباره از خواب بیدار شدند۔

They went on their usual predatory excursion.

آنها به گشت و گذار غارتگرانه معمول خود رفتند۔

And along with them went the old Rakshasi.

و همراه آنها راکشاسی پیر رفت.

But first the old Rakshasi picked up the silver stick.

اما اول راکشاسی پیر عصای نقره‌ای را برداشت.

And she touched Keshavati with the silver stick.

و او با عصای نقره‌ای، کشاواتی را لمس کرد.

Soon the coast was clear for Champa-Dal.

خیلی زود ساحل برای چامپا-دال خلوت شد.

And he dared to come out from under the pile of leaves.

و او جرات کرد و از زیر انبوه برگ‌ها بیرون آمد.

He walked back into the room of the princess.

او دوباره به اتاق شاهزاده خانم برگشت.

And he touched her with the golden stick.

و او را با عصای طلایی لمس کرد.

And the princess revived from her death again.

و شاهزاده خانم دوباره از مرگش زنده شد.

They sauntered about in the gardens.

آنها در باغ‌ها پرسه می‌زدند.

They enjoyed the cool breeze of the morning.

آنها از نسیم خنک صبحگاهی لذت می‌بردند.

They bathed in a lucid pool of water.

آنها در برکه‌ای از آب زلال حمام کردند.

And they ate and drank food in the palace.

و آنها در کاخ غذا خوردند و نوشیدند.

And they spent the day in sweet converse.

و آنها روز را در گفتگوی شیرین گذراندند.

And they concocted a plan for their deliverance.

و برای رهایی خود نقشه ای کشیدند.

Keshavaity was going to speak to the old Rakshasi.

کشاواتی قرار بود با راکشاسی پیر صحبت کند.

She was going to ask on what a Rakshasa's life depended.

او می‌خواست بپرسد که زندگی یک راکشاسا به چه چیزی بستگی دارد.

And with that secret they were going to act accordingly.

و با آن راز، قرار بود طبق آن عمل کنند.

The hour of the return of the Rakshasas was coming again.

ساعت بازگشت راکشاها دوباره فرا می‌رسید.

And events unfolded as they had the evening before.

و وقایع همانطور که شب قبل اتفاق افتاده بود، پیش رفتند.

The seven hundred flesh-eaters were returning to the palace.

هفتصد گوشتخوار داشتند به قصر برمی‌گشتند.

Champ Dal touched Keshavati with the silver stick.

قهرمان دال با عصای نقره‌ای کشاواتی را لمس کرد.

She died like the had died the night before.

او همانطور که شب قبل مرده بود، مُرد.

Champa-Dal went to the center of the temple of Siva.

چامپا-دال به مرکز معبد سیوا رفت.

He hid beneath the heaps of sacred trefoil again.

او دوباره زیر انبوهی از گل‌های شبدر مقدس پنهان شد.

He heard the sound of wind rushing.

صدای وزش باد را شنید.

And he heard terrible noises in the palace.

و او صداهای وحشتناکی را در قصر شنید.

The Rakshasas had come home from their hunt.

راکشاها از شکار به خانه برگشته بودند.

They had filled their stomachs with meat.

شکم‌هایشان را از گوشت پر کرده بودند.

Sundry goats, sheep, cows, horses, buffaloes.

انواع بز، گوسفند، گاو، اسب، گاومیش.

And they had devoured elephants too.

و آنها فیل‌ها را هم بلعیده بودند.

The old Rakshasi returned to the palace too.

راکشاسی پیر نیز به قصر بازگشت.

She went to the room of the sleeping princess.

او به اتاق شاهزاده خانم خفته رفت.

And she woke her with the stick made of gold.

و او را با عصای طلایی بیدار کرد.

"Hye, mye, khye! A human being I smell"

«هی، مای، کای. بوی یه آدم رو حس می‌کنم»

"I am the only human being here," said the princess.

«شاهزاده خانم گفت» :من تنها انسان اینجا هستم.

"Eat me if you like," added Keshavati.

«کِشاواتی اضافه کرد» :اگر دوست داری، من را بخور.

To this the Rakshasi replied:

راکشاسی در پاسخ گفت:

"Let me eat up your enemies"

«بگذار دشمنانت را بخورم»

"Why should I eat you?" she asked the princess.

«او از شاهزاده خانم پرسید» :چرا باید تو را بخورم؟

She laid herself down on the ground.

خودش را روی زمین انداخت.

And she looked like a part of the Himalaya mountains.

و او مانند بخشی از کوه‌های هیمالیا به نظر می‌رسید.

Keshavati had a phial of heated mustard oil.

کِشاواتی یک شیشه روغن خردل داغ داشت.

And she approached the foot of the Rakshasi.

و او به پای رکشاشی نزدیک شد.

"Mother, your feet are sore from walking"

«مامان، پاهات از پیاده‌روی درد می‌کنه»

"Let me rub your sore feet with oil"

«بگذار پاهای دردناکت را با روغن ماساژ بدهم»

And she began to rub with oil the Rakshasi's feet.

و او شروع به مالیدن روغن به پاهای راکشاسی کرد.

Then a few tear-drops fell from the eyes of the princess.

سپس چند قطره اشک از چشمان شاهزاده خانم چکید.

And the tear-drops landed on the monster's legs.

و قطرات اشک روی پاهای هیولا فرود آمدند.

The Rakshasi tasted the tear-drops with her lips.

راکشاسی قطرات اشک را با لب‌هایش چشید.

And she found the tear-drops tasted briny.

و او متوجه شد که قطرات اشک مزه شوری دارند.

"Why are you weeping, darling?" asked the Rakshasi.

«راکشاسی پرسید» :چرا گریه می‌کنی، عزیزم؟

"What aileth thee?" she wanted to know.

«او می‌خواست بداند» :چه شده؟

The princess tried to stop herself from crying.

پرنسس سعی کرد جلوی گریه‌اش را بگیرد.

"Mother, I am weeping because you are old"

«مادر، من گریه می‌کنم چون تو پیر شده‌ای»

"When you die one of the Rakshasas will devour me"

»وقتی بمیری، یکی از راکشاها مرا خواهد بلعید.«

"When I die?! Don't be foolish, girl"

»کی بمیرم؟ـ احمق نباش دختر«

"Don't you know that Rakshasas never die?"

»مگر نمی‌دانی که راکشاساها هرگز نمی‌میرند؟«

"We are not naturally immortal"

»ما ذاتاً جاودانه نیستیم«

"There is a secret to our strength"

»رازی در قدرت ما وجود دارد«

"But no human can unravel this secret"

»اما هیچ انسانی نمی‌تواند این راز را کشف کند«

"But let me tell you the secret"

»اما بگذار راز را به تو بگویم«

"So that you are comforted a little"

»تا کمی آرامش یابید«

"Do you see the pool of water in the palace?"

»استخر آب توی قصر رو می‌بینی؟«

"In that pool of water is a Sphatikasthamba"

»در آن برکه آب، یک اسپاتیکاستهامبا هست«

"The Sphatikasthamba is deep in the water"

»اسفاتیکاستهامبا در اعماق آب است«

"And on the Sphatikasthamba are two bees"

»و روی اسپاتیکاستمبا دو زنبور هستند«

"A human being would have to dive into the water"

»یک انسان باید در آب شیرجه بزند«

"The human being would have to bring the bees onto dry land"

» انسان باید زنبورها را به خشکی بیاورد«

"Then the human being would have to kill the two bees"

»پس انسان مجبور است دو زنبور را بکشد«

"But not a drop of their blood must touch the ground"

»اما نباید قطره‌ای از خونشان به زمین برسد«

"Only then can a human kill a Rakshasa"

»تنها در آن صورت است که یک انسان می‌تواند یک راکشاسا را بکشد«

"But if the blood touches the ground, a thousand Rakshasas will rise"

«اما اگر خون به زمین برسد، هزاران راکشاسا قیام خواهند کرد.»

"But what human will find out this secret?"

«اما کدام انسانی این راز را کشف خواهد کرد؟»

"And what human can achieve this feat?"

«و چه انسانی می‌تواند به این موفقیت دست یابد؟»

"No human knows the secret to the life of a Rakshasa"

«هیچ انسانی راز زندگی یک راکشاسا را نمی‌داند»

"And no human can achieve such a feat"

«و هیچ انسانی نمی‌تواند به چنین موفقیتی دست یابد»

"So there is no reason to be sad, my darling"

«پس دلیلی برای ناراحتی وجود ندارد، عزیزم»

"I am practically immortal," she confirmed.

«او تأیید کرد» :من عملاً جاودانه هستم.

Keshavati treasured the secret in her memory.

کِشاواتی این راز را در خاطر خود گرامی می‌داشت.

And then she went back to sleep.

و سپس دوباره به خواب رفت.

Next morning the Rakshasas, as usual, went away.

صبح روز بعد، راکشاها، طبق معمول، رفتند.

Champa came out of his hiding-place.

چامپا از مخفیگاهش بیرون آمد.

And he roused Keshavati from her sleep.

و او کِشاوتی را از خواب بیدار کرد.

The princess told him the secret she had learnt.

شاهزاده خانم رازی را که آموخته بود به او گفت.

Champa-Dal immediately started to prepare himself.

چامپا‌ـدال بلافاصله شروع به آماده شدن کرد.

He brought to the pool a knife.

او چاقویی را به استخر آورد.

And he brought a quantity of ashes.

و مقداری خاکستر آورد.

He took off his heavy clothes.

لباس‌های سنگینش را در آورد.

He put a drop or two of mustard oil into each ear.

او یک یا دو قطره روغن خردل در هر گوشش ریخت.

To prevent water from entering into his ears.

برای جلوگیری از ورود آب به گوش‌هایش.

He swam out into the middle of the water.

او به وسط آب شنا کرد.

And from there he dove down into the pool.

و از آنجا به درون استخر شیرجه زد.

Soon he reached the top of the crystal pillar.

خیلی زود به بالای ستون کریستالی رسید.

And on Sphatikasthamba were the two bees.

و روی اسپاتیکاستهامبا دو زنبور بودند.

He caught hold of the two bees he found there.

او دو زنبوری را که آنجا پیدا کرده بود، گرفت.

And he swam up again in a singular breath.

و او دوباره با یک نفس نفس زدن به بالا شنا کرد.

He took the knife he had left at the edge of the water.

چاقویی را که لب آب جا گذاشته بود، برداشت.

And over the ashes he cut up the bees.

و روی خاکسترها، زنبورها را تکه تکه کرد.

A drop or two of the blood fell from the bees.

یک یا دو قطره از خون زنبورها چکید.

But their blood did not touch the ground.

اما خونشان به زمین نرسید.

Instead, their blood landed on the ashes.

در عوض، خون آنها بر خاکستر نشست.

A terrible scream was heard at a distance.

صدای جیغ وحشتناکی از دوردست شنیده شد.

The scream was the wailing of the Rakshasas.

جیغ، ناله‌ی راکشاها بود.

They were all running home as fast as they could.

همه با تمام سرعتی که می‌توانستند به سمت خانه می‌دویدند.

They wanted to prevent the bees from being killed.

آنها می‌خواستند از کشته شدن زنبورها جلوگیری کنند.

But they could not reach the palace in time.

اما آنها نتوانستند به موقع به قصر برسند.

Because the bees had already perished.

چون زنبورها قبلاً از بین رفته بودند.

The moment the bees were killed, all the Rakshasas died.

به محض اینکه زنبورها کشته شدند، همه را کشاها مردند.

Their carcasses fell on the very spot they were standing.

لاشه‌هایشان درست در همان نقطه‌ای که ایستاده بودند، افتاد.

Their carcasses now blocked the gateway of the palace.

لاشه‌های آنها اکنون دروازه کاخ را مسدود کرده بود.

In this manner the seven hundred Rakshasas were destroyed.

به این ترتیب هفتصد راکشاسا نابود شدند.

Afterwards Champa-Dal and Keshavati got married.

پس از آن، چامپا-دال و کِشاواتی ازدواج کردند.

They made the traditional exchange of garlands of flowers.

آنها تبادل سنتی حلقه‌های گل را انجام دادند.

The princess had never been out of the house.

شاهزاده خانم هرگز از خانه بیرون نرفته بود.

So she naturally expressed a desire to see the outer world.

بنابراین او به طور طبیعی تمایل خود را برای دیدن دنیای بیرون ابراز کرد.

Every morning and evening they went on long walks.

هر روز صبح و عصر آنها به پیاده‌روی‌های طولانی می‌رفتند.

There was a large river Keshavati wished to bathe in.

یک رودخانه بزرگ وجود داشت که کشاواتی آرزو داشت در آن حمام کند.

As she bathed one of Keshavati's hairs came off.

همینطور که کِشاواتی داشت حمام می‌کرد، یکی از موهایش گنده شد.

There was a special custom in those times.

در آن زمان رسم و رسوم خاصی وجود داشت.

A woman never threw away a hair away by itself.

هیچ زنی هرگز مویی را به تنهایی دور نمی‌انداخت.

A sea-shell was floating in the water.

یک صدف دریایی روی آب شناور بود.

So Keshavati tied the strand of hair to the sea-shell.

بنابراین کِشاواتی تار مو را به صدف بست.

And then the couple returned to the palace.

و سپس آن زوج به قصر بازگشتند.

Meanwhile the sea-shell floated down the stream.

در همین حال، صدف دریایی در امتداد نهر شناور بود.

And in due time the sea-shell reached another bathing spot.

و به موقع، صدف به محل شنای دیگری رسید.

This was the bathing spot Sahasra-Dal went to.

این جایی بود که ساهاسرا-دال برای حمام کردن می‌رفت.

Here Champa-Dal's brother performed his ablutions.

اینجا برادر چامپا-دال وضو گرفت.

On this day Sahasra-Dal was in the water.

در این روز ساهاسرا-دال در آب بود.

He was bathing and swimming with his friends.

او با دوستانش در حال آب تنی و شنا بود.

And so the sea-shell floated past the men.

و بدین ترتیب صدف دریایی از کنار مردان شناور شد.

The men were in a playful mood that day.

آن روز مردها حال و هوای بازیگوشی داشتند.

"Whoever gets to the sea-shell first wins"

«هر کسی که زودتر به صدف برسد، برنده است»

And so they all swam towards the sea-shell.

و بنابراین همه آنها به سمت صدف شنا کردند.

Sahasra-Dal was the strongest swimmer among his friends.

ساهاسرا-دال قوی‌ترین شناگر در بین دوستانش بود.

And so he was the first the reach the sea-shell.

و بدین ترتیب او اولین کسی بود که به صدف رسید.

Examining the seashell, he found a hair tied to it.

با بررسی صدف، مویی را دید که به آن بسته شده بود.

But it was a hair of extraordinary length.

اما این مو به طرز خارق‌العاده‌ای بلند بود.

He had never seen such a long hair.

او هرگز مویی به این بلندی ندیده بود.

The strand of hair was exactly seven cubits long.

آن تار مو دقیقاً هفت ذراع طول داشت.

"This strand of hair must belong to a woman"

«این تار مو حتماً مال یک زن است»

"And this woman must be very remarkable"

«و این زن باید خیلی قابل توجه باشد»

"I must see who this remarkable woman is"

«باید ببینم این زن فوق‌العاده کیست»

Sahasra-Dal was determined to find the remarkable woman.

ساهاسرا-دال مصمم بود که آن زن شگفت‌انگیز را پیدا کند.

He went home from the river in a pensive mood.

او با حالتی متفکر از کنار رودخانه به خانه رفت.

And he did not proceed to the zenana for breakfast.

و او برای صبحانه به داخل ساختمان نرفت.

Instead he remained in the outer part of the palace.

در عوض او در قسمت بیرونی کاخ ماند.

The queen-mother heard about Sahasra-Dal's melancholy.

ملکه مادر از افسردگی ساهاسرا-دال باخبر شد.

And she heard he had not come to breakfast.

و او شنید که او برای صبحانه نیامده است.

So she went to him and asked the reason.

پس نزد او رفت و علت را پرسید.

He showed her the strand of hair he had found.

او تار مویی را که پیدا کرده بود به او نشان داد.

"I must see the woman who's head this strand of hair adorned"

«باید زنی را ببینم که این تار مو را آراسته سر دارد.»

The queen-mother was happy to help her son-in-law.

ملکه مادر از اینکه به دامادش کمک می‌کرد، خوشحال بود.

"Very well," she said to him.

بسیار خب، «او به او گفت.»

"You shall soon have that lady in the palace"

«به زودی آن خانم را در قصر خواهی داشت.»

"I promise you to bring her here"

«بهت قول میدم بیارش اینجا»

The queen mother already had a plan.

ملکه مادر از قبل نقشه ای داشت.

Her favourite maid-servant would be good at the job.

خدمتکار-خدمتکار مورد علاقه‌اش در این کار خوب بود.

Because this maid-servant was very resourceful.

چون این کنیز خیلی با تدبیر و تدبیر بود.

Of course the queen-mother did not really know her maid.

البته ملکه مادر واقعاً کنیزش را نمی‌شناخت.

She did not know her favourite maid was a Rakshasi.

او نمی‌دانست که خدمتکار مورد علاقه‌اش یک راکشاسی است.

"Please find the owner of this strand of hair," she asked.

«او پرسید»: لطفاً صاحب این تار مو را پیدا کنید.

And her maid-servant more than politely agreed.

و خدمتکارش با نهایت ادب موافقت کرد.

"It would my pleasure to find this woman"

«باعث افتخار من است که این زن را پیدا کنم»

"I will soon bring her to the palace"

«به زودی او را به قصر خواهم آورد»

"I will need a boat build from Hajol wood"

«من به یک قایق از چوب حاجول نیاز دارم»

"The oars of the boat must be made from Mon-Paban wood"

«پاروهای قایق باید از چوب مون-پابان ساخته شوند»

The boat makers soon made the boat.

قایق‌سازان خیلی زود قایق را ساختند.

And the boat was launched on the stream.

و قایق به آب انداخته شد.

The maid-servant went on board of the boat.

خدمتکار سوار قایق شد.

With her she took some baskets of wicker.

او چند سبد حصیری با خود برد.

The baskets of wicker were of curious workmanship.

سبدهای حصیری با مهارت عجیبی ساخته شده بودند.

She also took with her some sweetmeats.

او همچنین مقداری شیرینی با خود برد.

Into the sweetmeats some poison had been mixed.

مقداری سم به شیرینی‌ها اضافه شده بود.

She snapped her fingers thrice.

سه بار انگشتانش را به هم کوبید.

And then she uttered the following charm:

و سپس او طلسم زیر را بر زبان آورد:

"Boat of Hajol! Oars of Mon Paban!"

"قایق هاجول. پاروهای مون پابان."

"Take me to the Ghat,"

«،منو به گات ببر»

"The Ghat in which Keshavati bathes"

«گاتی که کِشاواتی در آن حمام می‌کند»

The boat heeded to her command.

قایق به فرمان او گوش داد.

And the boat flew like lightning over the waters.

و قایق مانند برق بر فراز آبها پرواز کرد.

And the boat left many towns and cities behind.

و قایق شهرهای زیادی را پشت سر گذاشت.

At last the boat stopped at a bathing-place.

بالاخره قایق در یک محل شنا توقف کرد.

The Rakshasi maid-servant had reached her goal.

خدمتکار راکشاسی به هدفش رسیده بود.

She concluded it was the bathing ghat of Keshavati.

او نتیجه گرفت که این گردنه حمام کِشاواتی است.

She landed with the sweetmeats in her hand.

او با شیرینی‌هایی که در دست داشت فرود آمد.

She went to the gate of the palace, and cried aloud:

او به دروازه کاخ رفت و با صدای بلند فریاد زد:

"Oh Keshavati! Keshavati! I am your aunt"

«ای کِشاواتی. کِشاواتی. من عمه تو هستم.»

"Oh Keshavati, I am your mother's sister"

«ای کِشاواتی، من خواهر مادر تو هستم»

"I have come to see you, my darling"

«آمده‌ام تو را ببینم، عزیزم»

"I have come after so many years"

«بعد از سال‌ها آمده‌ام»

"Are you home, Keshavati?" she asked.

«پرسید.» خونه‌ای، کِشاواتی؟

The princess heard the words of the false-aunt.

شاهزاده خانم حرف‌های عمه‌ی دروغین را شنید.

She came out of her room and to the entrance of the palace.

از اتاقش بیرون آمد و به سمت ورودی کاخ رفت.

She had no doubt that it was really her aunt.

شکی نداشت که واقعاً عمه‌اش است.

And she embraced and kissed her aunt.

و عمه‌اش را در آغوش گرفت و بوسید.

They both wept rivers of joy.

هر دو از شادی سیل‌آسا گریه کردند.

Although you should know the Rakshasi wept first.

اگرچه باید بدانید که راکشاسی اول گریه کرد.

Keshavati wept with her out of empathy.

کِشاوتی از روی همدردی با او گریست.

Champa-Dal also believed the Rakshasi to be her aunt.

چامپا‌ـ‌دال همچنین معتقد بود که راکشاسی عمه اوست.

They all ate and drank and enjoyed the happy occasion.

همه خوردند و نوشیدند و از این رویداد شاد لذت بردند.

And then they took rest in the middle of the day.

و سپس در میانه‌ی روز استراحت کردند.

And they celebrated again in the evening.

و عصر دوباره جشن گرفتند.

The next day the celebrations continued at breakfast.

روز بعد جشن‌ها هنگام صرف صبحانه ادامه یافت.

Champa-Dal had a habit of sleeping after breakfast.

چامپا‌ـ‌دال عادت داشت بعد از صبحانه بخوابد.

Towards afternoon, the supposed aunt said to Keshavati:

نزدیک‌های بعدازظهر، آن عمه‌ی فرضی به کِشاوتی گفت:

"Let us both go to the river and wash ourselves:

«بیایید هر دو به رودخانه برویم و خود را بشوییم:

Keshavati replied, "How can we go now?"

کِشاواتی پاسخ داد» :حالا چطور می‌توانیم برویم؟»

"My husband is sleeping," she explained.

«او توضیح داد» :شوهرم خواب است.

"Do not worry about your husband's sleep," said the aunt.

«عمه گفت» :نگران خواب شوهرت نباش.

"Let him sleep as much as he likes"

«بگذار هر چقدر دوست دارد بخوابد»

"Let me put these sweetmeats near his bedside"

«بگذار این شیرینی‌ها را کنار تختش بگذارم.»

"That way, when he awakes, he has something to eat"

«اینجوری، وقتی بیدار میشه، یه چیزی برای خوردن داره.»

Then they then went to the river-side.

سپس آنها به کنار رودخانه رفتند.

They went close to the spot where the boat was.

آنها به جایی که قایق بود نزدیک شدند.

From a distance Keshavati saw the baskets of wicker-work.

کِشاواتی از دور، سبدهای حصیری را دید.

"Aunt, what beautiful things are those!"

«خاله، چه چیزهای قشنگی.»

"I wish I could get some of those wicker baskets"

«کاش می‌توانستم از آن سبدهای حصیری داشته باشم»

Her aunt happily obliged her.

عمه‌اش با خوشحالی درخواستش را اجابت کرد.

"Come, my child, and look at the wicker baskets"

«بیا، فرزندم، و به سبدهای حصیری نگاه کن»

"You can have as many baskets as you like"

«می‌توانید هر تعداد سبد که دوست دارید داشته باشید»

Keshavati at first refused to go into the boat.

کِشاواتی ابتدا از سوار شدن به قایق خودداری کرد.

But her aunt was very persuasive.

اما عمه‌اش خیلی قانع‌کننده بود.

And finally she went onto the boat.

و بالاخره سوار قایق شد.

But once on the boat her aunt did a strange thing.

اما وقتی سوار قایق شدند، عمه‌اش کار عجیبی کرد.

The aunt snapped her fingers thrice and said:

عمه سه بار انگشتانش را به هم زد و گفت:

"Boat of Hajol! Oars of Mon-Paban!"

"قایق هاجول. پاروهای مون پابان."

"Take me to the Ghat,"

«منو به گات ببر»

"The Ghat in which Sahasra-Dal bathes"

«گاتی که ساهاسرا-دال در آن حمام می‌کند»

And the boat heeded to her command.

و قایق به فرمان او گوش فرا داد.

And the boat flew like an arrow over the waters.

و قایق مانند تیری بر فراز آبها به پرواز درآمد.

Keshavati was frightened and began to cry.

کِشاوتی ترسید و شروع به گریه کرد.

But the boat went on despite her crying.

اما قایق با وجود گریه‌های او به راه خود ادامه داد.

And the boat left behind many towns and cities.

و قایق شهرها و شهرستان‌های زیادی را پشت سر گذاشت.

In a trice the boat reached its destination.

در یک چشم به هم زدن قایق به مقصد رسید.

The ghat where Sahasra-Dal was in the habit of bathing.

گاتی که ساهاسرا-دال عادت داشت در آن حمام کند.

Keshavati was taken to the palace.

کِشاواتی را به کاخ بردند.

Sahasra-Dal admired her beauty and the length of her hair.

ساهاسرا-دال زیبایی و بلندی موهای او را تحسین کرد.

And the ladies of the palace tried their best to comfort her.

و بانوان کاخ تمام تلاش خود را کردند تا او را آرام کنند.

But she set up a loud cry of protest.

اما او فریاد اعتراض بلندی سر داد.

And she wanted to be taken back to her husband.

و او می‌خواست که به نزد شوهرش بازگردانده شود.

Finally she saw that she had been taken captive.

سرانجام دید که اسیر شده است.

So she spoke to the ladies of the palace.

بنابراین او با بانوان کاخ صحبت کرد.

"Upon marriage I made a vow to my husband"

«به محض ازدواج، به شوهرم نذر کردم»

"I promised not to look upon the face of any other man"

«قول دادم به صورت هیچ مرد دیگری نگاه نکنم»

"I promised to uphold this vow for six months"

«قول دادم که شش ماه به این عهد پایبند باشم»

She was then lodged away from the others in the palace.

سپس او را دور از دیگران در کاخ جای دادند.

And she was given a small house to live in.

و به او خانه کوچکی برای زندگی داده شد.

The window of the house overlooked the road.

پنجره خانه مشرف به جاده بود.

There she spent the livelong day.

او تمام روز را در آنجا گذراند.

And there she spent the livelong night.

و او تمام شب را در آنجا گذراند.

Because she had very little sleep.

چون خوابش خیلی کم بود.

Because her time was spent in sighing and weeping.

زیرا وقتش به آه و گریه می‌گذشت.

In the meantime Champa-Dal awoke from his sleep.

در همین حال، چامپا-دال از خواب بیدار شد.

He was distracted with the grief of not finding his wife.

او از غم پیدا نکردن همسرش پریشان بود.

His suspicions turned to the aunt of Keshavati.

سوءظن او به عمه کِشاوتی معطوف شد.

He knew she was a cheat and an impostor.

او می‌دانست که او یک کلاهبردار و شیاد است.

It must have been her who carried away Keshavati.

حتماً او بوده که کِشاواتی را با خود برده است.

He did not eat the sweetmeats left for him.

او شیرینی‌هایی را که برایش مانده بود، نخورد.

Because he suspected the sweets to have been poisoned.

چون او شک داشت که شیرینی‌ها مسموم باشند.

He threw one of the sweets to a crow.

او یکی از شیرینی‌ها را به سمت یک کلاغ پرتاب کرد.

The moment the crow ate the sweet, it dropped down dead.

به محض اینکه کلاغ شیرینی را خورد، افتاد و مُرد.

This confirmed his suspicion of the pretend aunt.

این موضوع سوءظن او را نسبت به عمه‌ی متظاهر تأیید کرد.

Maddened with grief, he rushed out of the house.

از شدت غم دیوانه شد و با عجله از خانه بیرون رفت.

He was determined to go wherever his feet took him.

او مصمم بود هر جا که پاهایش او را می‌برد، برود.

Like a madman he blubbered, "Oh Keshavati! Oh Keshavati!"

«مثل دیوانه‌ها با گریه گفت»: ای کِشاواتی- ای کِشاواتی-

He travelled on foot day after day.

او روزها پیاده سفر می‌کرد.

And he followed whatever way his feet took him.

و هر راهی را که پاهایش او را می‌برد، دنبال می‌کرد.

Six months he spent travelling in this wearisome manner.

شش ماه را به این شیوه‌ی خسته‌کننده در سفر گذراند.

After six month he reached the capital of Sahasra-Dal.

پس از شش ماه به پایتخت ساهاسرا-دال رسید.

He passed by the gate of the palace.

از کنار دروازه قصر گذشت.

And from the road he could see a small house.

و از جاده می‌توانست خانه‌ای کوچک را ببیند.

And from in the house he could hear sighs.

و از داخل خانه صدای آه و ناله به گوش می‌رسید.

Champa-Dal instantly recognized his wife.

چامپا-دال فوراً همسرش را شناخت.

And Keshavita instantly recognized her husband.

و کشاویتا فوراً شوهرش را شناخت.

Keshavita told her husband everything that had happened.

کِشاویتا هر آنچه را که اتفاق افتاده بود به شوهرش گفت.

"The woman asked to go bathing after breakfast"

«زن خواست که بعد از صبحانه حمام کند»

"At the river there was a boat"

«در کنار رودخانه یک قایق بود»

"The woman persuaded me onto the boat"

«آن زن مرا متقاعد کرد که سوار قایق شوم»

"And then the boat took us to this place"

«و بعد قایق ما را به این مکان برد»

"I realized that I had been made captive"

«فهمیدم که اسیر شده‌ام»

"So I told them of my vows to you"

«پس نذرهایم را به تو برایشان گفتم»

"But tomorrow will be the end of six month"

«اما فردا شش ماه تمام می‌شود»

There was a custom in those days.

در آن زمان‌ها رسم و رسومی وجود داشت.

The fulfilments of vows were publicly recited.

وفای به عهد و پیمان‌ها در ملاء عام خوانده می‌شد.

This was normally fulfilled by a learned Brahman.

این معمولاً توسط یک برهمنِ دانشمند انجام می‌شد.

They planned for Champa-Dal to take on this role.

آنها برنامه‌ریزی کرده بودند که چامپا‌ـدال این نقش را بر عهده بگیرد.

And so that evening the palace drum was beat.

و به این ترتیب آن شب طبل کاخ نواخته شد.

The king wanted a learned Brahman to make a recitation.

پادشاه می‌خواست یک برهمنِ دانشمند، تلاوتی انجام دهد.

The story of Keshavati on the fulfilment of her vow.

داستان کِشاواتی در مورد وفای به نذرش.

Champa-Dal touched the drum and volunteered.

چامپا‌ـدال طبل را لمس کرد و داوطلب شد.

"I will make the recitation of Keshavita's vows"

«من نذرهای کِشاویتا را خواهم خواند»

The next morning all assembled in the courtyard.

صبح روز بعد همه در حیاط جمع شدند.

The old king and the queen mother.

پادشاه پیر و ملکه مادر.

Sahasra-Dal and his wife were there.

ساهاسرا‌ـدال و همسرش آنجا بودند.

All the courtiers and the learned Brahmans of the country.

همه درباریان و برهمنان دانشمند کشور.

All royalty was under a huge canopy of silk.

تمام خانواده سلطنتی زیر یک سایبان عظیم ابریشمی قرار داشتند.

Keshavati was also there, but behind a veil.

کِشاواتی هم آنجا بود، اما پشت نقاب.

So that she wouldn't be exposed to the rude gaze of people.

تا مبادا در معرض نگاه‌های بی‌ادبانه‌ی مردم قرار بگیرد.

Champa-Dal, the reciter, sat on a dais.

چامپا‌ـدال، قاری، روی یک سکو می‌نشست.

And he began to tell the story of Keshavati.

و شروع کرد به تعریف کردن داستان کِشاواتی.

"There was once a poor dimwitted Brahman"

«روزی روزگاری برهمنِ فقیر و کودنی بود»

"This dimwitted man had a wife, but no children"

«این مرد کودن زن داشت، اما فرزندی نداشت»

"But him not having children was probably for the best"

«اما بچه‌دار نشدنش احتمالاً به نفعش بود»

"Because he was barely able to meet his own needs"

«چون او به سختی می‌توانست نیازهای خودش را برآورده کند»

"And he could hardly supply enough for his wife"

«و او به سختی می‌توانست به اندازه کافی برای همسرش غذا تهیه کند»

"But his dimwittedness was not even his biggest problem"

«اما کودنی‌اش حتی بزرگترین مشکلش هم نبود.»

And he continued the story as we have followed it.

و او داستان را همانطور که ما دنبال کرده‌ایم، ادامه داد.

And sometimes he turned around to Keshavati.

و گاهی اوقات به کشاواتی روی می آورد.

And he asked her if he was telling the story correctly.

و از او پرسید که آیا داستان را درست تعریف می‌کند یا نه.

And she told him he was telling the story correctly.

و او به او گفت که داستان را درست تعریف می‌کند.

"The Brahman woman concluded her fate was sealed"

«زن برهمن به این نتیجه رسید که سرنوشتش قطعی شده است»

"And she thought her husband would meet the same fate"

«و او فکر می‌کرد شوهرش هم به همین سرنوشت دچار خواهد شد»

"And she did not expect her son to be spared either"

«و او انتظار نداشت که پسرش هم بخشیده شود»

"That night she hardly slept at all"

«آن شب او به سختی خوابش برد»

"The Rakshasi had prevented her from seeing her husband"

«راکشاسی مانع از دیدن شوهرش شده بود»

"Early next morning Champa-Dal went to school"

«صبح زود روز بعد، چامپا-دال به مدرسه رفت»

"Before he went to school, she gave her son a golden bottle"

«قبل از اینکه به مدرسه برود، به پسرش یک بطری طلایی داد»

"In the golden bottle was her own breast milk"

«شیر خودش توی بطری طلایی بود»

"Carefully watch the colour of the milk"

«به رنگ شیر دقت کنید»

During the recitation the Rakshasi maid-servant grew pale.

در طول تلاوت، رنگ خدمتکار راکشاسی پرید۔

She perceived that her real character was going to be discovered.

او احساس می‌کرد که شخصیت واقعی‌اش قرار است کشف شود۔

And Sahasra-Dal was astonished at the knowledge of the reciter.

و ساهاسرا-دال از دانش قاری شگفت زده شد۔

The reciter clearly told the history of the prince's life.

قاری به وضوح تاریخچه زندگی شاهزاده را بیان کرد۔

"A drop or two of the blood fell from the bees"

«یک یا دو قطره از خون زنبورها چکید»

"But their blood did not touch the ground"

«اما خونشان به زمین نرسید»

"Instead, their blood landed on the ashes"

«در عوض، خون آنها بر خاکستر نشست»

"A terrible scream was heard at a distance"

«جیغ وحشتناکی از دوردست شنیده شد»

"The scream was the wailing of the Rakshasas"

«فریاد، ناله‌ی راکشاساها بود»

"They were all running home as fast as they could"

«همه آنها با تمام سرعتی که می‌توانستند به سمت خانه می‌دویدند»

"They wanted to prevent the bees from being killed"

«آنها می‌خواستند از کشته شدن زنبورها جلوگیری کنند»

"But they could not reach the palace in time"

«اما آنها نتوانستند به موقع به قصر برسند»

"Because the bees had already been killed"

«چون زنبورها قبلاً کشته شده بودند»

"The moment the bees were killed, all the Rakshasas died"

«به محض اینکه زنبورها کشته شدند، همه راکشاها مردند»

"Their carcasses fell on the very spot they were standing"

«لاشه‌هایشان درست همان جایی که ایستاده بودند، افتاد»

"Their carcasses now blocked the gateway of the palace"

«لاشه‌هایشان اکنون دروازه کاخ را مسدود کرده است»

"In this manner the seven hundred Rakshasas were destroyed"

«به این ترتیب هفتصد راکشاسا نابود شدند»

All where enthralled by the story of the Rakshasas.

همه جا شیفتهٔ داستان راکشاها بودند.

Because the story was being told by a true storyteller.

چون داستان توسط یک قصه‌گوی واقعی روایت می‌شد.

All enjoyed the story except for the maid-servant.

همه به جز خدمتکار از داستان لذت بردند.

Because her real character was bound to be discovered.

چون شخصیت واقعیش بالاخره کشف میشد.

"Champa-Dal touched the drum and volunteered.

«چمپا-دال طبل را لمس کرد و داوطلب شد.»

"I will make the recitation of Keshavita's vows"

«من نذرهای کِشاویتا را خواهم خواند»

"The next morning all assembled in the courtyard"

«صبح روز بعد همه در حیاط جمع شدند»

"The old king and the queen mother"

«شاه پیر و ملکه مادر»

"Sahasra-Dal and his wife were there"

«ساهاسرا-دال و همسرش آنجا بودند»

"All the courtiers and the learned Brahmans of the country"

«تمام درباریان و برهمنان دانشمند کشور»

"All royalty was under a huge canopy of silk"

«تمام خانواده سلطنتی زیر سایبان عظیمی از ابریشم بودند»

"Keshavati was also there, but behind a veil"

«کشاواتی هم آنجا بود، اما پشت نقاب»

"So that she wouldn't be exposed to the rude gaze of people"

«تا در معرض نگاه بی‌ادبانه مردم قرار نگیرد»

"Champa-Dal, the reciter, sat on a dais"

«چامپا-دال، قاری، روی یک سکو نشسته بود»

"And he began to tell the story of Keshavati"

«و او شروع به تعریف داستان کِشاواتی کرد»

Sahasra-Dal jumped up from his seat.

ساهاسرا-دال از جایش پرید.

And he embraced the reciter of the story.

و او خوانندهٔ داستان را در آغوش گرفت.

"You can be none other than my brother Champa-Dal"

«تو نمی‌توانی کسی جز برادرم چامپا-دال باشی»

Then the prince was inflamed with rage.

سپس شاهزاده از خشم برافروخته شد.

He ordered the maid-servant to come into his presence.

به کنیز دستور داد که به حضورش بیاید.

A hole the height of a man was dug in the ground.

گودالی به قد یک انسان در زمین کنده شده بود.

And the maid-servant was put into the hole, standing.

و کنیز را ایستاده در گودال گذاشتند.

Prickly thorns were heaped around her.

خارهای خاردار دورش انباشته شده بودند.

Up to the crown of her head she was covered in thorns.

تا فرق سرش پوشیدم از خار بود.

In this way the maid-servant was buried alive.

به این ترتیب کنیز زنده به گور شد.

After this all lived happily together for many years.

بعد از این ماجرا، همه سال‌ها با خوبی و خوشی در کنار هم زندگی کردند.

Sahasra-Dal and his princess, and Champa-Dal and Keshavati.

ساهاسرا دال و شاهزاده خانمش و چمپا دال و کشاواتی.

The Story of Swet and Bachanta
داستان سوئیت و باچانتا

There was once upon a time a rich merchant.

روزی روزگاری تاجر ثروتمندی بود۔

This rich merchant had only one son.

این تاجر ثروتمند فقط یک پسر داشت۔

And he loved his only son very much.

و او پسر یگانه‌اش را بسیار دوست می‌داشت۔

He gave to his son whatever he wanted.

هر چه پسرش می‌خواست به او می‌داد۔

Of course his son wanted a beautiful house.

البته پسرش خانه‌ای زیبا می‌خواست۔

And he also wanted to have a large garden.

و او همچنین می‌خواست یک باغ بزرگ داشته باشد۔

So a beautiful house was built for him.

بنابر این خانه‌ای زیبا برای او ساخته شد۔

And a fine garden was made for him too.

و یک باغ زیبا نیز برای او ساخته شد۔

The merchant's son was pleased with the garden.

پسر تاجر از باغ راضی بود۔

And he enjoyed walking in the garden.

و از قدم زدن در باغ لذت می‌برد۔

One day a bird's nest caught his attention.

روزی لانه پرنده ای توجه او را جلب کرد۔

This bird happens to be called Toontooni.

این پرنده اتفاقاً تونتونی نام دارد۔

He put his hand into the small bird's nest.

دستش را داخل لانه‌ی کوچک پرنده کرد۔

And in the nest he found an egg.

و در لانه یک تخم مرغ پیدا کرد۔

He took the egg out of its nest.

او تخم را از لانه‌اش بیرون آورد۔

There was an almirah in the wall of his house.

در دیوار خانه‌اش یک المیره بود۔

So he put the egg in the almirah.

بنابراین او تخم مرغ را در المیرا گذاشت.

He closed the door of the almirah.

او در المیرا را بست.

And then he thought no more of the egg.

و بعد دیگر به تخم مرغ فکر نکرد.

The merchant's son had a house of his own.

پسر تاجر خانه‌ای از خودش داشت.

But he had a house without a household.

اما او خانه‌ای بدون خانوار داشت.

So in his house there was no cook.

بنابراین در خانه او آشپزی وجود نداشت.

But he had no need for his own cook.

اما او نیازی به آشپز خودش نداشت.

Because his mother regularly sent him food.

چون مادرش مرتب برایش غذا می فرستاد.

In the morning she sent him breakfast.

صبح برایش صبحانه فرستاد.

And every day she had dinner sent to him.

و هر روز برایش شام می‌فرستادند.

One day the egg in the almirah burst.

روزی تخم مرغ توی المیرا ترکید.

But it was not a bird that came out of the egg.

اما پرنده‌ای نبود که از تخم بیرون آمده باشد.

Out of the egg came a beautiful infant.

از تخم، نوزادی زیبا به دنیا آمد.

The infant was not a bird, but a human girl.

نوزاد پرنده نبود، بلکه یک دختر بچه‌ی انسان بود.

But the merchant's son knew nothing of the event.

اما پسر تاجر از ماجرا خبر نداشت.

He had forgotten everything about the egg.

او همه چیز را در مورد تخم مرغ فراموش کرده بود.

The door of the wall-almirah had been kept closed.

در دیوار-المیرا بسته نگه داشته شده بود.

However, the merchant's son did not lock the door.

با این حال، پسر تاجر در را قفل نکرد.

The child grew up within the wall-almirah.

کودک درون دیوار ـ المیرا بزرگ شد۔

She had no knowledge of the merchant's son.

او هیچ اطلاعی از پسر تاجر نداشت۔

Nor did she know of anyone else.

و نه او از کس دیگری خبر داشت۔

When the child could walk it grew curious.

وقتی کودک توانست راه برود، کنجکاو شد۔

And out of curiosity she opened the door.

و از روی کنجکاوی در را باز کرد۔

That day, too, the mother had sent breakfast.

آن روز هم مادر صبحانه فرستاده بود۔

And the breakfast had been put on the floor.

و صبحانه روی زمین گذاشته شده بود۔

The child saw the food that was on the floor.

کودک غذایی را که روی زمین بود دید۔

Of course the child ate from the food.

البته کودک از غذا خورد۔

And then the child returned into the wall.

و سپس کودک به داخل دیوار برگشت۔

The merchant's mother always made a lot of food.

مادر تاجر همیشه غذای زیادی درست می‌کرد۔

It was more food than he could possibly eat.

بیشتر از آن چیزی بود که می‌توانست بخورد۔

So he didn't notice that any food was missing.

بنابراین او متوجه نشد که غذایی کم است۔

The girl of the wall-almirah came out every day.

دختر دیوار ـ المیرا هر روز بیرون می‌آمد۔

And every day she ate a part of the food.

و هر روز قسمتی از غذا را می‌خورد۔

After eating the food she returned to the almirah.

بعد از خوردن غذا، به سمت المیرا برگشت۔

But with time the girl got older and older.

اما با گذشت زمان، دخترک پیر و پیرتر شد۔

And with age she got bigger and bigger.

و با افزایش سن، او بزرگتر و بزرگتر شد۔

And the bigger she got the hungrier she got.

و هر چه بزرگتر می‌شد، گرسنه‌تر می‌شد۔

And she began to eat more of the food each day.

و او هر روز شروع به خوردن مقدار بیشتری از آن غذا کرد۔

Eventually the merchant's son noticed the missing food.

بالاخره پسر تاجر متوجه غذای گم شده شد۔

But he had no way of knowing where the food went.

اما او هیچ راهی برای دانستن اینکه غذا کجا رفته بود، نداشت۔

The last thing he suspected was a girl from inside the almirah.

آخرین چیزی که به آن مشکوک شد، دختری از داخل المیرا بود۔

And so he came to a very different conclusion.

و بنابراین او به نتیجه کاملاً متفاوتی رسید۔

"Why is mother sending such a small quantity of food?".

«چرا مادر اینقدر کم غذا می‌فرستد؟»

And he had a message sent to his mother.

و او پیامی برای مادرش فرستاد۔

"Why am I being sent insufficient food?".

«چرا غذای ناکافی برای من فرستاده می‌شود؟»

"And why is the dish served so slovenly?".

«و چرا این غذا اینقدر شلخته سرو می‌شود؟»

Of course we know why the food was insufficient.

البته ما می‌دانیم که چرا غذا ناکافی بود۔

And we know why the food was presented slovenly.

و ما می‌دانیم که چرا غذا به صورت نامرتب سرو شد۔

The girl from in the wall ate from his food.

دختر توی دیوار از غذای او خورد۔

And as she ate she fingered the rice and curry.

و همینطور که می‌خورد، به برنج و کاری انگشت می‌زد۔

And she always hurried back into her cell in the wall.

و او همیشه با عجله به سلولش در دیوار برمی‌گشت۔

So that she would not be seen by anyone.

طوری که کسی او را نبیند۔

She had no time to put the rice in proper order.

او وقت نداشت برنج‌ها را درست و حسابی بچیند۔

The mother was astonished at her son's complaint.

مادر از شکایت پسرش شگفت زده شد۔

She gave him more than he could eat.

بیشتر از آنچه می‌توانست بخورد به او داد۔

The food was served up on a silver plate.

غذا در بشقاب نقره‌ای سرو شد۔

And she neatly arranged the food herself.

و خودش با دقت غذا را چید۔

But her son repeated the same complaint again.

اما پسرش دوباره همان شکایت را تکرار کرد۔

Day after day he complained of the small portions.

او هر روز از کم بودن وعده‌های غذایی شکایت داشت۔

Day after day he complained of the messy food.

هر روز از غذای کثیف شکایت می‌کرد۔

And so his mother began to suspect foul play.

و بنابراین مادرش شروع به مشکوک شدن به یک بازی کثیف کرد۔

She told her son to watch over the food.

او به پسرش گفت که مراقب غذا باشد۔

"See if anyone is eating your food".

«ببین کسی غذایت را می‌خورد یا نه۔»

The next day a servant brought the food.

روز بعد، خدمتکار غذا را آورد۔

The servant laid the food in a clean place.

خدمتکار غذا را در جای تمیزی گذاشت۔

Normally the merchant's son took a bath.

معمولاً پسر تاجر حمام می‌کرد۔

But this day he did not go for a bath.

اما آن روز حمام نرفت۔

Instead, on this day he hid himself nearby.

در عوض، در این روز او خود را در همان نزدیکی پنهان کرد۔

From his hiding place he could see the food.

از مخفیگاهش می‌توانست غذا را ببیند۔

The merchant's son did not have to wait for long.

پسر تاجر زیاد منتظر نماند۔

Soon he saw the wall-almirah open.

خیلی زود دید که دیوار-المیرا گشوده شده است۔

And he saw a beautiful damsel step out.

و او دید که یک دوشیزه زیبا از آن بیرون آمد۔

She could not have been more than sixteen.

او نمی‌توانست بیشتر از شانزده سال داشته باشد.

She sat on the carpet by the breakfast.

او کنار میز صبحانه روی فرش نشست.

And she began to eat from the food left on the floor.

و شروع کرد به خوردن غذاهایی که روی زمین مانده بود.

The merchant's son came out of his hiding-place.

پسر تاجر از مخفیگاهش بیرون آمد.

And the damsel could not escape from him.

و دختر نمی‌توانست از دست او فرار کند.

"Who are you, beautiful creature?".

«تو کیستی، ای موجود زیبا؟»

"You do not seem to be earth-born".

«به نظر نمی‌رسد که تو زاده‌ی زمین باشی.»

"Are you one of the daughters of the gods?".

«آیا تو یکی از دختران خدایان هستی؟»

The girl replied, "I do not know who I am".

«دختر پاسخ داد» :من نمی‌دانم کی هستم.

"But there is one thing I do know," the girl continued.

«دختر ادامه داد» :اما یک چیز را می‌دانم.

"One day I found myself in the almirah in the wall".

«یک روز خودم را در المیرا (محل دفن) در دیوار یافتم.»

"And since then I have been living in the wall".

«و از آن زمان به بعد من در دیوار زندگی می‌کنم.»

The merchant's son thought her story was strange.

پسر تاجر فکر کرد داستان او عجیب است.

But then he thought a bit more about the story.

اما بعد کمی بیشتر در مورد داستان فکر کرد.

And he remembered what happened sixteen years ago.

و او به یاد آورد که شانزده سال پیش چه اتفاقی افتاده است.

He remembered the nest of the toontoori bird.

او لانه‌ی پرنده‌ی تونتوری را به یاد آورد.

And he remembered finding an egg in the nest.

و او به یاد آورد که یک تخم مرغ در لانه پیدا کرده است.

And he remembered putting the egg in the almirah.

و یادش آمد که تخم مرغ را توی المیرا گذاشته بود.

The wall-almirah girl was of uncommon beauty.

دختر دیواری المیرا زیبایی غیرمعمولی داشت.

And the merchant's son was struck by her beauty.

و پسر تاجر مجذوب زیبایی او شد.

Her beauty made a deep impression on his mind.

زیبایی او تأثیر عمیقی بر ذهن او گذاشت.

And he resolved in his mind to marry her.

و در ذهنش تصمیم گرفت با او ازدواج کند.

From then on the girl didn't stay in the almirah.

از آن به بعد، دختر دیگر در المیره نماند.

She was given a room in the merchant's son's house.

به او اتاقی در خانه پسر تاجر داده شد.

The next day the merchant's son wrote a message.

روز بعد پسر تاجر پیامی نوشت.

And he had the message sent to his mother.

و او این پیام را برای مادرش فرستاد.

You can guess the general theme of the message.

می‌توانید موضوع کلی پیام را حدس بزنید.

The merchant's son said he would like to get married.

پسر تاجر گفت که دوست دارد ازدواج کند.

The mother of the merchant's son reproached herself.

مادر پسر تاجر خودش را سرزنش کرد.

She had not tried to find a wife for his son.

او سعی نکرده بود برای پسرش همسری پیدا کند.

She felt she should have thought of his marriage.

او احساس می‌کرد که باید به ازدواج او فکر می‌کرد.

And so she promptly replied to her son's message.

و بنابراین او فوراً به پیام پسرش پاسخ داد.

She and her father were going to send out ghataks.

او و پدرش قرار بود گاتاک بفرستند.

The ghataks were going to go to different countries.

قرار بود گاتاک‌ها به کشورهای مختلف بروند.

There they were going to look for suitable brides.

قرار بود آنجا دنبال عروس‌های مناسب بگردند.

But the merchant's son said there would be no need.

اما پسر تاجر گفت نیازی نخواهد بود.

He had secured himself a lovely young lady.

او برای خودش یک خانم جوان دوست داشتنی دست و پا کرده بود۔

If they had no objection, he would introduce her to them.

اگر مخالفتی نداشتند، او را به آنها معرفی می‌کرد۔

And so the young lady was taken to the merchant's house.

و بدین ترتیب آن خانم جوان را به خانه تاجر بردند۔

The merchant and his wife welcomed the stranger.

تاجر و همسرش از غریبه استقبال کردند۔

And they were also struck by her unmatched beauty.

و آنها نیز تحت تأثیر زیبایی بی‌نظیر او قرار گرفتند۔

The girl was of perfect loveliness and grace.

دختر از زیبایی و ظرافت کاملی برخوردار بود۔

The parents made no questions to her birth.

والدین هیچ سوالی در مورد تولد او نکردند۔

And the nuptials were celebrated there and then.

و مراسم عروسی همانجا برگزار شد۔

In the course of time the merchant's son had two sons.

با گذشت زمان، پسر تاجر صاحب دو پسر شد۔

The elder of the sons he named Swet.

پسر بزرگتر را سویت نامید۔

And the younger son he named Basanta.

و پسر کوچکتر را باسانتا نامید۔

After the passing of more time the old merchant died.

پس از گذشت زمان، تاجر پیر درگذشت۔

So the merchant's son now became the merchant.

بنابراین پسر تاجر حالا تاجر شده بود۔

And after some time his mother died too.

و پس از مدتی مادرش نیز درگذشت۔

Swet and Basanta grew up to be fine lads.

سوئیت و باسانتا بزرگ شدند و پسرهای خوبی شدند۔

And the elder son was in due time married.

و پسر بزرگتر در زمان مقرر ازدواج کرده بود۔

Sometime after Swet's marriage his mother also died.

مدتی پس از ازدواج سوئت، مادرش نیز درگذشت۔

The girl from in the wall was no more.

دختر توی دیوار دیگر وجود نداشت.

The widower lost no time in marrying again.

مرد بیوه برای ازدواج مجدد وقت را از دست نداد.

And he had a new young and beautiful wife.

و او یک همسر جوان و زیبا داشت.

Swet's wife was older than his stepmother.

همسر سوئت از نامادری‌اش بزرگتر بود.

So his wife became the mistress of the house.

بنابراین همسرش کدبانوی خانه شد.

The stepmother was like all stepmothers are.

نامادری مثل همه نامادری‌ها بود.

She hated Swet and Basanta with a perfect hatred.

او با نفرتی تمام عیار از سوئیت و باسانتا متنفر بود.

And the two ladies also couldn't stand each other.

و این دو خانم هم نمی‌توانستند همدیگر را تحمل کنند.

It so happened one day that a fisherman came.

اتفاقاً روزی یک ماهیگیر آمد.

The fisherman brought to the merchant a fish.

ماهیگیر ماهی را نزد تاجر آورد.

This fish was of singular and remarkable beauty.

این ماهی از زیبایی منحصر به فرد و چشمگیری برخوردار بود.

It was unlike any other fish that had been seen.

با تمام ماهی‌های دیگری که دیده بودند فرق داشت.

And the fish had other qualities too.

و ماهی ویژگی‌های دیگری هم داشت.

The fisherman explained the wonders of the fish.

ماهیگیر شگفتی‌های ماهی را توضیح داد.

"Two things will happen if you eat this fish".

«اگر این ماهی را بخوری، دو اتفاق می‌افتد.»

"When you laugh maniks will drop from your mouth".

«وقتی می‌خندی، دیوها از دهانت می‌افتند.»

"And when you weep pearls will drop from your eyes".

«و چون گریه کنی، مروارید از چشمانت فرو ریزد.»

The merchant was astounded by what he had heard.

تاجر از آنچه شنیده بود، شگفت‌زده شد.

And he wanted the wonderful properties of the fish.

و خواص فوق العاده ماهی را می خواست.

And so he bought the fish at one thousand rupees.

و بنابراین او ماهی را به قیمت هزار روپیه خرید.

And he put the fish into the hands of Swet's wife.

و ماهی را به دست همسر سوئیت سپرد.

Because Swet's wife was the mistress of the house.

چون همسر سوئت، کدبانوی خانه بود.

He strictly instructed her to cook the fish well.

او اکیداً به او دستور داد که ماهی را خوب بپزد.

And he told her to give the fish to him alone to eat.

و به او گفت که ماهی را تنها به او بدهد تا بخورد.

The house-mother however knew the fish's secret.

اما مادر خانه راز ماهی را می‌دانست.

She had overheard what the fisherman had said.

او حرف‌های ماهیگیر را شنیده بود.

Secretly she made a different plan in her mind.

مخفیانه نقشه دیگری در ذهنش کشید.

She was going to cook the fish for her husband.

او می‌خواست برای شوهرش ماهی بپزد.

And she was going to share the fish with his brother.

و او می‌خواست ماهی را با برادرش تقسیم کند.

For her father-in-law she was going to prepare a frog.

او قصد داشت برای پدر شوهرش یک قورباغه درست کند.

Soon she had finished cooking the marvelous fish.

خیلی زود او پختن ماهی شگفت‌انگیز را تمام کرد.

And she had finished cooking a frog too.

و او پختن یک قورباغه را هم تمام کرده بود.

But from the kitchen she could hear a squabble.

اما از آشپزخانه صدای جر و بحثی به گوش می‌رسید.

She could hear who it was that was arguing.

او می‌توانست بشنود که چه کسی داشت دعوا می‌کرد.

Her stepmother-in-law and her husband's brother.

نامادری و برادر شوهرش.

And she understood the cause of the argument.

و او دلیل بحث را فهمید.

Basanta was still but a young lad.

باسانتا هنوز پسر جوانی بود.

But he was passionately fond of his pigeons.

اما او با شور و اشتیاق کبوترهایش را دوست داشت.

And he tamed his pigeons very well.

و کبوترهایش را خیلی خوب رام کرد.

Nonetheless, one of his pigeons had escaped.

با این وجود، یکی از کبوترهایش فرار کرده بود.

And the pigeon flew into his stepmother's room.

و کبوتر به اتاق نامادری‌اش پرواز کرد.

His stepmother hid the pigeon in her clothes.

نامادری‌اش کبوتر را در لباس‌هایش پنهان کرد.

Basanta rushed after the pigeon into the room.

باسانتا به دنبال کبوتر به داخل اتاق دوید.

And he loudly demanded to have the pigeon back.

و با صدای بلند خواست که کبوتر را پس بدهند.

His stepmother denied having the pigeon.

نامادری‌اش داشتن کبوتر را انکار کرد.

Swet, however, did know she had the pigeon.

با این حال، سوئیت می‌دانست که کبوتر را دارد.

And the older brother forcibly took the bird.

و برادر بزرگتر به زور پرنده را گرفت.

And he freed the pigeon from her clothes.

و کبوتر را از لباس‌هایش آزاد کرد.

And he gave the pigeon back to his brother.

و کبوتر را به برادرش پس داد.

The stepmother cursed and swore, and added;

نامادری فحش داد و ناسزا گفت و افزود؛

"Wait until the head of the house comes home".

«صبر کن تا صاحبخانه بیاید.»

"He will get no water till he sheds your blood".

«تا خون تو را نریزد، آب نخواهد خورد.»

Swet's wife called her husband and said to him;

همسر سوئیت شوهرش را صدا زد و به او گفت؛

"My dearest lord, that woman is a most wicked woman".

«سرور عزیزم، آن زن، زن بسیار پلیدی است.»

"And she has boundless influence over my father-in-law".

«و او نفوذ بی‌حد و حصری روی پدر شوهرم دارد.»

"She will make him do what she has threatened".

«او را وادار به انجام کاری خواهد کرد که تهدیدش کرده است.»

"All our lives are in imminent danger".

جان همه ما در خطر قریب‌الوقوع است.«-»

"But let us first eat a little," she added.

«او اضافه کرد» :اما بیایید اول کمی غذا بخوریم.

"And then let us all three run away from this place".

«و بعد بیایید هر سه از این مکان فرار کنیم.»

Swet forthwith called Basanta to him.

سوئت بی‌درنگ باسانتا را نزد خود فراخواند.

And he told him what he had heard from his wife.

و آنچه را که از همسرش شنیده بود، برایش بازگو کرد.

They resolved to run away before nightfall.

آنها تصمیم گرفتند قبل از فرا رسیدن شب فرار کنند.

The woman placed before her husband the fish.

زن ماهی را جلوی شوهرش گذاشت.

And her brother-in-law ate of the fish too.

و برادر شوهرش هم از ماهی خورد.

And they ate of the fish heartily.

و آنها با ولع از ماهی خوردند.

The woman packed up all her jewels in a box.

زن تمام جواهراتش را در جعبه‌ای گذاشت.

There was only one horse in the stables.

فقط یک اسب در اصطبل بود.

But the horse was of uncommon fleetness.

اما اسب، اسبی با سرعت و چابکی غیرمعمول بود.

They could all sit on the horse together.

همه آنها می‌توانستند با هم روی اسب بنشینند.

Swet held the reins of the horse.

سویت افسار اسب را در دست داشت.

The woman sat in the middle of the horse.

زن در وسط اسب نشست.

And she had the jewel-box in her lap.

و جعبه جواهرات را در دامانش داشت.

And Basanta sat on the rear of the horse.

و باسانتا روی عقب اسب نشست.

The horse galloped with the utmost swiftness.

اسب با نهایت سرعت تاخت و تاز می‌کرد.

They passed through many a plain and noted town.

آنها از شهرهای هموار و مشهور بسیاری عبور کردند.

After midnight they found themselves in a forest.

بعد از نیمه شب، آنها خود را در جنگلی یافتند.

And they were not far from the banks of a river.

و آنها از سواحل رودخانه دور نبودند.

Here the most untoward event took place.

در اینجا ناخوشایندترین اتفاق رخ داد.

Swet's wife began to feel the pains of child-birth.

همسر سوئیت شروع به احساس درد زایمان کرد.

They dismounted from the horse without delay.

آنها بدون معطلی از اسب پیاده شدند.

And within an hour Swet's wife gave birth to a son.

و ظرف یک ساعت همسر سوئیت پسری به دنیا آورد.

What were the two brothers to do in this forest?

آن دو برادر در این جنگل چه کار باید می‌کردند؟

They knew that a fire had to be kindled.

آنها می‌دانستند که باید آتشی افروخت.

The mother and the new-born baby needed warmth.

مادر و نوزاد تازه متولد شده به گرما نیاز داشتند.

But from where was there fire to be gotten?

اما از کجا می‌شد آتش آورد؟

There were no human habitations visible.

هیچ سکونتگاه انسانی قابل مشاهده نبود.

Nonetheless, a fire had to be procured.

با این وجود، باید آتشی فراهم می‌شد.

And it was the winter month of December.

و ماه زمستان، دسامبر، بود.

The mother and the baby would certainly perish.

مادر و نوزاد قطعاً هلاک می‌شدند.

Swet told Basanta to sit beside his wife.

سوئیت به باسانتا گفت که کنار همسرش بنشیند.

And he set out in the darkness of the night.

و در تاریکی شب به راه افتاد.

And he went in search of wood to make a fire.

و او به دنبال چوب رفت تا آتش درست کند.

Swet walked many a mile through the darkness.

سوئیت کیلومترها در تاریکی راه رفت.

But despite the distance he saw no human habitations.

اما با وجود فاصله زیاد، هیچ سکونتگاه انسانی ندید.

But eventually his eyes were given some help.

اما سرانجام به چشمانش کمی کمک شد.

The genial light of Sukra somewhat illumined his path.

نور دلنشین سوکرا تا حدودی راه او را روشن کرد.

And he saw at a distance what seemed a large city.

و از دور چیزی دید که به شهری بزرگ می‌مانست.

He was congratulating himself on his journey's end.

داشت به خودش بابت پایان سفرش تبریک می‌گفت.

And he congratulated himself for finding fire.

و به خودش تبریک گفت که آتش پیدا کرده است.

The fire that was going to benefit his poor wife.

آتشی که قرار بود به نفع همسر بیچاره اش تمام شود.

His wife that was lying cold in the forest.

همسرش که در جنگل سرد دراز کشیده بود.

The fire that was going to save his new-born child.

آتشی که قرار بود فرزند تازه متولد شده‌اش را نجات دهد.

The new-born baby born into the coldness.

نوزادی که در سرما به دنیا آمده است.

Suddenly an elephant shot across his path.

ناگهان فیلی از سر راهش گذشت.

The elephant was gorgeously caparisoned.

فیل به طرز باشکوهی پوشیده شده بود.

And the elephant gently picked him with his trunk.

و فیل به آرامی او را با خرطومش بلند کرد.

He placed him on the rich howdah on its back.

او را روی کالسکه مجلل به پشت نشاند.

The elephant then walked rapidly towards the city.

سپس فیل به سرعت به سمت شهر راه افتاد.

Swet was quite taken aback by the events.

سویت از این اتفاقات کاملاً شوکه شده بود.

He did not understand the elephant's actions.

او کار‌های فیل را درک نمی‌کرد.

And he wondered what was in store for him.

و او با خود فکر می‌کرد که چه چیزی در انتظار اوست.

A crown is that which was in store for him.

تاجی است که برای او در نظر گرفته شده بود.

He was being taken to the chief city of a kingdom.

او را به شهر اصلی یک قلمرو می‌بردند.

In this kingdom every morning a king was elected.

در این پادشاهی هر روز صبح یک پادشاه انتخاب می‌شد.

Because the kings of this city lasted but a day.

زیرا پادشاهان این شهر جز یک روز دوام نیاوردند.

Every night the new king joined the queen in her room.

هر شب پادشاه جدید به ملکه در اتاقش ملحق می‌شد.

And every morning the previous king was found dead.

و هر روز صبح پادشاه قبلی مرده پیدا می‌شد.

No one knew what caused the deaths of the kings.

هیچ کس نمی دانست چه چیزی باعث مرگ پادشاهان شده است.

Not even the queen knew what caused their death.

حتی ملکه هم نمی‌دانست چه چیزی باعث مرگ آنها شده است.

So this kingdom had its own king-maker.

بنابراین این پادشاهی، پادشاه‌ساز خودش را داشت.

The elephant who suddenly took hold of Swet.

فیلی که ناگهان سویت را در چنگ گرفت.

Early in the morning the elephant roamed about.

صبح زود فیل در اطراف پرسه می‌زد.

Sometimes the elephant went to distant places.

گاهی اوقات فیل به جاهای دوردست می‌رفت.

And every evening the elephant returned with a man.

و هر شب فیل با یک مرد برمی‌گشت.

The man on the elephant's became their king.

مرد فیل سوار، پادشاه آنها شد.

The elephant majestically marched through the streets.

فیل با شکوه در خیابان‌ها رژه می‌رفت.

A crowd of people welcomed their new king.

جمعیت زیادی از مردم از پادشاه جدیدشان استقبال کردند.

But Swet did not yet understand their cheers.

اما سوئت هنوز متوجه تشویق‌های آنها نشده بود.

The elephant entered the kingdom's palace.

فیل وارد کاخ پادشاهی شد.

And the elephant placed Swet on the throne.

و فیل، سویت را بر تخت سلطنت نشاند.

Amid much rejoicing he was proclaimed king.

در میان شادی فراوان، او به عنوان پادشاه اعلام شد.

But there were lamentations in the crowd too.

اما در میان جمعیت ناله و شیون هم به گوش می‌رسید.

In the course of the day he heard of the curse.

در طول روز، او خبر نفرین را شنید.

The nightly death of every newly elected king.

مرگ شبانه‌ی هر پادشاه تازه انتخاب شده.

But Swet was possessed of great discretion.

اما سوئیت از بصیرت و احتیاط زیادی برخوردار بود.

And he had the courage not to try an escape.

و او شجاعت این را داشت که فرار را امتحان نکند.

He took every precaution that he could take.

او هر اقدام احتیاطی که می‌توانست انجام دهد را انجام داد.

But he did not know how to avert the catastrophe.

اما او نمی‌دانست چگونه از فاجعه جلوگیری کند.

And he knew not what expedients to adopt.

و او نمی‌دانست چه تدبیری اتخاذ کند.

Because he didn't know the nature of the danger.

چون از ماهیت خطر خبر نداشت.

He resolved, however, upon two things;

با این حال، او بر دو چیز تصمیم گرفت؛

He was going to go armed into the bedchamber.

او می‌خواست مسلح به اتاق خواب برود.

And he was going to stay awake the whole night.

و قرار بود تمام شب را بیدار بماند.

The queen was young and of exquisite beauty.

ملکه جوان و از زیبایی بی‌نظیری برخوردار بود.

Guileless and benevolent was the expression of her face.

چهره‌اش معصوم و مهربان بود۔

It was impossible to attribute her any malice.

غیرممکن بود که بتوان به او بدجنسی نسبت داد۔

No one believed she caused all the kings' deaths.

هیچ کس باور نمی‌کرد که او باعث مرگ همه پادشاهان شده باشد۔

In the queen's chamber Swet spent an agreeable evening.

سوئیت در اتاق ملکه شب دلپذیری را گذراند۔

As the night advanced the queen fell asleep.

همچنان که شب پیش می‌رفت، ملکه به خواب رفت۔

But Swet kept awake, and was on the alert.

اما سوئیت بیدار ماند و گوش به زنگ بود۔

He looked at every creek and corner of the room.

او به هر نهر و گوشه و کنار اتاق نگاه کرد۔

And he expected every minute to be murdered.

و او هر دقیقه انتظار قتل داشت۔

But the queen did not rise to murder him.

اما ملکه برای کشتن او قیام نکرد۔

And no one entered the room to murder him either.

و هیچ کس هم برای کشتن او وارد اتاق نشد۔

Nor did he feel anything other than sleepiness.

و جز خواب آلودگی هیچ حس دیگری نداشت۔

But in the dead of night he perceived something.

اما در دل شب چیزی را حس کرد۔

A thread was coming out the queen's nostril.

نخی از سوراخ بینی ملکه بیرون آمده بود۔

The thread was so thin that it was almost invisible.

نخ آنقدر نازک بود که تقریباً نامرئی بود۔

Slowly the thread reached several yards in length.

کم کم طول نخ به چندین یارد رسید۔

And eventually all the thread came out.

و سرانجام تمام نخ بیرون آمد۔

Only then did the thread begin to grow thicker.

تنها پس از آن بود که نخ شروع به ضخیم شدن کرد۔

Soon the thread took on its real shape.

خیلی زود نخ شکل واقعی خود را به دست آورد۔

The thread was in fact a huge serpent.

آن نخ در واقع یک مار عظیم بود۔

Immediately Swet cut off the head of the serpent.

سوئت فوراً سر مار را قطع کرد۔

The body of the serpent wriggled violently.

بدن مار به شدت تکان می‌خورد۔

He sat quiet in the room, expecting other adventures.

او ساکت در اتاق نشسته بود و منتظر ماجراهای دیگری بود۔

But nothing else happened the rest of the night.

اما بقیه شب اتفاق دیگری نیفتاد۔

The queen slept longer than usual.

ملکه بیشتر از حد معمول خوابید۔

Because she had been relieved of the huge snake.

چون از شر آن مار عظیم الجثه راحت شده بود۔

Early next morning the ministers came.

صبح زود روز بعد، وزرا آمدند۔

They were expecting to hear of the king's death.

آنها منتظر شنیدن خبر مرگ پادشاه بودند۔

The ladies of the bedchamber knocked at the door.

خانم‌های خوابگاه در زدند۔

But to their astonishment Swet come out.

اما در کمال تعجب، سوئیت بیرون آمد۔

The folk learned the mystery of all the kings' deaths.

مردم راز مرگ همه پادشاهان را فهمیدند۔

And now the country rejoiced their permanent king.

و اکنون کشور از پادشاه دائمی خود شادمان شد۔

There is a strange thing you probably noticed.

یه نکته عجیب هست که احتمالاً متوجه شدید۔

Swet did not remember his wife he left behind.

سوئیت همسرش را که ترک کرده بود به یاد نمی‌آورد۔

It is a strange thing, nevertheless it is true.

چیز عجیبی است، با این حال حقیقت دارد۔

Nor did he remember the defenseless new-born babe.

و نه آن نوزاد بی‌دفاع تازه متولد شده را به یاد داشت۔

And he did not remember his brother either.

و برادرش را هم به یاد نیاورد۔

He had no time to remember when the elephant came.

او وقت نداشت به یاد بیاورد که فیل کی آمده است.

On the first night he had to worry for his own life.

شب اول مجبور بود نگران جان خودش باشد.

And now the crown brought on his forgetfulness.

و حالا تاج و تخت، فراموشی را به او ارزانی داشت.

But he had entrusted his wife and child to Basanta.

اما او همسر و فرزندش را به باسانتا سپرده بود.

And his brother sat waiting for many weary hours.

و برادرش ساعت‌های خسته‌کننده‌ای را در انتظار نشست.

Every moment he expected to see Swet return with fire.

هر لحظه انتظار داشت ببیند که سویت با آتش بازمی‌گردد.

But the whole night passed away without his return.

اما تمام شب بدون بازگشت او گذشت.

At sunrise he went to the bank of the river.

هنگام طلوع آفتاب به کنار رودخانه رفت.

There he anxiously looked about for his brother.

او با نگرانی در آنجا به دنبال برادرش گشت.

But his waiting and searching were all in vain.

اما انتظار و جستجوی او بیهوده بود.

Distressed beyond measure, he wept at the riverside.

او که بیش از حد پریشان شده بود، در کنار رودخانه گریست.

As he was weeping a boat was passing by.

همانطور که او گریه می‌کرد، قایقی از آنجا می‌گذشت.

In the boat a merchant was returning from business.

در قایق، تاجری از تجارت برمی‌گشت.

The boat was not far from the shore.

قایق از ساحل دور نبود.

So the merchant could see Basanta weeping.

بنابراین تاجر می‌توانست گریه‌ی باسانتا را ببیند.

Something struck the attention of the merchant.

چیزی توجه تاجر را جلب کرد.

By the weeping man appeared to be a pile of pearls.

در کنار مرد گریان، توده‌ای از مروارید نمایان شد.

The merchant requested the boatman to halt.

تاجر از قایقران خواست که توقف کند.

And the merchant went to the weeping man.

و تاجر به سمت مرد گریان رفت.

By the weeping man was in fact a pile of pearls.

در کنار مرد گریان، در واقع توده‌ای از مروارید بود.

And the pearls were of the highest quality.

و مرواریدها از بالاترین کیفیت برخوردار بودند.

And another thing astonished the merchant.

و چیز دیگری تاجر را شگفت زده کرد.

The pile of pearls grew larger every second.

هر لحظه تعداد مرواریدها بیشتر و بیشتر می‌شد.

Because the man was crying, but not tears.

چون مرد گریه می‌کرد، اما اشک نه.

Because his tears turned to pearls on the ground.

چون اشک‌هایش به مرواریدهایی روی زمین تبدیل شدند.

The merchant stowed away the pearls into his boat.

تاجر مرواریدها را در قایقش پنهان کرد.

Then the merchant got his servants to help him.

سپس تاجر از خدمتکارانش خواست تا به او کمک کنند.

And together they captured the crying man.

و با هم مرد گریان را اسیر کردند.

They put him on board of the vessel.

او را سوار کشتی کردند.

And he tied him to one of the ship's masts.

و او را به یکی از دکل‌های کشتی بست.

Basanta, of course, tried his best to resist.

باسانتا، البته، تمام تلاشش را کرد تا مقاومت کند.

But what could he do against so many sailors?

اما او در مقابل این همه ملوان چه کاری از دستش برمی‌آمد؟

He thought of his brother who never returned.

به برادرش فکر کرد که دیگر هرگز برنگشت.

He thought of his sister-in-law in the forest.

او به خواهرشوهرش در جنگل فکر کرد.

And he thought of his newly born niece.

و به خواهرزاده تازه متولد شده‌اش فکر کرد.

And he cried even more bitterly than before.

و او حتی تلخ تر از قبل گریه کرد.

His weeping mightily pleased the merchant.

گریه‌ی او تاجر را بسیار خوشحال کرد.

Because even more pearls were falling to the ground.

چون مرواریدهای بیشتری داشتند روی زمین می‌افتادند.

And the merchant became richer and richer.

و تاجر ثروتمندتر و ثروتمندتر شد.

Eventually the merchant reached his native town.

سرانجام تاجر به شهر زادگاهش رسید.

When they got there he confined Basanta in a room.

وقتی به آنجا رسیدند، او باسانتا را در اتاقی محبوس کرد.

At stated hours every day he had him whipped.

هر روز در ساعات مشخصی او را شلاق می‌زد.

In order to make him shed yet more tears.

برای اینکه اشک‌های بیشتری از او سرازیر شود.

And every tear converted into a bright pearl.

و هر قطره اشکی به مرواریدی درخشان تبدیل شد.

The merchant one day said to his servants;

روزی تاجر به خدمتکارانش گفت؛

"The fellow is making me rich by his weeping".

«این یارو با گریه کردنش داره منو پولدار می‌کنه.»

"Let us see what he gives me by laughing".

«بگذارید ببینیم با خندیدن چه چیزی به من می‌دهد.»

Accordingly, he began to tickle his captive.

بر این اساس، او شروع به قلقلک دادن اسیرش کرد.

Upon being tickled Basanta began to laugh.

باسانتا وقتی قلقلکش داد، شروع به خندیدن کرد.

Of course he was not laughing out of happiness.

البته خنده‌اش از روی خوشحالی نبود.

But none the less maniks dropped from his mouth.

اما با این وجود، دیوانگی از دهانش افتاد.

After this Basanta was not just whipped anymore.

بعد از این، باسانتا دیگر فقط شلاق نمی‌خورد.

Now he was alternately whipped and tickled.

حالا او به طور متناوب شلاق زده و قلقلک داده می‌شد.

All day and far into the night he was exploited.

تمام روز و تا پاسی از شب از او سوءاستفاده می‌شد.

The merchant's wealth increased day and night.

ثروت تاجر روز و شب افزایش می یافت.

Soon he became the wealthiest man in the land.

خیلی زود او ثروتمندترین مرد آن سرزمین شد.

But let us return to Basanta's subjugation later.

اما بگذارید بعداً به موضوع مطیع کردن باسانتا برگردیم.

Now let us turn our attention to Swet's wife.

حالا بیایید توجه خود را به همسر سوئت معطوف کنیم.

Swet's abandoned wife was still in the forest.

همسر رها شده‌ی سوئت هنوز در جنگل بود.

She had just given birth to her child.

او تازه فرزندش را به دنیا آورده بود.

But now she was alone in the forest.

اما حالا او در جنگل تنها بود.

First her husband had abandoned her.

اول شوهرش او را رها کرده بود.

And now her brother-in-law abandoned her too.

و حالا برادر شوهرش هم او را رها کرده است.

Imagine how overwhelmed with grief she felt.

تصور کنید که او چقدر غرق در غم و اندوه بود.

Alone, and in a forest, far from civilization.

تنها، و در جنگلی، دور از تمدن.

Her case was indeed deserving of sympathy.

مورد او واقعاً شایسته همدردی بود.

She wept rivers of sad and lonely tears.

او سیل اشک‌های غمگین و تنهایی‌اش را جاری کرد.

Excessive grief, however, brought her relief.

با این حال، اندوه بیش از حد، او را تسکین داد.

She fell asleep with the new-born in her arms.

او در حالی که نوزاد را در آغوش داشت، به خواب رفت.

While she was deep in sleep another tragedy took place.

در حالی که او در خواب عمیقی بود، فاجعه دیگری رخ داد.

It so happened that the Kotwal was passing by.

اتفاقاً کوتوال از آنجا رد می‌شد.

He had recently suffered his own misfortune.

او اخیراً دچار بدشانسی خودش شده بود.

But his misfortune was of a different nature.

اما بدشانسی او از جنس دیگری بود.

The children his wife bore died shortly after birth.

فرزندانی که همسرش به دنیا آورد، اندکی پس از تولد درگذشتند.

And he was now going to bury the last infant.

و حالا او می‌خواست آخرین نوزاد را دفن کند.

He was heading to the banks of the river.

او به سمت کناره‌های رودخانه می‌رفت.

The place where the other infants were buried.

جایی که نوزادان دیگر دفن شده بودند.

But then he saw the woman sleeping in the forest.

اما ناگهان زن را دید که در جنگل خوابیده بود.

And in her arms he saw her holding a baby.

و در آغوشش او را دید که نوزادی را در آغوش گرفته است.

The infant was a lively and beautiful boy.

نوزاد، پسری سرزنده و زیبا بود.

His liveliness did not disturb his mother's sleep.

جنب و جوشش او خواب مادر را آشفته نمی کرد.

The Kotwal wanted the lovely infant very much.

کوتوال خیلی دلش می‌خواست آن نوزاد دوست‌داشتنی را داشته باشد.

He quietly took the child from his mother.

او آرام آرام بچه را از مادرش گرفت.

And in her arms he placed his own dead child.

و در آغوش او فرزند مرده‌ی خودش را گذاشت.

Of course this is not what he could tell his wife.

البته این چیزی نیست که او بتواند به همسرش بگوید.

"We both thought that our son had died".

«هر دو فکر می‌کردیم پسرمان فوت کرده است.»

"And I carried his body to the river bank".

«و من جسد او را به کنار رودخانه بردم.»

"And that was when a miracle occurred".

«و آن زمان بود که معجزه‌ای رخ داد.»

"Once more our son opened his young eyes".

«پسرمان بار دیگر چشمان جوانش را گشود.»

"And now we have a beautiful and lively boy".

«و حالا ما یک پسر زیبا و سرزنده داریم.»

But Swet's wife did not know the true events.

اما همسر سوئت از وقایع واقعی خبر نداشت.

When she woke she held the dead child in her arms.

وقتی بیدار شد، کودک مرده را در آغوش داشت.

And she thought it was her child that had died.

و او فکر می‌کرد که فرزندش مرده است.

The distress of her mind may easily be imagined.

پریشانی ذهن او را می‌توان به راحتی تصور کرد.

The whole world became dark to her.

تمام دنیا برایش تیره و تار شد.

She was distracted by the loss of her child.

او به خاطر از دست دادن فرزندش پریشان بود.

And in her distraction she formed a resolution.

و در حالی که حواسش پرت بود، تصمیمی گرفت.

She had resolved to take her own life.

او تصمیم گرفته بود که جان خودش را بگیرد.

The river was not far from where she had slept.

رودخانه از جایی که او خوابیده بود، دور نبود.

And she determined to drown herself in the river.

و تصمیم گرفت خودش را در رودخانه غرق کند.

She took in her hand the bundle of jewels.

او دسته جواهرات را در دست گرفت.

And then she proceeded to the river-side.

و سپس او به سمت کنار رودخانه رفت.

An old Brahman was at no great distance.

یک برهمن پیر در فاصله‌ی نه چندان دوری بود.

The Brahman was performing his morning ablutions.

برهمن داشت وضوی صبحگاهی‌اش را می‌گرفت.

He noticed the woman going into the water.

متوجه زن شد که داشت توی آب می‌رفت.

Naturally he thought that she was going to bathe.

طبیعتاً فکر کرد که او می‌خواهد حمام کند.

But then he saw her going into the deep waters.

اما ناگهان او را دید که به درون آب‌های عمیق می‌رود.

Something akin to suspicion arose in his mind.

چیزی شبیه به شک و تردید در ذهنش شکل گرفت.

The Brahman discontinued his devotions.

برهمن عبادت خود را متوقف کرد.

He too waded out towards the river's depth.

او نیز به سمت عمق رودخانه پیش رفت.

And he ordered the woman to come to him.

و به آن زن دستور داد که نزد او بیاید.

Swet's wife heard the old man calling her.

همسر سوئیت صدای پیرمرد را شنید که او را صدا می‌زد.

So she retraced her steps to the old man.

بنابراین او به سمت پیرمرد برگشت.

"What were your intentions?" asked the Braham.

«برهم پرسید» :نیتت چه بود؟

And the woman confirmed his suspicions.

و زن سوءظن او را تأیید کرد.

"I was going to put an end to my life".

«قرار بود به زندگی‌ام پایان بدهم.»

And she thanked the Brahman for saving her.

و از برهمن به خاطر نجاتش تشکر کرد.

"Accept these jewels as a sign of appreciation".

«این جواهرات را به عنوان نشانه‌ای از قدردانی بپذیرید.»

The Brahman accepted the sign of appreciation.

برهمن نشان قدردانی را پذیرفت.

But he was more interested in her story.

اما او بیشتر به داستان او علاقه داشت.

And at his request she related her story.

و به درخواست او داستانش را تعریف کرد.

She had escaped from her stepmother in law.

او از دست نامادری‌اش فرار کرده بود.

In the forest she gave birth to a child.

در جنگل، او فرزندی به دنیا آورد.

First her husband went looking for fire.

اول شوهرش رفت دنبال آتش.

But her husband never came back to her.

اما شوهرش دیگر هرگز به سراغش نیامد.

Then her brother-in-law looked for her husband.

سپس برادر شوهرش به دنبال شوهرش گشت.

But her brother-in-law did not return either.

اما برادر شوهرش هم برنگشت.

Eventually she fell asleep with her child.

بالاخره او در کنار فرزندش به خواب رفت.

But when she woke her child was dead.

اما وقتی بیدار شد، فرزندش مرده بود.

And that's when she decided to drown herself.

و آن موقع بود که تصمیم گرفت خودش را غرق کند.

She felt the relieve of telling her fate.

او از گفتن سرنوشتش احساس آسودگی کرد.

The Brahman invited the woman to his house.

برهمن زن را به خانه خود دعوت کرد.

And the woman was accepted into his family.

و آن زن در خانواده‌اش پذیرفته شد.

The Brahman's wife treated her like a daughter.

همسر برهمن با او مانند دخترش رفتار می‌کرد.

And she spent years with her new family.

و او سال‌ها را با خانواده جدیدش گذراند.

Swet spend those years in his kingdom.

سویت آن سال‌ها را در قلمرو پادشاهی او گذراند.

Basanta spent those years being tortured.

باسانتا آن سال‌ها را در شکنجه گذراند.

And the adopted son of the Kotwal grew up.

و پسرخوانده کوتوال بزرگ شد.

The Brahman's house was not far from the Kotwal's.

خانه برهمن از خانه کوتوال دور نبود.

So the Kotwal's son met the Brahman's adopted daughter.

بنابراین پسر کوتوال با دخترخوانده برهمن آشنا شد.

And the lad thought he fell in love with her.

و پسر فکر کرد که عاشق او شده است.

He spoke to his father about the woman.

او درباره آن زن با پدرش صحبت کرد.

And the father spoke to the Brahman about the woman.

و پدر درباره زن با برهمن صحبت کرد.

The Brahman's rage knew no bounds.

خشم برهمن حد و مرزی نمی‌شناخت.

"What is this insolence!" the Brahman protested.

«برهمن اعتراض کرد»: این چه گستاخی‌ای است.

"Your son is the son of an infidel".

«پسر تو پسر یک کافر است.»

"How can he aspire to the hand of a Brahman's daughter!?".

«چطور می‌تواند آرزوی ازدواج با دختر یک برهمن را داشته باشد.؟»

"A dwarf may as well aspire to catch hold of the moon!".

«یک کوتوله هم می‌تواند آرزوی گرفتن ماه را داشته باشد.»

But the Kotwal's son determined to have her by force.

اما پسر کوتوال تصمیم گرفت او را به زور به دست آورد.

One day he scaled the wall of the Brahman's house.

روزی از دیوار خانه برهمن بالا رفت.

He got upon the thatched roof of the cow-house.

او روی سقف کاهگلی اصطبل رفت.

And from that lofty position he reconnoitered.

و از آن جایگاه رفیع به شناسایی پرداخت.

And he saw two young calves below him.

و دو گوساله جوان را در پایین خود دید.

And he overheard the conversation of two young calves.

و او مکالمه دو گوساله جوان را شنید.

"Men accuse us of brutish ignorance and immorality".

«مردان ما را به جهل و بی‌اخلاقی وحشیانه متهم می‌کنند.»

"But in my opinion men are fifty times worse".

«اما به نظر من مردها پنجاه برابر بدترند.»

"What makes you say so, brother?" the calf asked.

«گوساله پرسید»: برادر، چه چیزی باعث شده چنین چیزی بگویی؟

"Have you witnessed instances of human depravity?".

«آیا شاهد نمونه‌هایی از فساد و تباهی انسان‌ها بوده‌اید؟»

"Who is a greater monster than the Kotwal's son?".

«چه کسی هیولایی بزرگتر از پسر کوتوال است؟»

"The same lad standing on the thatched roof".

«همان پسری که روی پشت بام کاهگلی ایستاده بود.»

"The roof of this hut above our heads".

«سقف این کلبه بالای سر ماست.»

"I thought he was just the son of our Kotwal".

«فکر می‌کردم او فقط پسر کوتوال ماست.»

“I never heard that he was exceptionally vicious”.

«من هرگز نشنیده‌ام که او فوق‌العاده شرور بوده باشد.»

“You may have never heard of his wickedness”.

«شاید تا حالا اسم شرارتش رو نشنیده باشی.»

“But now you will hear of his wickedness from me”.

«اما حالا از من درباره شرارت او خواهید شنید.»

“This wicked lad is now making immoral plans”.

«این پسر شرور حالا نقشه‌های غیراخلاقی می‌کشد.»

“He is trying get married to his own mother!”.

«او سعی دارد با مادر خودش ازدواج کند.»

The First Calf then related the whole story.

سپس گوساله اول کل داستان را تعریف کرد.

And the inquisitive Second Calf listened.

و گوساله دوم کنجکاو گوش داد.

And the calf told Swet's and Basanta's story.

و گوساله داستان سوئت و باسانتا را تعریف کرد.

“A merchant built a house for his son”

«تاجری برای پسرش خانه‌ای ساخت»

“In the garden of the house was a Toontooni bird”

«در باغچه خانه یک پرنده تونتونی بود»

“In the nest of the Toontooni bird was an egg”

«در لانه‌ی پرنده‌ی تونتونی یک تخم بود»

“The merchant's son put the egg in an almirah”

«پسر تاجر تخم‌مرغ را در یک المیرا گذاشت»

“Out of the egg came a beautiful girl”

«از تخم، دختری زیبا بیرون آمد»

“Eventually the merchant's son married this beautiful girl”

«بالاخره پسر تاجر با این دختر زیبا ازدواج کرد»

“Together they had two children; Swet and Basanta”

«آنها با هم صاحب دو فرزند شدند؛ سوئت و باسانتا»

“Some time later the grandfather of the children died”

«مدتی بعد پدربزرگ بچه‌ها فوت کرد»

“Some time later again their grandmother died too”

«مدتی بعد، مادربزرگشان هم دوباره مرد»

“At the right time, the oldest son, Swet, got married”

«در زمان مناسب، پسر بزرگ، سوئیت، ازدواج کرد»

"His mother, the Toontooni woman, died sometime later"
»مادرش، زن تونتونی، مدتی بعد درگذشت.«
"Soon after their father married a younger woman"
»کمی بعد پدرشان با زن جوان‌تری ازدواج کرد«
"But their new stepmother hated her stepsons"
»اما نامادری جدیدشان از پسرخوانده‌هایش متنفر بود«
"And she also hated her new stepdaughter-in-law"
»و او همچنین از عروس ناتنی جدیدش متنفر بود«
"One day a fisherman happened to visit the merchant"
»روزی یک ماهیگیر اتفاقاً به دیدن تاجر رفت«
"The Fisherman had sold the merchant a magical fish"
»ماهیگیر به تاجر یک ماهی جادویی فروخته بود«
"Whoever ate the fish would laugh maniks"
»هر کسی که ماهی را می‌خورد، دیوانه‌ها می‌خندیدند«
"And whoever ate the fish would weep pearls"
»و هر که ماهی را می‌خورد، مروارید می‌گریست«
"The same day there was an argument over some pigeons"
»همان روز سر چند کبوتر دعوا شد«
"The stepmother was terribly vengeful to her stepsons"
»نامادری به شدت از پسرخوانده‌هایش کینه به دل داشت«
"And she swore revenge on her stepsons"
»و او قسم خورد که از پسرخوانده‌هایش انتقام بگیرد«
"That day Swet, his wife, and Basanta escaped"
»آن روز، سوئیت، همسرش و باسانتا فرار کردند«
"But before leaving they ate the magical fish"
»اما قبل از رفتن، ماهی جادویی را خوردند«
"On their journey Swet's wife gave birth to a baby boy"
»در سفرشان، همسر سوئیت پسری به دنیا آورد.«
"Swet went to look for wood to make a fire"
»سویت رفت دنبال چوب تا آتش روشن کند.«
"But he was carried away by an elephant"
»اما او توسط یک فیل ربوده شد«
"He was taken to a Queen haunted by a snake"
»او را نزد ملکه‌ای بردند که توسط یک مار تسخیر شده بود .«
"But he succeeded in killing the serpent"
»اما او موفق شد مار را بکشد«

"And so he became king of the land"

«و بدین ترتیب او پادشاه آن سرزمین شد»

"Basanta went looking for his brother"

«باسانتا دنبال برادرش رفت»

"But he was captured by a merchant"

«اما او توسط یک تاجر اسیر شد»

"And now he's flogged and tickled daily"

«و حالا او هر روز شلاق می‌خورد و قلقلک داده می‌شود»

"And he cries pearls and laughs maniks"

«و او مروارید می‌گریاند و دیوانه‌وار می‌خندد»

"The Kotwal's son had died that night"

«پسر کوتوال آن شب مرده بود»

"So the Kotwal exchanged the two babies"

«بنابراین کوتوال دو نوزاد را با هم عوض کرد»

"The mother couldn't bear the loss of her child"

«مادر نتوانست فقدان فرزندش را تحمل کند»

"So she made the decision to drown herself"

«بنابراین او تصمیم گرفت خودش را غرق کند»

"But there was a Brahman that saved her life"

«اما یک برهمن بود که جان او را نجات داد»

"And this Brahman took her into his home"

«و این برهمن او را به خانه‌اش برد»

"The Kotwal's son grew up a hardy boy"

«پسر کوتوال، پسری مقاوم و سرسخت بزرگ شد.»

"And he fell in love with the woman"

«و او عاشق آن زن شد»

"And now he stands on the roof"

«و حالا او روی پشت بام ایستاده است»

"And he's intent on having the woman"

«و او مصمم است که آن زن را داشته باشد»

All this the Kotwal's son heard.

پسر کوتوال همه اینها را شنید.

And he was struck with horror.

و وحشت او را فرا گرفت.

He forthwith got down from the thatch.

او فوراً از کاهگل پایین آمد.

And he went home to his father.

و به خانه پدرش رفت.

And he said he must speak with the king.

و گفت که باید با پادشاه صحبت کند.

The father protested against the request.

پدر به این درخواست اعتراض کرد.

But he got an interview with the king.

اما او موفق شد با پادشاه مصاحبه کند.

He told the king about the two calves.

او ماجرای دو گوساله را برای پادشاه تعریف کرد.

And he repeated the whole story.

و تمام ماجرا را تکرار کرد.

The king now remembered his poor wife.

پادشاه حالا به یاد همسر بیچاره‌اش افتاد.

So a servant was sent to the Brahman.

پس بنده‌ای نزد برهمن فرستاده شد.

And the Brahman was richly rewarded.

و برهمن پاداش فراوانی گرفت.

And his wife was brought back to the palace.

و همسرش را به قصر بازگرداندند.

His wife was put in her proper position.

همسرش در جایگاه مناسب خود قرار گرفت.

And she became queen of the kingdom.

و او ملکه پادشاهی شد.

The reputed son of the Kotwal was readopted.

پسر مشهور کوتوال دوباره به فرزندی پذیرفته شد.

And he was proclaimed heir to the throne.

و او را وارث تاج و تخت اعلام کردند.

Basanta was brought out of the dungeon.

باسانتا را از سیاهچال بیرون آوردند.

And the wicked merchant was buried alive.

و تاجر شرور زنده به گور شد.

And thorns were put in his burying-place.

و خارها را در محل دفنش گذاشتند.

And all lived together happily for many years.

و همه سال‌ها با خوبی و خوشی در کنار هم زندگی کردند.

Swet, his wife and son, and Basantas.

سوئیت، همسر و پسرش، و باسانتاس.

The Evil Eye of Sani
چشم شیطانی سانی

Once upon a time Sani and Lakshmi fell out with each other.
روزی روزگاری سانی و لاکشمی با هم اختلاف پیدا کردند.
Sani, also known as Saturn, is the God of bad luck.
سانی، که با نام زحل نیز شناخته می‌شود، خدای بدشانسی است.
And Lakshmi is the Goddess of good luck.
و لاکشمی الهه شانس است.
And these two Gods fell out with each other in heaven.
و این دو خدا در آسمان با یکدیگر درگیر شدند.
Sani said he was higher in rank than Lakshmi.
سانی گفت که او از لاکشمی مقام بالاتری دارد.
And Lakshmi said she was higher in rank than Sani.
و لاکشمی گفت که او از نظر رتبه از سانی بالاتر است.
But there were just as many Gods as there were Goddesses.
اما به همان تعداد الهه، خدا هم وجود داشت.
Therefore the dispute could not be settled in heaven.
بنابراین، این اختلاف نمی‌توانست در آسمان حل و فصل شود.
The contending deities agreed to refer the matter to humans.
خدایان رقیب توافق کردند که موضوع را به انسان‌ها ارجاع دهند.
The humans had a name for wisdom and justice.
انسان‌ها نامی برای خرد و عدالت داشتند.
There lived at that time upon earth a man named Sribatsa.
در آن زمان مردی به نام سریباتسا بر روی زمین زندگی می‌کرد.
(Sri is another name of Lakshmi).
)سری نام دیگر لاکشمی است(.
(And "batsa" is another word for child).
(و »باتسا »کلمه دیگری برای کودک است.)
(so Sribatsa literally means "the child of fortune").
)بنابراین سریباتسا به معنای واقعی کلمه "فرزند بخت "است(.
Sribatsa had as much wisdom as he had wealth.
سریباتسا به همان اندازه که ثروت داشت، خرد نیز داشت.
And he was as fair as he was rich, too.
و او به همان اندازه که ثروتمند بود، منصف هم بود.
He was therefore a good judge for the dispute.

بنابراین او قاضی خوبی برای این اختلاف بود۔

And the God and Goddess agreed he could judge their case.

و خدا و الهه موافقت کردند که او می‌تواند در مورد آنها قضاوت کند۔

One day, accordingly, Sribatsa was contacted.

بر این اساس، روزی با سریباتسا تماس گرفته شد۔

He was told that Sani and Lakshmi would come to him.

به او گفته شد که سانی و لاکشمی نزد او خواهند آمد۔

And he was told they wished for him to settle their dispute.

و به او گفته شد که آنها آرزو دارند او اختلافشان را حل و فصل کند۔

This put Sribatsa in a delicate situation.

این موضوع، سریباتسا را در موقعیت حساسی قرار داد۔

He could say Sani was higher in rank than Lakshmi.

او می‌توانست بگوید که سانی از لاکشمی در رتبه بالاتری قرار دارد۔

But then she would be angry with him and forsake him.

اما بعد از آن از او عصبانی می‌شد و او را ترک می‌کرد۔

He could say Lakshmi was higher in rank than Sani.

او می‌توانست بگوید لاکشمی از نظر رتبه از سانی بالاتر بود۔

But then Sani would cast his evil eye upon him.

اما بعد سانی نگاه شیطانی‌اش را به او می‌انداخت۔

He made up his mind not to say anything directly.

تصمیم گرفت مستقیماً چیزی نگوید۔

The god and the goddess had to observe his actions.

خدا و الهه مجبور بودند اعمال او را مشاهده کنند۔

And from his actions they could gather their opinions.

و از اعمال او می‌توانستند نظرات خود را جمع‌بندی کنند۔

Sribatsa ordered two chairs to be made.

سریباتسا سفارش ساخت دو صندلی را داد۔

One of the chairs was made from gold.

یکی از صندلی‌ها از طلا ساخته شده بود۔

And the other chair was made from silver.

و صندلی دیگر از نقره ساخته شده بود۔

And he placed the two chairs beside himself.

و دو صندلی را کنار خودش گذاشت۔

The day came when Sani and Lakshmi visited Sribatsa.

روزی فرا رسید که سانی و لاکشمی به دیدار سریباتسا رفتند۔

He told Sani to sit upon the silver chair.

او به سانی گفت که روی صندلی نقره‌ای بنشیند.

And he told Lakshmi to sit upon the gold chair.

و به لاکشمی گفت که روی صندلی طلایی بنشیند.

Sani became mad with rage, and spoke angrily;

سانی از شدت خشم دیوانه شد و با عصبانیت صحبت کرد.

"You consider me lower in rank than Lakshmi"

«شما من را از لاکشمی پایین‌تر می‌دانید»

"I will cast my eye on you for three years"

«سه سال چشم به راهت خواهم ماند»

"We shall see how you fare at the end of that period"

«خواهیم دید که در پایان آن دوره چه وضعیتی خواهید داشت»

The god then went away in great anger.

سپس خدا با خشم فراوان آنجا را ترک کرد.

Lakshmi, before she went away, said to Sribatsa;

لاکشمی، قبل از اینکه برود، به سریباتسا گفت؛

"My child, do not fear. I'll befriend you"

«فرزندم، نترس. من با تو دوست خواهم شد.»

The god and the goddess then went away.

سپس خدا و الهه رفتند.

Sribatsa spoke to his wife, Chantamani;

سریباتسا با همسرش، چانتامانی، صحبت کرد؛

"Dearest, the evil eye of Sani will be upon me"

«عزیزم، چشم بد سانی متوجه من خواهد بود»

"I had better go away from the house"

«بهتر است از خانه بروم»

"If I stay evil will befall you and me"

«اگر بمانم، بلا بر سر من و تو خواهد آمد»

"But if I go, evil will overtake me only"

«اما اگر بروم، شر فقط مرا فرا خواهد گرفت»

Chintamani said, "it cannot be that way"

«چینتامانی گفت» :اینطور که نمی‌شود

"Wherever you go, I will go with you"

«هر جا که بروی، من با تو خواهم آمد»

"Your good luck shall be my good luck"

«خوشبختی تو، بخت و اقبال من خواهد بود»

"And your bad luck shall be my bad luck"

«و بدشانسی تو، بدشانسی من خواهد بود»

The husband tried hard to persuade his wife to stay.

شوهر خیلی تلاش کرد تا همسرش را متقاعد کند که بماند.

But all his efforts were of no use.

اما تمام تلاش هایش فایده ای نداشت.

She refused to abandon her husband.

او حاضر نشد شوهرش را رها کند.

Sribatsa told his wife to make an opening in their mattress.

سریباتسا به همسرش گفت که در تشکشان شکافی ایجاد کند.

And he told her to stow away all their money and jewels.

و به او گفت که تمام پول و جواهراتشان را جا بگذارد.

On the eve of leaving their house, Sribatsa invoked
Lakshmi.

در آستانه ترک خانه‌شان، سریباتسا به لاکشمی توسل جست.

Upon being invoked, Lakshmi forthwith appeared.

به محض احضار، لاکشمی فوراً ظاهر شد.

"Mother Lakshmi, the evil eye of Sani is upon us"

«مادر لاکشمی، چشم بد سانی متوجه ماست»

"We are going away into exile"

«ما به تبعید می‌رویم»

"Please befriend us, and take care of our property"

«لطفاً با ما دوست باشید و از اموال ما مراقبت کنید»

The goddess of good luck answered.

الهه شانس پاسخ داد.

"Do not fear; I'll befriend you"

«نترس؛ من با تو دوست خواهم شد»

"In the end all will be right"

«بالاخره همه چیز درست خواهد شد»

They then set out on their journey.

سپس آنها سفر خود را آغاز کردند.

Sribatsa rolled up the mattress and put it on his head.

سریباتسا تشک را لوله کرد و روی سرش گذاشت.

They had not gone many miles when they saw a river.

هنوز چند مایلی نرفته بودند که رودخانه‌ای دیدند.

There was a canoe with a man sitting in it.

یک قایق کانو بود که مردی در آن نشسته بود.

The travelers requested the ferryman to take them across.

مسافران از قایقران درخواست کردند که آنها را از رودخانه عبور دهد.

The ferryman said he could only take one at a time.

قایق‌بان گفت که فقط می‌تواند یکی یکی سوار شود.

"Tere are three of you," he objected.

«او اعتراض کرد»: شما سه نفر هستید.

"There is you, your wife, and your mattress"

«این تویی، همسرت و تشکت»

Sribatsa proposed in what order they should ferry over the river.

سریباتسا پیشنهاد داد که به چه ترتیبی باید از رودخانه عبور کنند.

"First my wife should be taken across the river"

«اول باید همسرم را از رودخانه عبور داد»

"After my wife, take the mattress across the river"

«بعد از همسرم، تشک را از رودخانه رد کن»

"And then you can take me across the river"

«و بعد می‌توانی مرا از رودخانه عبور دهی»

But the ferryman would not hear of it.

اما قایقران حاضر نبود چیزی بشنود.

"Only one at a time," he repeated.

فقط یکی یکی، «او تکرار کرد.»

"First let me take across the mattress"

«اول بذار اون طرف تشک رو ببینم»

Sribatsa saw no reason to object to the proposal.

سریباتسا دلیلی برای مخالفت با این پیشنهاد نمی‌دید.

The ferryman started taking the mattress across the river.

قایقران شروع به بردن تشک به آن سوی رودخانه کرد.

He had reached halfway across the river.

او به نیمه راه عبور از رودخانه رسیده بود.

But then, from nowhere, a fierce gale arose.

اما ناگهان، از ناکجاآباد، طوفان سهمگینی برخاست.

The ferryman lost control of his canoe.

قایقران کنترل قایقش را از دست داد.

The mattress was blown into the river.

تشک به داخل رودخانه پرتاب شد.

The river carried everything away with it.

رودخانه همه چیز را با خود برد.

And the ferrymen, canoe, and mattress were never seen again.

و قایقرانان، قایق رانی و تشک دیگر هرگز دیده نشدند.

But that was not even the strangest events.

اما این حتی عجیب‌ترین اتفاقات هم نبود.

Because the river also disappeared into thin air.

زیرا رودخانه نیز در هوا ناپدید شد.

Where there was water there was now dry ground.

جایی که قبلاً آب بود، حالا زمین خشک بود.

Sribatsa knew the evil eye of Sani had been watching.

سریباتسا می‌دانست که چشم بد سانی او را زیر نظر داشته است.

Sribatsa and his wife had not a pice in their pockets.

سریباتسا و همسرش ذره‌ای پول در جیب نداشتند.

Together, impoverished, they went to a nearby village.

آنها با هم، در حالی که فقیر بودند، به روستایی در همان نزدیکی رفتند.

The village was dwelt in mostly by wood-cutters.

این روستا عمدتاً محل سکونت هیزم‌شکن‌ها بود.

At sunrise the woodcutters went to cut wood.

با طلوع آفتاب، هیزم‌شکن‌ها برای بریدن هیزم رفتند.

And the wood they cut they sold in a faraway town.

و هیزم‌هایی که بریده بودند را در شهری دوردست فروختند.

Sribatsa asked to work with the wood-cutters.

سریباتسا درخواست کرد که با هیزم‌شکن‌ها کار کند.

And the wood-cutters agreed to let him cut wood.

و هیزم‌شکن‌ها موافقت کردند که به او اجازه دهند هیزم بشکند.

He could fell trees as well as the best of them.

او می‌توانست درختان را به خوبی بهترین آنها قطع کند.

But Sribatsa was different from the wood-cutters.

اما سریباتسا با هیزم‌شکن‌ها فرق داشت.

The wood-cutters cut any and every sort of wood.

هیزم‌شکن‌ها هر نوع چوبی را می‌بریدند.

But Sribatsa cut only the precious types of wood.

اما سریباتسا فقط انواع گران‌بهای چوب را می‌برید.

His efforts were focused on cutting down sandal-wood.

تلاش‌های او بر قطع چوب صندل متمرکز بود.

The wood-cutters brought to market large loads of common wood.

هیزم‌شکن‌ها حجم زیادی از چوب معمولی را به بازار آوردند.

Sribatsa brought only a few pieces of sandal-wood to the market.

سریباتسا فقط چند تکه چوب صندل به بازار آورد.

He was paid a great deal more money than the others.

او نسبت به بقیه، حقوق بسیار بیشتری دریافت می‌کرد.

Things went on this way for some days.

اوضاع چند روزی به همین منوال پیش رفت.

And the wood-cutters became jealous of Sribatsa.

و هیزم‌شکن‌ها به سریباتسا حسادت کردند.

In their jealousy they plotted against Sribatsa.

آنها از روی حسادت، علیه سریباتسا توطئه کردند.

And finally they drove Sribatsa and his wife from the village.

و بالاخره سریباتسا و همسرش را از روستا بیرون راندند.

Sribatsa and his wife made their way to another village.

سریباتسا و همسرش راه خود را به سمت روستای دیگری در پیش گرفتند.

In this village there were many women that weaved.

در این روستا زنان زیادی بودند که قالی می‌بافتند.

Here Chintamani made herself useful by spinning cotton.

در اینجا چینتامانی با ریسیدن پنبه برای خود مفید واقع شد.

Chintamani was an intelligent and skillful woman.

چینتامانی زنی باهوش و ماهر بود.

So she spun finer thread than the other women.

بنابراین او نخ‌های ظریف‌تری نسبت به زنان دیگر می‌ریسید.

And she got paid more money than the other women.

و او نسبت به زنان دیگر پول بیشتری دریافت می‌کرد.

This roused the envy of the native women of the village.

این موضوع حسادت زنان بومی روستا را برانگیخت.

But the envy of the other women was not all.

اما حسادت زنان دیگر تمامی نداشت.

Sribatsa wanted to gain the good grace of the weavers.

سریباتسا می‌خواست نظر مساعد بافندگان را جلب کند.

So he invited the women that spun cotton to a feast.

بنابراین او زنانی را که پنبه می‌ریسیدند به ضیافتی دعوت کرد.

The dishes of the feat were all cooked by his wife.

تمام غذاهای این مراسم توسط همسرش پخته شده بود.

Chintamani was a good weaver, and an excellent in cook.

چینتامانی بافنده‌ی خوبی بود و آشپزی فوق‌العاده‌ای داشت.

She placed the delicacies before the women.

او خوراکی‌های لذیذ را جلوی زنان گذاشت.

And the barbarous weavers were quite charmed.

و بافندگان وحشی کاملاً مسحور شده بودند.

The men went to their homes with their bellies full.

مردان با شکم سیر به خانه‌هایشان رفتند.

But when they got home, they reproached their wives.

اما وقتی به خانه رسیدند، همسرانشان را سرزنش کردند.

"Why do you not cook like the wife of Sribatsa"

«چرا مثل همسر سریباتسا آشپزی نمی‌کنی؟»

And the men called their wives good-for-nothing women.

و مردان، زنان خود را زنان بی‌ارزش می‌نامیدند.

This made the women hate Chintamani the more.

این باعث شد که زنان از چینتامانی بیشتر متنفر شوند.

One day Chintamani went to the river-side.

روزی چینتامانی به کنار رودخانه رفت.

She wanted to bathe along with the other women of the village.

او می‌خواست همراه با دیگر زنان روستا حمام کند.

A boat had been lying on the bank, stranded on the sand.

قایقی در ساحل افتاده بود و روی شن‌ها گیر کرده بود.

The boat had been stranded there for many days.

قایق روزهای زیادی آنجا گیر افتاده بود.

They had tried to move the boat, but in vain.

آنها سعی کرده بودند قایق را جابجا کنند، اما بیهوده بود.

It so happened that Chintamani touched the boat.

اتفاقاً چینتامانی قایق را لمس کرد.

It was an accident, for she did not mean to touch the boat.

این یک تصادف بود، زیرا او قصد نداشت قایق را لمس کند.

But whether she meant to or not, the boat moved.

اما چه او قصدش را داشته باشد چه نه، قایق حرکت کرد.

And soon the boat was heading off to the river.

و خیلی زود قایق به سمت رودخانه حرکت کرد.

The boatmen were astonished by what they had seen.

قایقرانان از آنچه دیده بودند، شگفت‌زده شدند.

They thought that the woman had uncommon power.

آنها فکر می‌کردند که آن زن قدرت خارق‌العاده‌ای دارد.

And so they thought she might be useful in future.

و بنابراین آنها فکر کردند که او ممکن است در آینده مفید باشد.

They therefore caught hold of her, against her will.

بنابراین، برخلاف میلش، او را گرفتند.

And they put her in the boat, and rowed off.

و او را در قایق گذاشتند و پارو زدند.

The women of the village were present for this kidnapping.

زنان روستا در این آدم‌ربایی حضور داشتند.

But they did not offer Chintamani any assistance.

اما آنها هیچ کمکی به چینتامانی ارائه ندادند.

Because Chintamani had put them in a bad light.

چون چینتامانی آنها را در موقعیت بدی قرار داده بود.

Sribatsa heard how his wife had been carried away by boatmen.

سریباتسا شنید که چگونه قایقرانان همسرش را با خود برده‌اند.

I will let you imagine how he became mad with grief.

تصورش را بکنید که چطور از شدت غم دیوانه شد.

He left the village and went to the river-side.

او روستا را ترک کرد و به کنار رودخانه رفت.

And he resolved to follow the course of the stream.

و او تصمیم گرفت مسیر نهر را دنبال کند.

Along the stream he was sure to meet the kidnappers' boat.

در امتداد نهر، او مطمئناً به قایق آدم‌ربایان برخورد می‌کرد.

He travelled on and on, along the side of the river.

او در امتداد رودخانه، بی‌وقفه و بی‌وقفه سفر کرد.

And he travelled till it eventually became dark.

و او سفر کرد تا اینکه سرانجام هوا تاریک شد۔

Where he was there were no huts to be seen.

جایی که او بود، هیچ کلبه‌ای دیده نمی‌شد۔

So he climbed into a tree to sleep for the night.

بنابراین او برای خوابیدن شب به بالای درختی رفت۔

In the next morning he got down from the tree.

صبح روز بعد از درخت پایین آمد۔

At the foot of the tree he saw a Kapila-cow.

در پای درخت، گاو کاپیلا را دید۔

A Kapila-cow never has any calves of her own.

یک گاو کاپیلا هرگز گوساله‌ای برای خودش ندارد۔

But she can be milked at all hours of the day.

اما او را می‌توان در تمام ساعات روز دوشید۔

Sribatsa milked the cow without her objecting.

سریباتسا بدون اینکه گاو اعتراضی کند، شیرش را دوشید۔

And he drank the milk to his heart's content.

و شیر را تا سر حد سیری نوشید۔

And then he noticed something else about the cow.

و سپس متوجه چیز دیگری در مورد گاو شد۔

The dung of the cow was of a bright yellow color.

مدفوع گاو به رنگ زرد روشن بود۔

In fact, the dung of the cow was made of pure gold.

در واقع، مدفوع گاو از طلای خالص ساخته شده بود۔

The golden cow dung was still in a soft state.

کود گاو طلایی هنوز در حالت نرمی بود۔

So he was able to write his name in the golden dung.

بنابراین او توانست نام خود را در سرگین طلایی بنویسد۔

During the course of the day the dung hardened.

در طول روز، مدفوع سفت شد۔

And finally the dung looked like a brick of gold.

و سرانجام، مدفوع مثل یک تکه طلا به نظر می‌رسید۔

The tree he had slept in grew on the river-side.

درختی که او روی آن خوابیده بود، در کنار رودخانه رشد کرده بود۔

And the Kapila-cow supplied him with milk all day.

و گاو کاپیلا تمام روز به او شیر می‌داد۔

So Sribatsa decided to wait there for the boat.

بنابراین سریباتسا تصمیم گرفت همانجا منتظر قایق بماند.

In the morning the cow deposited the precious article.

صبح گاو آن شیء گرانبها را به امانت گذاشت.

And at night the cow deposited the precious article.

و شب هنگام گاو آن شیء گرانبها را به امانت گذاشت.

So the gold bricks increased every day.

بنابراین خشت‌های طلا هر روز افزایش می‌یافت.

And on each golden brick he had engraved his name.

و روی هر خشت طلایی نام خود را حک کرده بود.

He stacked the bricks on top of each other.

آجرها را روی هم چید.

From a distance it looked like a hillock of gold.

از دور، مانند تپه‌ای از طلا به نظر می‌رسید.

But now we must leave Sribatsa to stack his gold.

اما حالا باید سریباتسا را بگذاریم تا طلاهایش را جمع کند.

And we must turn our attention to Chintamani.

و ما باید توجه خود را به چینتامانی معطوف کنیم.

Chintamani was a graceful woman of great beauty.

چینتامانی زنی برازنده و بسیار زیبا بود.

She had worried her beauty might be her ruin.

او نگران بود که زیبایی‌اش باعث نابودی‌اش شود.

So she offered a prayer as she was being kidnapped.

بنابراین او در حالی که ربوده می‌شد، نماز خواند.

"Lakshmi, O Mother Lakshmi! have pity upon me"

«لاکشمی، ای مادر لاکشمی. بر من رحم کن»

"Thou hast made me beautiful, you have"

«تو مرا زیبا آفریدی، تو»

"But now my beauty will undoubtedly be my ruin"

«اما حالا بدون شک زیبایی من مایه‌ی نابودی من خواهد شد»

"I am bound to loss my honor and my chastity"

«من محکوم به از دست دادن آبرو و عفتم هستم»

"I therefore beseech thee, gracious Mother;"

«بنابراین، ای مادر مهربان، از تو التماس می‌کنم.»

"Take my beauty from me, and make me ugly"

«زیبایی‌ام را از من بگیر و مرا زشت کن»

"Cover my body with some loathsome disease"

«بدنم را با نوعی بیماری نفرت‌انگیز بپوشانید»

"That way the boatmen might not touch me"

«اینطوری قایقران‌ها نمی‌تونن بهم دست بزنن»

Chintamani was in the arms of the boatmen.

چینتامانی در آغوش قایقرانان بود.

But the Goddess of good fortune heard her prayer.

اما الهه بخت و اقبال دعای او را شنید.

In the twinkling of an eye her form changed.

در یک چشم به هم زدن، شکلش عوض شد.

Her naturally beautiful form faded away.

فرم طبیعی و زیبایش محو شد.

And she was turned into a vile carcass.

و او به یک لاشه‌ی پست و بی‌ارزش تبدیل شد.

The boatmen were putting her down in the boat.

قایقرانان داشتند او را در قایق می‌گذاشتند.

They found her body was covered with loathsome sores.

آنها دریافتند که بدن او پوشیده از زخم‌های نفرت‌انگیز است.

And the sores were giving out a disgusting stench.

و زخم‌ها بوی تعفن بدی می‌دادند.

They therefore threw her into the hold of the boat.

بنابراین او را به انبار قایق انداختند.

And they left her amongst the cargo of the ship.

و او را در میان بار کشتی رها کردند.

Morning and evening they sent her some food.

صبح و عصر برایش غذا می‌فرستادند.

A little boiled rice, and some water to drink.

کمی برنج آب‌پز، و مقداری آب برای نوشیدن.

Chintamani was miserable in the hull of the ship.

چینتامانی در بدنه کشتی بدبخت بود.

But she greatly preferred misery to the alternative.

اما او بدبختی را به شدت به جایگزین آن ترجیح داد.

She would rather be miserable than loss her chastity.

او ترجیح می‌دهد بدبخت باشد تا اینکه پاکدامنی‌اش را از دست بدهد.

The boatmen had gone to some port to sell cargo.

قایقرانان برای فروش بار به بندری رفته بودند۔

While sailing back they caught sight something.

هنگام بازگشت، چیزی توجهشان را جلب کرد۔

By the river-side there seemed to be a hillock of gold.

در کنار رودخانه، تپه‌ای از طلا به نظر می‌رسید۔

Sribatsa had been keeping watch by the river.

سریباتسا در کنار رودخانه نگهبانی می‌داد۔

So he was delighted to see a boat approach him.

بنابراین او از دیدن قایقی که به او نزدیک می‌شد، خوشحال شد۔

Because he fondly imagined his wife might be on board.

چون با علاقه تصور می‌کرد که همسرش ممکن است در این ماجرا همراهش باشد۔

The boatmen went greedily to the hillock of gold.

قایقرانان با حرص و طمع به سمت تپه طلا رفتند۔

Of course Sribatsa told them the gold was his.

البته سریباتسا به آنها گفت که طلا مال اوست۔

But that didn't help Sribatsa very much.

اما این خیلی به سریباتسا کمک نکرد۔

The sailors took him prisoner on the boat.

ملوانان او را در قایق زندانی کردند۔

And they loaded the gold onto their vessel.

و آنها طلا را در کشتی خود بار کردند۔

They happened to imprison him close to the ugly woman.

اتفاقاً او را نزدیک آن زن زشت رو زندانی کردند۔

Of course the husband and wife recognized each other.

البته زن و شوهر همدیگر را می‌شناختند۔

In spite of the change Chintamani had undergone.

علیرغم تغییری که چینتامانی متحمل شده بود۔

And despite their excitement they kept their composure.

و با وجود هیجانشان، خونسردی خود را حفظ کردند۔

And they thought it prudent not to speak to each other.

و آنها فکر کردند که عاقلانه است که با یکدیگر صحبت نکنند۔

Instead they communicated their ideas through gestures.

در عوض، آنها ایده‌های خود را از طریق حرکات و اشارات بیان می‌کردند۔

There is something you should know about the boatmen.

یه چیزی هست که باید در مورد قایقران‌ها بدونی.

These boatmen were very fond of playing at dice.

این قایقرانان علاقه زیادی به بازی تاس داشتند.

Sribatsa appeared to them to be a respectable man.

سریباتسا در نظر آنها مردی محترم به نظر می‌رسید.

So they always asked him to join in the game.

بنابراین آنها همیشه از او می‌خواستند که به بازی بپیوندد.

Sribatsa happened to be an expert dice player.

سریباتسا اتفاقاً یک تاس‌باز ماهر بود.

Despite their efforts he won almost every game.

با وجود تلاش‌هایشان، او تقریباً در هر بازی پیروز شد.

You can imagine how the sailors felt about losing.

می‌توانید تصور کنید که ملوانان از باخت چه احساسی داشتند.

And in jealousy the boatmen threw him overboard.

و قایقرانان از روی حسادت او را به دریا انداختند.

Chintamani saw the men throw her husband overboard.

چینتامانی دید که مردان شوهرش را از کشتی به دریا انداختند.

Fortunately for Sribatsa, his wife had great presence of
mind.

خوشبختانه برای سریباتسا، همسرش حضور ذهن بسیار خوبی داشت.

The boatmen had allowed her a pillow to rest her head.

قایقرانان به او اجازه داده بودند که بالشی برای استراحت سرش بگذارد.

And she simultaneously threw this pillow into the water.

و او همزمان این بالش را به آب انداخت.

Sribatsa was able to grab hold of the pillow.

سریباتسا توانست بالش را محکم بگیرد.

And the pillow helped him float down the stream.

و بالش به او کمک کرد تا در امتداد نهر شناور شود.

Up until nightfall the river carried him downstream.

تا شب، رودخانه او را به پایین دست می‌برد.

At nightfall he arrived at what seemed to be a garden.

شب هنگام به جایی رسید که به نظر باغی می‌آمد.

Because it was dark there was nothing he could do.

چون هوا تاریک بود، کاری از دستش برنمی‌آمد.

So all night he stayed in the garden, cold and wet.

بنابراین تمام شب را در باغ ماند، سرد و خیس.

I should tell you who this garden belonged to.

باید به شما بگویم که این باغ متعلق به چه کسی بوده است.

This was the garden of an old widowed woman.

اینجا باغ یک پیرزن بیوه بود.

This woman used to supply flowers for the king.

این زن قبلاً برای پادشاه گل تهیه می‌کرد.

But one day some blight had come over her garden.

اما یک روز آفتی باغ او را فرا گرفت.

Almost all the trees and plants ceased flowering.

تقریباً تمام درختان و گیاهان از گل‌دهی بازماندند.

She had therefore given up the business she had.

بنابراین، او کسب و کاری را که داشت، رها کرده بود.

And she was no longer the royal flower supplier.

و او دیگر تأمین‌کننده‌ی گل‌های سلطنتی نبود.

However, Sribatsa's arrival had rejuvenated her garden.

با این حال، ورود سریباتسا باغ او را دوباره جوان کرده بود.

She could scarcely believe her eyes in the morning.

صبح به سختی می‌توانست چشمانش را باور کند.

The whole garden was ablaze with flowers again.

دوباره تمام باغ غرق در گل شد.

There was no plant that was not in bloom.

هیچ گیاهی نبود که شکوفه نداشته باشد.

And every tree she had was begemmed with flowers.

و هر درختی که داشت، غرق در گل بود.

She had no way of knowing the cause of the miracle.

او هیچ راهی برای دانستن علت معجزه نداشت.

And so she took a walk through the garden.

و بنابراین او در باغ قدم زد.

But she soon found the cause of all the flowers.

اما خیلی زود علت همه گل‌ها را پیدا کرد.

At the edge of her garden was a cold, wet man.

در حاشیه باغ او مردی سرد و خیس ایستاده بود.

He was shivering and almost dead from hypothermia.

او می‌لرزید و از سرما تقریباً مرده بود.

She immediately brought the man into to her cottage.

او فوراً مرد را به کلبه‌اش برد.

And she lighted a fire to give him some warmth.

و آتشی روشن کرد تا او را گرم کند.

She nursed him and showed him every attention.

از او پرستاری کرد و تمام توجه خود را به او نشان داد.

And she ascribed the miracle to his presence.

و او معجزه را به حضور او نسبت داد.

She made him as comfortable as she could.

او تا جایی که می‌توانست، شرایط راحتی را برای او فراهم کرد.

And then she ran to the king's palace.

و سپس به سمت کاخ پادشاه دوید.

She asked to speak to the king's chief servant.

او درخواست کرد که با رئیس خدمتکاران پادشاه صحبت کند.

And she told him the good fortune she had had.

و از خوش‌شانسی که نصیبش شده بود برایش گفت.

"I can again supply the palace with flowers"

«من دوباره می‌توانم برای کاخ گل تهیه کنم»

Her flowers had been very much missed at the palace.

گل‌هایش در کاخ خیلی کم بودند.

So she was immediately restored to her former position.

بنابراین او بلافاصله به موقعیت قبلی خود بازگردانده شد.

She was again the flower-woman of the royal household.

او دوباره گل‌فروش دربار سلطنتی شده بود.

Sribatsa spent a few more days recovering his health.

سری‌باتسا چند روز دیگر را صرف بهبود سلامتی‌اش کرد.

And eventually he had all his vitality back.

و سرانجام تمام سرزندگی‌اش را بازیافت.

He asked the woman if he could speak with a minister.

او از زن پرسید که آیا می‌تواند با یک کشیش صحبت کند.

So the woman took him to the palace with her.

پس آن زن او را با خود به قصر برد.

One of the king's ministers gave him an appointment.

یکی از وزیران پادشاه به او وقت ملاقات داد.

And he was at once found to be a man of intelligence.

و فوراً مشخص شد که او مرد باهوشی است.

So was offered a position in the king's service.

به همین خاطر، مقامی در خدمت پادشاه به او پیشنهاد شد.

In fact, he was allowed to choose what job he wanted.

در واقع، به او اجازه داده شد تا شغل مورد نظر خود را انتخاب کند.

He asked to be collector of tolls on the river.

او درخواست کرد که عوارض رودخانه را دریافت کند.

The minister was happy to give Sribatsa the job.

وزیر از دادن این شغل به سریباتسا خوشحال بود.

The kingdom needed someone to collect river-tolls.

پادشاهی به کسی نیاز داشت که عوارض رودخانه را جمع‌آوری کند.

And Sribatsa immediately started his new job.

و سریباتسا بلافاصله کار جدیدش را شروع کرد.

It wasn't long before his plan came to fruition.

دیری نپایید که نقشه‌اش نقش بر آب شد.

The boat his wife was on was coming down the river.

قایقی که همسرش سوار آن بود، از رودخانه پایین می‌آمد.

Under the king's authority he detained the boat.

او به دستور پادشاه، قایق را توقیف کرد.

And he charged the boatmen with the theft of gold-bricks.

و قایقرانان را به سرقت خشت‌های طلا متهم کرد.

The king liked the sound of a boat full of gold.

پادشاه از صدای قایقی پر از طلا خوشش می‌آمد.

So the king himself came to the river-side.

پس خود پادشاه به کنار رودخانه آمد.

Even he was amazed by the quantity of gold they had.

حتی او هم از مقدار طلایی که داشتند شگفت‌زده شده بود.

And every gold brick had Sribatsa's inscription.

و هر آجر طلایی کتیبه سریباتسا را داشت.

At the same time he rescued his wife from the boatmen.

در همان زمان او همسرش را از دست قایقرانان نجات داد.

Back on dry land she returned to her previous beauty.

وقتی به خشکی رسید، به زیبایی سابقش بازگشت.

He told the king the story of their misfortune.

او داستان بدبختی خود را برای پادشاه تعریف کرد.

And the king had them as a guest in his palace.

و پادشاه آنها را به عنوان مهمان در کاخ خود پذیرفت.

The king gave them presents of horses and elephants.

پادشاه به آنها اسب و فیل هدیه داد۔

And on the horses and elephants they rode to their country.

و سوار بر اسب و فیل به سوی سرزمین خود تاختند۔

The evil eye of Sani was now turned away from Sribatsa.

حالا دیگر چشم بد سانی از سریباتسا دور شده بود۔

And he again became what he formerly was.

و او دوباره همان کسی شد که قبلاً بود۔

He was again Sribatsa; the Child of Fortune.

او دوباره سریباتسا بود؛ فرزند بخت و اقبال۔

The Boy whom Seven Mothers Suckled
پسری که هفت مادر به او شیر دادند

Once on a time there reigned a king who had seven queens.
روزی روزگاری پادشاهی حکومت می‌کرد که هفت ملکه داشت.
He was very sad, for the seven queens were all barren.
او بسیار غمگین بود، زیرا هفت ملکه همگی نازا بودند.
One day, however, he met a holy mendicant.
با این حال، روزی او با یک درویش مقدس ملاقات کرد.
The holy mendicant told the king about a certain forest.
درویش مقدس از جنگلی خاص برای پادشاه گفت.
In this forest there grew a special kind of tree.
در این جنگل نوع خاصی از درخت رشد می‌کرد.
On a branch of this tree hung seven mangoes.
روی شاخه‌ای از این درخت، هفت انبه آویزان بود.
These mangos could restore the fertilities of his queens.
این انبه‌ها می‌توانستند باروری ملکه‌های او را بازیابی کنند.
But the king had to pluck the mangoes himself.
اما پادشاه مجبور بود خودش انبه‌ها را بچیند.
The king followed the advice of the mendicant.
پادشاه نصیحت درویش را به کار بست.
And he set off to go to the forest with the mango tree.
و او راه افتاد تا با درخت انبه به جنگل برود.
Soon he had found the tree the mendicant spoke of.
خیلی زود درختی را که درویش از آن صحبت می‌کرد، پیدا کرد.
And he plucked the seven mangoes that grew upon one branch.
و هفت انبه را که بر یک شاخه روییده بودند، چید.
He gave a mango to each of the queens to eat.
او به هر یک از ملکه‌ها یک انبه داد تا بخورند.
In a short time the king's heart was filled with joy.
در مدت کوتاهی قلب پادشاه سرشار از شادی شد.
He was told that the seven queens were all with child.
به او گفته شد که هر هفت ملکه باردارند.

One day the king was out hunting.

روزی پادشاه برای شکار بیرون رفته بود.

On his path he saw a young lady of peerless beauty.

در مسیرش، دختر جوانی را دید که زیبایی بی‌نظیری داشت.

He instantly fell in love with the beautiful woman.

او فوراً عاشق آن زن زیبا شد.

And he brought her to his palace, and married her.

و او را به قصر خود آورد و با او ازدواج کرد.

This lady was, however, not a human being.

با این حال، این خانم انسان نبود.

But what this woman was was a Rakshasi.

اما این زن یک راکشاسی بود.

But the king of course did not know this.

اما پادشاه البته این را نمی‌دانست.

The king became dotingly fond of her.

پادشاه به شدت به او علاقه پیدا کرد.

And he did whatever she told him to do.

و هر کاری که او به او گفته بود را انجام داد.

One day she made a very particular request of the king.

روزی او درخواست بسیار ویژه‌ای از پادشاه کرد.

"You say that you love me more than anyone else"

«تو می‌گویی که مرا بیشتر از هر کس دیگری دوست داری»

"Let me see whether you really love me as much as you say"

«بذار ببینم واقعاً اونقدر که میگی دوستم داری یا نه؟»

"If you love me, make your seven other queens blind"

«اگر مرا دوست داری، هفت ملکه‌ی دیگرت را کور کن»

"And once they are blind, let them be killed"

«و چون کور شدند، بگذار کشته شوند»

The king became very sad at the terrible request.

پادشاه از این درخواست وحشتناک بسیار غمگین شد.

He was especially sad because the queens were all pregnant.

او به خصوص ناراحت بود زیرا ملکه‌ها همگی باردار بودند.

But he had no choice but to comply with her request.

اما چاره‌ای جز اجابت خواسته‌ی او نداشت.

The eyes of the queens were plucked out of their sockets.

چشمان ملکه‌ها از حدقه بیرون کشیده شد.

And the queens were delivered up to the chief minister.

و ملکه‌ها به وزیر اعظم تحویل داده شدند.

It was up to the chief minister to destroy the queens.

نابودی ملکه‌ها به عهده‌ی وزیر اعظم بود.

But the chief minister was a merciful man.

اما وزیر اعظم مرد مهربانی بود.

In the side of the hill there was secret a cave.

در کنار تپه، غاری مخفی وجود داشت.

Instead of killing the queens, the minister hid them.

وزیر به جای کشتن ملکه‌ها، آنها را پنهان کرد.

In course of time the eldest of the seven queens gave birth.

با گذشت زمان، بزرگترین ملکه از بین هفت ملکه، فرزندی به دنیا آورد.

"What shall I do with the child," said she.

«او گفت»: با این بچه چه کار کنم؟

"We are blind and are dying for want of food."

«ما کور هستیم و از گرسنگی داریم می‌میریم.»

"Let me kill the child," she proposed.

«او پیشنهاد داد»: بگذار بچه را بکشم.

"Let us all eat of the child's flesh," she added.

«او اضافه کرد»: بیایید همه از گوشت کودک بخوریم.

Just as she said she would, she killed the infant.

همانطور که گفته بود، نوزاد را کشت.

She gave to each of her sister-queens a part of the child.

او به هر یک از خواهران ملکه‌اش بخشی از کودک را داد.

And the sister queens ate their part of the child.

و ملکه‌های خواهر سهم خود را از کودک خوردند.

But the youngest queen did not eat her share.

اما جوانترین ملکه سهم خود را نخورد.

Instead, she laid her part of the child beside her.

در عوض، او قسمتی از بدن کودک را کنار خود گذاشت.

In a few days the second queen also was delivered of a child.

چند روز بعد، ملکه دوم نیز فرزندی به دنیا آورد.

She did with her child as her eldest sister had done with
hers.

او با فرزندش همانطور رفتار کرد که خواهر بزرگترش با فرزند خودش
رفتار کرده بود.

So did the third, the fourth, the fifth, and the sixth queen.

ملکه سوم، چهارم، پنجم و ششم نیز چنین کردند.

Eventually the seventh queen gave birth to a son.

سرانجام ملکه هفتم پسری به دنیا آورد.

But she did not follow the example of her sister-queens.

اما او از الگوی خواهران ملکه‌اش پیروی نکرد.

Instead, she resolved to raise the child.

در عوض، او تصمیم گرفت که بچه را بزرگ کند.

The other queens demanded their portions of the newly-
born.

ملکه‌های دیگر سهم خود را از نوزاد تازه متولد شده مطالبه کردند.

But she still had the portions she had not eaten.

اما هنوز تکه‌هایی از غذا را که نخورده بود، داشت.

And she gave her sister-queens back their children's parts.

و او اعضای بدن فرزندانشان را به ملکه‌های خواهرش پس داد.

The other queens at once perceived that their portions were
dry.

ملکه‌های دیگر فوراً متوجه شدند که سهم آنها خشک شده است.

Therefore the parts could not be of the newly born child.

بنابراین، آن اجزا نمی‌توانستند متعلق به کودک تازه متولد شده باشند.

"I have decided not to kill me child," she explained.

«او توضیح داد» :تصمیم گرفته‌ام فرزندم را نکشم.

"I will not eat him, but try to raise him instead"

«من او را نمی‌خورم، بلکه سعی می‌کنم او را بزرگ کنم.»

The others were glad to hear this news.

بقیه هم از شنیدن این خبر خوشحال شدند.

They all said that they would help her in nursing the child.

همه آنها گفتند که در شیر دادن به بچه به او کمک خواهند کرد.

And so the child was suckled by seven mothers.

و بدین ترتیب کودک توسط هفت مادر شیر خورد.

And the child became the hardiest and strongest boy that
ever lived.

و آن کودک، سرسخت‌ترین و قوی‌ترین پسری شد که تا به حال زیسته
است.

In the meantime the Rakshasi-queen was doing infinite
mischief.

در این میان، ملکه راکشاسی مشغول شرارت‌های بی‌پایان بود.

And she got the royal household into all sorts of trouble.

و او خاندان سلطنتی را به انواع دردسرها انداخت.

What she ate at the royal table did not fill her capacious stomach.

آنچه او بر سر سفره سلطنتی می‌خورد، شکم پهناورش را سیر نمی‌کرد.

She therefore, in the darkness of night, went hunting.

بنابر این، او در تاریکی شب، به شکار رفت.

Gradually she ate up all the members of the royal family.

کم کم او تمام اعضای خانواده سلطنتی را خورد.

She ate all the king's servants, and his attendants.

او تمام خدمتکاران و درباریان پادشاه را خورد.

She ate all his horses, elephants, and cattle.

او تمام اسب‌ها، فیل‌ها و گاوهای او را خورد.

And eventually only her royal consort and the king were left.

و در نهایت تنها همسر سلطنتی او و پادشاه باقی ماندند.

After that she used to go out in the evenings into the city.

بعد از آن، او عصرها به شهر می‌رفت.

And she ate up stray human beings wherever she found any.

و هر جا که انسان‌های ولگرد را می‌یافت، آنها را می‌خورد.

The king was left without any servants.

پادشاه بدون هیچ خدمتکاری ماند.

There was no person left to cook for him.

دیگر کسی نمانده بود که برایش غذا بپزد.

Because no one would accept this job.

چون هیچ‌کس این شغل را قبول نمی‌کرد.

But at last someone volunteered their services.

اما بالاخره یکی داوطلب شد و خدماتش را ارائه داد.

The boy who had been suckled by seven mothers.

پسری که هفت مادر او را شیر داده بودند.

He had now grown up to be a stalwart youth.

او حالا بزرگ شده و جوانی شجاع و باراده شده بود.

He attended on the king and prepared his food.

او در خدمت پادشاه بود و غذایش را آماده می‌کرد.

But he took every care while with the queen.

اما او در مدت اقامتش در کنار ملکه، نهایت دقت و توجه را به خرج می‌داد.

And he made sure that she did not swallow him up.

و مطمئن شد که او او را نبلعد.

The Rakshasi-queen seized her victims only at night.

ملکه راکشاسی قربانیان خود را فقط شب‌ها می‌گرفت.

So the boy he went home long before nightfall.

بنابراین پسر خیلی قبل از غروب به خانه رفت.

So she had to find another way to get rid of the boy.

بنابراین او مجبور شد راه دیگری برای خلاص شدن از شر پسر پیدا کند.

The boy always boasted that he could do any work.

پسر همیشه به این می‌بالد که می‌تواند هر کاری را انجام دهد.

So the queen invented a disease for herself.

بنابراین ملکه برای خودش یک بیماری اختراع کرد.

She said that there was a cure for her disease.

او گفت که برای بیماری‌اش درمانی وجود دارد.

But she said the cure was not easy to get.

اما او گفت که تهیه این درمان آسان نیست.

This made the boy even more interested in the task.

این باعث شد پسرک به کار بیشتر علاقه نشان دهد.

She said there was a melon which cured her disease.

او گفت که خربزه‌ای وجود دارد که بیماری‌اش را درمان می‌کند.

The melon was twelve cubits in length.

طول خربزه دوازده ذراع بود.

But the stone of the lemon was thirteen cubits long.

اما سنگ لیمو سیزده ذراع طول داشت.

The fruit could only be gotten from her mother.

میوه را فقط می‌توانست از مادرش بگیرد.

And her mother lived on the other side of the ocean.

و مادرش در آن سوی اقیانوس زندگی می‌کرد.

She gave him a letter of introduction to her mother.

او نامه‌ای برای معرفی مادرش به او داد.

But actually the note told her to eat the boy.

اما در واقع یادداشت به او گفته بود که پسر را بخورد.

The boy had suspected there was some foul play.

پسرک شک کرده بود که یک ماجرای کثیفی در جریان است.

So he tore up the letter and proceeded on his journey.

بنابراین نامه را پاره کرد و به سفرش ادامه داد.

The dauntless youth passed through many lands.

جوان بی‌باک از سرزمین‌های بسیاری گذشت.

After much travel he stood on the shore of the ocean.

پس از سفر بسیار، او در ساحل اقیانوس ایستاده بود.

On the other side of the ocean was the country of the Rakshasis.

در آن سوی اقیانوس، سرزمین راکشاسی‌ها قرار داشت.

He then bawled as loud as he could, and said;

سپس با تمام توانش فریاد زد و گفت؛

"Granny! granny! come and save your daughter"

«مادربزرگ. مادربزرگ. بیا و دخترت را نجات بده»

"Your daughter, my mother, is dangerously ill"

«دخترت، مادرم، به شدت بیمار است»

On the other side of the ocean an old Rakshasi heard him.

در آن سوی اقیانوس، راکشاسی پیری صدای او را شنید.

The old Rakshasi crossed the ocean to the boy.

راکشاسی پیر از اقیانوس گذشت و به سوی پسر آمد.

The boy told her the message of the queen.

پسر پیام ملکه را به او گفت.

And the Rakshasi took the boy on her back.

و راکشاسی پسر را بر پشت خود گرفت.

She re-crossed the ocean to the land of the Rakshasi.

او دوباره از اقیانوس عبور کرد و به سرزمین راکشاسی رسید.

And the boy was at once given the medicinal melon.

و بلافاصله به پسر بچه خربزه دارویی داده شد.

The Rakshasi told him to hurry back to her daughter.

راکشاسی به او گفت که عجله کند و پیش دخترش برگردد.

But the boy said he was too tired to keep travelling.

اما پسرک گفت که برای ادامه سفر خیلی خسته است.

And he begged to be allowed to rest one day.

و التماس می‌کرد که اجازه دهند یک روز استراحت کند.

The old Rakshasi consented to her grandson's wishes.

راکشاسی پیر به خواسته نوه‌اش رضایت داد.

The boy noticed interesting things in the Rakshasi's room.

پسر متوجه چیزهای جالبی در اتاق راکشاسی شد.

There was a stout club and a rope hanging in the room.

یک چماق محکم و یک طناب در اتاق آویزان بود.

The boy inquired what the stout club and rope were for.

پسر پرسید که این چوبدستی و طناب محکم برای چیست.

"Child, with that club and rope I cross the ocean"

«پسرم، با آن چوب و طناب از اقیانوس عبور می‌کنم»

"One just has to take the club and the rope in his hands"

«فقط باید چوب و طناب را در دست گرفت»

"And then you have to say the following magical words:"

«و بعد باید کلمات جادویی زیر را بگویی:»

"O stout club! O strong rope!"

«ای گرز محکم. ای ریسمان محکم.»

"Take me at once to the other side"

«فوراً مرا به آن طرف ببر»

"Then they will take him to the other side of the ocean"

«سپس او را به آن سوی اقیانوس خواهند برد»

The boy noticed another interesting thing in the room.

پسر متوجه چیز جالب دیگری در اتاق شد.

There was a bird in a cage in the corner of the room.

پرنده‌ای در قفسی در گوشه‌ی اتاق بود.

The boy also wanted to know what this bird was for.

پسر همچنین می‌خواست بداند که این پرنده برای چیست.

"The bird contains a secret, my child"

«پرنده رازی در خود دارد، فرزندم»

"But that secret must not be disclosed to mortals"

«اما آن راز نباید برای فانیان فاش شود»

"But how can I hide this secret from my own grandchild?"

«اما چطور می‌توانم این راز را از نوه‌ام پنهان کنم؟»

"That bird, child, contains the life of your mother.

«آن پرنده، فرزندم، زندگی مادرت را در خود جای داده است.»

"If the bird is killed, your mother will at once die"

«اگر پرنده کشته شود، مادرت فوراً خواهد مرد.»

Armed with these secrets, the boy went to bed that night.

پسرک با در دست داشتن این اسرار، آن شب به رختخواب رفت.

Next morning the old Rakshasi went to distant countries.

صبح روز بعد، راکشاسی پیر به سرزمین‌های دوردست رفت.

Together with all the other Rakshasis, she went to forage.

او به همراه سایر راکشاسی‌ها به دنبال غذا رفت.

The boy took down the bird-cage from the ceiling.

پسرک قفس پرنده را از سقف پایین آورد.

And the boy took the club and the rope.

و پسرک چوب و طناب را برداشت.

And then he spoke the magic words to the club and rope.

و سپس کلمات جادویی را به چوب و طناب گفت.

"O stout club! O strong rope!"

«ای گرز محکم. ای ریسمان محکم.»

"Take me at once to the other side"

«فوراً مرا به آن طرف ببر»

In the twinkling of an eye the boy was put on this side of the ocean.

در یک چشم به هم زدن، پسرک به این سوی اقیانوس منتقل شد.

He then retraced his steps, back to the queen.

سپس او راهش را برگشت و به سمت ملکه برگشت.

To her astonishment he really had the medicinal lemon.

در کمال تعجب، او واقعاً لیموی دارویی را داشت.

But the bird in the cage he kept carefully concealed.

اما پرنده را در قفس با دقت پنهان کرده بود.

In the course of time the people of the city came to the king.

پس از مدتی، مردم شهر نزد پادشاه آمدند.

And they told the king of their troubles.

و آنها مشکلات خود را برای پادشاه تعریف کردند.

"A monstrous bird comes from the palace every evening"

«هر شب پرنده‌ای هیولاوار از قصر می‌آید»

"The bird seizes the people in the streets"

«پرنده مردم را در خیابان‌ها می‌گیرد»

"And the bird swallows the people up whole"

«و پرنده مردم را کاملاً می‌بلعد»

"This has been going on for a long time"

«این مدت زیادی است که ادامه دارد»

"And now the city has become almost desolate"

«و حالا شهر تقریباً متروکه شده است»

The king did not know what this monstrous bird was.

پادشاه نمی‌دانست این پرنده‌ی هیولایی چیست.

But the king's servant, the boy, said he knew.

اما خدمتکار پادشاه، پسر، گفت که می‌داند.

"I will kill the monstrous bird," he offered.

«او پیشنهاد داد» :من آن پرنده‌ی هیولاوار را خواهم کشت.

"But the queen has to stand beside us," he added.

«او اضافه کرد» :اما ملکه باید در کنار ما بایستد.

The king saw no reason to object to the proposal.

شاه دلیلی برای مخالفت با این پیشنهاد نمی‌دید.

And so the queen was made to stand beside the king.

و بنابراین ملکه مجبور شد در کنار پادشاه بایستد.

The boy then took the bird out from its cage.

سپس پسر پرنده را از قفسش بیرون آورد.

On seeing the bird she fell into a fainting fit.

با دیدن پرنده، غش کرد.

Then the boy turned to the king, and spoke.

سپس پسر رو به پادشاه کرد و صحبت کرد.

"King, you will soon perceive who the monstrous bird is"

«ای پادشاه، به زودی خواهی فهمید که آن پرنده‌ی هیولایی کیست.»

"You will see what devours your people every evening"

«خواهی دید چه چیزی هر شامگاه قوم تو را می‌بلعد»

"I tear off each limb of this bird"

«من تک تک اعضای این پرنده را جدا می‌کنم»

"The corresponding limb of the man-eater will fall off"

«اندام مربوط به آدمخوار خواهد افتاد»

The boy then tore off one leg of the bird in his hand.

سپس پسر یک پای پرنده‌ای را که در دست داشت، کند.

All assembled were astonished at what happened next.

همه کسانی که آنجا بودند از آنچه که بعداً اتفاق افتاد، شگفت‌زده شدند.

One of the legs of the queen fell off.

یکی از پاهای ملکه افتاد.

Then the boy squeezed the throat of the bird.

سپس پسرک گلوی پرنده را فشرد۔

And as he squeezed the bird, the queen gave up the ghost.

و همین که پرنده را فشرد، ملکه جان باخت۔

The boy then retold his history to the king.

سپس پسر داستان خود را برای پادشاه تعریف کرد۔

"You used to have seven barren wives"

«تو قبلاً هفت زن نازا داشتی»

"To treat their barrenness, you gave them each a mango"

«برای درمان نازایی‌شان، به هر کدامشان یک انبه دادی»

"And each of your wives fell pregnant with a child"

«و هر یک از همسرانتان باردار شدند»

"However, you then married an eighth wife"

«با این حال، تو سپس با همسر هشتم ازدواج کردی»

"This wife ordered you to blind your other wives"

«این زن به تو دستور داد که زنان دیگرت را کور کنی»

"And she ordered you to have your other wives killed"

«و او به شما دستور داد که همسران دیگرتان را بکشید۔»

"Your minister blinded your seven wives"

«وزیرتان هفت همسر شما را کور کرد»

"But he was too good hearted to kill your wives"

«اما او آنقدر خوش‌قلب بود که حاضر نشد همسران شما را بکشد۔»

"Your seven wives were taken to a hiding place"

«هفت همسرت را به مخفیگاه بردند»

"And in this hiding place they each gave birth"

«و در این مخفیگاه، هر کدام زایمان کردند»

"But they were forced to eat their newly born children"

«اما آنها مجبور شدند فرزندان تازه متولد شده خود را بخورند»

"Only my mother did not let me be eaten"

«فقط مادرم نگذاشت مرا بخورند»

"Instead, I was suckled by seven mothers"

«در عوض، هفت مادر مرا شیر دادند»

"And I grew up strong and capable"

«و من قوی و توانمند بزرگ شدم»

"Eventually I came to work in your palace"

«بالاخره اومدم تو قصرت کار کنم»

"Your wife, my stepmother, sent me on a mission"

«همسرت، نامادری‌ام، مرا به مأموریت فرستاده است.»

"She sent me to her mother for a medicine"

«او مرا برای گرفتن دارو پیش مادرش فرستاد»

"However, her mother was a Rakshasi"

«با این حال، مادرش یک راکشاسی بود»

"From her I found the secret of your wife's life"

«از او راز زندگی همسرت را یافتم»

"And so I brought the bird that held your wife's life"

«و بنابراین من پرنده‌ای را که جان همسرت را در دست داشت، آوردم.»

The king had listened to the story his son told him.

پادشاه به داستانی که پسرش برایش تعریف کرده بود گوش داده بود.

The seven queens were brought back to the palace.

هفت ملکه به قصر بازگردانده شدند.

And their eyes were miraculously restored.

و چشمان آنها به طرز معجزه آسایی ترمیم شد.

The boy that was suckled by seven mothers was crowned.

پسری که هفت مادر او را شیر داده بودند، تاجگذاری کرد.

And he was recognized by the king as his rightful heir.

و او توسط پادشاه به عنوان وارث قانونی خود شناخته شد.

And they lived together happily.

و آنها با خوشحالی در کنار هم زندگی کردند.

The Story of Prince Sobur
داستان شاهزاده صبور

Once upon a time there lived a merchant.

روزی روزگاری یک تاجر زندگی می‌کرد۔

This merchant had seven daughters.

این تاجر هفت دختر داشت۔

One day the merchant asked them a question.

روزی تاجر از آنها سوالی پرسید۔

"From whose fortune do you live?"

«از ثروت چه کسی امرار معاش می‌کنی؟»

The eldest daughter answered first.

دختر بزرگتر اول جواب داد۔

"Papa, I live from your fortune"

«بابا، من از ثروت تو زندگی می‌کنم»

The second daughter gave the same answer.

دختر دوم هم همین جواب را داد۔

The same answer was given by the third daughter.

دختر سوم هم همین جواب را داد۔

His fourth daughter also lived from his fortune.

دختر چهارمش نیز از ثروت او امرار معاش می‌کرد۔

His fifth daughter was no different.

دختر پنجمش هم فرقی نداشت۔

And his sixth daughter was like the rest.

و دختر ششمش هم مثل بقیه بود۔

But his youngest daughter surprised him.

اما کوچکترین دخترش او را غافلگیر کرد۔

She had a very different answer.

او پاسخ بسیار متفاوتی داشت۔

"I live from my own fortune"

«من از بخت خودم زندگی می‌کنم»

He did not like this answer.

از این جواب خوشش نیامد۔

Her answer made the merchant very angry.

جواب او تاجر را بسیار عصبانی کرد۔

"You are very ungrateful," he told her.

«به او گفت» :تو خیلی ناسپاس هستی۔

"See how well you do on your own"

«ببین چقدر خوب از پس خودت برمی‌آیی»

"I am kicking you out of my house"

«تو را از خانه‌ام بیرون می‌اندازم»

"You will not have a rupee in your pocket"

«یک روپیه هم در جیبت نخواهی داشت»

He called his palanquins to come.

او به پالانکین‌هایش زنگ زد تا بیایند۔

And he ordered them to take the girl away.

و دستور داد دختر را ببرند۔

"Leave her in the midst of a forest"

«او را در میان جنگل رها کنید»

The girl begged to be allowed one thing.

دختر التماس می‌کرد که یک چیز به او اجازه داده شود۔

"Please let me take my work-box"

«لطفاً اجازه دهید جعبه کارم را بردارم»

"In the box are my needles and threads"

«نخ‌ها و سوزن‌های من توی جعبه است»

Her father allowed her to take her box.

پدرش به او اجازه داد تا جعبه‌اش را بردارد۔

She got into the seat of the palanquins.

او روی صندلی‌های تخت روان نشست۔

And the bearers lifted her up.

و حاملان او را بلند کردند۔

And they put her onto their shoulders.

و او را بر دوش خود گذاشتند۔

As the bearers ran they chanted.

همچنان که حاملان می‌دویدند، شعار می‌دادند۔

"Hoon! Hoon! Hoon! Hoon! Hoon!"

"هون۔ هون۔ هون۔ هون۔ هون۔"

But they didn't get very far.

اما خیلی پیش نرفتند۔

An old woman stood in their way.

پیرزنی سر راهشان ایستاده بود۔

She came up to the carriage.

او به سمت کالسکه آمد.

"Where are you taking my daughter?"

»دخترم را کجا می‌بری؟«

She was the maid of the child.

او کنیز آن کودک بود.

"We have been given orders by the merchant"

»از تاجر به ما دستور داده شده است«

"He told us to take her away"

»به ما گفت او را ببریم«

"We will leave her in a forest"

»ما او را در جنگلی رها خواهیم کرد«

"We are going to do his bidding"

»ما قرار است به خواسته‌ی او عمل کنیم«

"I must go with her," said the old woman.

»پیرزن گفت« :من باید با او بروم.

But the bearers were not sure.

اما حاملان مطمئن نبودند.

Bearers run when they carry a sedan chair.

باربرها وقتی یک صندلی سدان را حمل می‌کنند، می‌دوند.

"How will you be able to keep pace with us?"

»چطور می‌توانی با ما همگام باشی؟«

The old woman was not deterred.

پیرزن دلسرد نشد.

"It does not matter how I do it"

» مهم نیست چطور انجامش بدم«

"I must go where my daughter goes"

»من هم باید جایی بروم که دخترم می‌رود«

The youngest daughter begged the bearers.

دختر کوچک‌تر از حاملان گل التماس می‌کرد.

"Please carry my mother with me"

»لطفاً مادرم را با من ببر«

And the bearers gracefully agreed.

و حاملان با کمال میل موافقت کردند.

They carried mother and child to the forest.

آنها مادر و فرزند را به جنگل بردند.

"Hoon! Hoon! Hoon! Hoon! Hoon!"

"هون۔ هون۔ هون۔ هون۔ هون۔"

In the afternoon they reached a dense forest.

بعد از ظهر به جنگلی انبوه رسیدند۔

They went deeper and deeper into the forest.

آنها عمیق تر و عمیق تر به درون جنگل رفتند۔

Towards sunset they reached their goal.

نزدیک غروب آفتاب به هدفشان رسیدند۔

They stopped at the foot of an old tree.

آنها پای درخت کهنسال توقف کردند۔

They lowered the girl and the old woman.

دختر و پیرزن را پایین آوردند۔

And they left them in the forest.

و آنها را در جنگل رها کردند۔

Then they retraced their steps home.

سپس آنها راه خانه را در پیش گرفتند۔

The merchant's youngest daughter looked around.

دختر کوچک تاجر به اطراف نگاه کرد۔

You would not have wanted to be in her shoes.

دلت نمی‌خواست جای او باشی۔

Her situation was truly pitiable.

وضعیت او واقعاً رقت‌انگیز بود۔

She was hardly fourteen years old.

او به سختی چهارده سال داشت۔

She had grown up in luxury.

او در ناز و نعمت بزرگ شده بود۔

But now there was no luxury for her.

اما حالا دیگر هیچ تجملاتی برایش وجود نداشت۔

She was in the heart of a dark forest.

او در قلب یک جنگل تاریک بود۔

She had not a rupee in her pocket.

او یک روپیه هم در جیبش نداشت۔

And she had nothing for protection.

و او هیچ چیزی برای محافظت نداشت۔

Nothing except an old, decrepit, woman.

هیچ چیز جز یک زن پیر و فرتوت۔

Even the trees of the forest pitied her.

حتی درختان جنگل هم به حالش دل سوز اندند۔

The young girl and old woman sat together.

دختر جوان و پیرزن کنار هم نشسته بودند۔

They were at the foot of an old tree.

آنها پای یک درخت کهنسال بودند۔

And together they cried over their situation.

و با هم بر وضعیت خود گریه کردند۔

I should say this all happened long ago.

باید بگم که همه اینها خیلی وقت پیش اتفاق افتاده۔

In these times the trees could talk.

در این زمان‌ها درختان می‌توانستند صحبت کنند۔

And the old tree spoke to the girl.

و درخت پیر با دختر صحبت کرد۔

"Unhappy women, I much pity you"

«ای زنان ناراضی، دلم برایتان خیلی می‌سوزد»

"There are wild beasts in this forest"

«در این جنگل حیوانات وحشی وجود دارند»

"Soon they will come out of their lairs"

«به زودی از لانه‌هایشان بیرون خواهند آمد»

"They will roam about for prey"

«آنها برای شکار پرسه خواهند زد»

"And they are sure to devour you two"

«و آنها قطعاً شما دو نفر را خواهند خورد»

"But I can help you, if you want"

«اما اگر بخواهی می‌توانم کمکت کنم»

"I will make an opening for you"

«من برایت جایی باز می‌کنم»

"When you see the opening, go into it"

«وقتی روزنه را دیدی، به درون آن برو»

"And then I will close the opening up"

«و بعد من بحث را تمام می‌کنم»

"As long as you are in me you'll be safe"

«تا زمانی که در من هستی، در امان خواهی بود»

"This way the wild beasts can't touch you"

«اینجوری حیوونای وحشی نمی‌تونن بهت آسیبی برسونن»

And then the tree split itself in two.

و سپس درخت خود را به دو نیم کرد.

The two women went inside the tree.

آن دو زن به داخل درخت رفتند.

And the old tree resumed its natural shape.

و درخت پیر شکل طبیعی خود را از سر گرفت.

The shade of night darkened the forest.

سایه شب، جنگل را تاریک کرده بود.

Everything the tree had said was true.

هر چه درخت گفته بود، راست بود.

The wild beasts came out of their lairs.

حیوانات وحشی از لانه‌هایشان بیرون آمدند.

The fierce tiger came out at night.

ببر خشمگین شب هنگام بیرون آمد.

The wild bear left his lair.

خرس وحشی لانه‌اش را ترک کرد.

The rhinoceros roamed the forest.

کرگدن‌ها در جنگل پرسه می‌زدند.

The bushy bear was there that night.

خرس پشمالو آن شب آنجا بود.

The great elephant could be heard.

صدای فیل بزرگ به گوش می‌رسید.

And there was the horned buffalo.

و بوفالوی شاخدار هم آنجا بود.

They all growled as they circled the tree.

همه آنها در حالی که دور درخت حلقه زده بودند، غرغر کردند.

They had gotten the scent of human blood.

بوی خون انسان به مشامشان رسیده بود.

They could hear the growls of the beasts.

آنها می‌توانستند صدای غرش حیوانات را بشنوند.

The beasts came dashing against the tree.

حیوانات به سرعت به درخت حمله کردند.

They broke the old tree's branches.

شاخه‌های درخت پیر را شکستند.

Their horns pierced the tree's trunk.

شاخه‌هایشان تنه درخت را سوراخ کرده بود.

They scratched its bark with their claws.

آنها پوست درخت را با چنگال‌هایشان خراشیدند.

But all their efforts were in vain.

اما تمام تلاش آنها بی‌نتیجه ماند.

The girl and woman were safe in the tree.

دختر و زن در درخت در امان بودند.

Towards dawn the wild beasts went away.

نزدیک سپیده دم، حیوانات وحشی رفتند.

After sunrise the good tree spoke again.

پس از طلوع آفتاب، درخت خوب دوباره صحبت کرد.

"The wild beasts have gone back"

«حیوانات وحشی برگشته‌اند»

"They are in their lairs again"

«آنها دوباره در لانه‌هایشان هستند»

"But they did their best to torment me"

«اما آنها تمام تلاششان را کردند تا مرا عذاب دهند»

"The sun has risen up again"

«خورشید دوباره طلوع کرده است»

"So you can come out now"

«پس حالا می‌تونی بیای بیرون»

The tree split itself into two again.

درخت دوباره به دو نیم تقسیم شد.

The girl and the old woman came out.

دختر و پیرزن بیرون آمدند.

They saw the extent of the damage.

آنها عمق فاجعه را دیدند.

The tree's branches had been broken off.

شاخه‌های درخت شکسته شده بود.

The tree's trunk had been pierced.

تنه درخت سوراخ شده بود.

The bark had been stripped off.

پوست درخت کنده شده بود.

"Good mother, we thank you"

«مادر خوب، از تو سپاسگزاریم»

"You have been very kind to us"

«شما با ما خیلی مهربان بوده‌اید»

"You gave us shelter from the beasts"

«تو به ما از حیوانات پناه دادی»

"But it was at a great cost to yourself"

«اما این برای خودت هزینه زیادی داشت»

"You have many wounds from the wilds beasts"

«تو زخم‌های زیادی از حیوانات وحشی خورده‌ای»

"You must be in great pain?"

«حتماً خیلی درد می‌کشی؟»

Close by there was a flowing river.

در نزدیکی آن رودخانه‌ای روان بود.

The young girl went to the river bank.

دختر جوان به کنار رودخانه رفت.

At the bank of the river she found mud.

در کنار رودخانه، گِل پیدا کرد.

She covered the tree with the mud.

او درخت را با گِل پوشاند.

She especially covered the damaged parts.

او مخصوصاً قسمت‌های آسیب‌دیده را پوشاند.

The tree thanked her for the treatment.

درخت از او به خاطر این درمان تشکر کرد.

"My good girl, I thank you"

«دختر خوبم، از تو ممنونم»

"I am greatly relieved of my pain"

«از درد و رنجم به شدت رهایی یافته‌ام»

"I am, however, more concerned for you"

«با این حال، من بیشتر نگران شما هستم»

"You must be hungry"

«حتماً گرسنه‌ای»

"You have not eaten since yesterday"

«از دیروز تا حالا چیزی نخورده‌ای»

"But what can I give you?"

«اما من چه می‌توانم به تو بدهم؟»

"I have no fruit of my own"

«من از خودم میوه‌ای ندارم»

"But I do have some advice"

«اما من چند توصیه دارم»

"Give the old woman whatever money you have"

«هر چه پول داری به پیرزن بده»

"Let her go into the city"

«بگذارید به شهر برود»

"In the city she can buy some food"

«در شهر او می‌تواند مقداری غذا بخرد»

They explained their situation to the tree.

آنها وضعیت خود را برای درخت توضیح دادند.

"We have been sent out with no money"

«ما را بدون پول بیرون فرستاده‌اند»

But she searched through her work-box anyway.

اما او به هر حال در جعبه کارش جستجو کرد.

And in the box she found five cowries.

و در جعبه پنج گاو پیدا کرد.

The tree continued to give its advice.

درخت همچنان نصیحت می‌کرد.

"Go with your cowries to the city"

«با گاوهایتان به شهر بروید»

"Use the cowries to buy some fried rice"

«از گاوفروشی‌ها برای خرید برنج سرخ‌شده استفاده کنید»

So the old woman went to the city.

پس پیرزن به شهر رفت.

Fortunately the city was not far away.

خوشبختانه شهر خیلی دور نبود.

She went to the first shopkeeper she found.

او به سراغ اولین مغازه‌داری که پیدا کرد رفت.

"Please give me five cowries worth of rice"

«لطفاً به من پنج گوری برنج بدهید»

The shopkeeper laughed at her.

مغازه‌دار به او خندید.

"Where can rice be had for five cowries?"

«کجا می‌توان برنج را با پنج گوری تهیه کرد؟»

"Be off, you old hag," he told her.

«به او گفت» :برو، عجوزه پیر.

So she tried to barter at another shop.

بنابراین او سعی کرد در مغازه دیگری معامله پایاپای انجام دهد.

This shopkeeper could see her distress.

این مغازه‌دار می‌توانست پریشانی او را ببیند.

And the shopkeeper took pity on her.

و مغازه‌دار دلش به حالش سوخت.

She gave her a large quantity of rice.

او مقدار زیادی برنج به او داد.

The old woman returned with the rice.

پیرزن با برنج برگشت.

And the tree gave further instructions.

و درخت دستورالعمل‌های بیشتری داد.

“Eat less than half of the rice”

«کمتر از نصف برنج بخورید»

“Go to the embankments of the river bank”

«به خاکریزهای کنار رودخانه بروید»

“Cast the remaining rice on the river bank”

«برنج باقی‌مانده را در ساحل رودخانه بریزید»

They did not understand the sense of it.

آنها معنی آن را نفهمیدند.

“Why sow the riverbank with rice?”

«چرا کنار رودخانه برنج بکاریم؟»

But they did as they were advised.

اما آنها طبق توصیه‌ای که به آنها شده بود عمل کردند.

And they threw their rice onto the ground.

و برنجشان را روی زمین ریختند.

They spent the day lamenting their fate.

آنها تمام روز را با سوگواری برای سرنوشت خود گذراندند.

Just as before the beasts came out at night.

درست مثل سابق که حیوانات شب‌ها بیرون می‌آمدند.

The tree housed them inside of its trunk again.

درخت دوباره آنها را درون تنه خود جای داد.

Again they mutilated and tortured the tree.

دوباره درخت را مثله و شکنجه کردند.

But that night something else happened.

اما آن شب اتفاق دیگری افتاد.

The women only saw it the next day.

زنان فقط روز بعد آن را دیدند.

The rice had attracted hundreds of peacocks.

برنج صدها طاووس را به خود جذب کرده بود.

The peacocks competed for the rice.

طاووس‌ها برای برنج با هم رقابت می‌کردند.

And their feathers fell on the floor.

و پرهایشان روی زمین ریخت.

The tree had known what would happen.

درخت می‌دانست چه اتفاقی خواهد افتاد.

And the tree advised them what to do next.

و درخت به آنها توصیه کرد که در مرحله بعد چه کاری انجام دهند.

"Go back to the bank of the river"

«به ساحل رودخانه برگردید»

"Go to where you cast the rice"

«برو به جایی که برنج می‌ریزی»

"There you will see many feathers"

«در آنجا پرهای زیادی خواهی دید»

"Collect all the feathers you can find"

«تمام پرهایی را که می‌توانید پیدا کنید، جمع کنید»

"Use the feathers to make a beautiful fan"

«با پرها یک بادبزن زیبا بسازید»

"And take the feather-fan to the city"

«و بادبزن پردار را به شهر ببر»

The two women did as they were advised.

آن دو زن طبق توصیه عمل کردند.

It was good the girl had taken her work-box.

خوب شد که دختر جعبه کارش را برداشته بود.

In her work-box was some string.

در جعبه کارش مقداری نخ بود.

The tied the feathers together.

پرها را به هم گره زد.

And she had made a fan from the feathers.

و او از پرها یک بادبزن درست کرده بود.

She took the feather fan to the city.

او بادبزن پردار را به شهر برد.

The son of the king happened to be there.

اتفاقاً پسر پادشاه آنجا بود.

He admired the feathers greatly.

او پرها را بسیار تحسین کرد.

He paid a large sum of money for the feathers.

او مبلغ هنگفتی برای پرها پرداخت کرد.

Each morning a quantity of feathers was collected.

هر روز صبح مقداری پر جمع آوری می شد.

And each day a feather fan was made and sold.

و هر روز یک بادبزن پَر ساخته و فروخته می‌شد.

Within a short time the two women got rich.

در مدت کوتاهی آن دو زن ثروتمند شدند.

The tree then advised them to build a house.

سپس درخت به آنها توصیه کرد که خانه‌ای بسازند.

“Employ men to burn bricks for you”

«مردانی را استخدام کنید تا برایتان آجر بسوزانند»

“Get them to cut beams and rafters”

«آنها را وادار کنید تیرها و تیرهای سقف را برش دهند»

“Make them plaster the walls with lime”

«بگذار دیوارها را با آهک گچ کنند»

In a few months a stately house was built.

در عرض چند ماه، خانه‌ای باشکوه ساخته شد.

The tree was pleased for the women.

درخت از زنان خوشحال شد.

“You should add a garden to your house”

«باید به خانه‌ات یک باغچه اضافه کنی»

“And you want to be able to store water”

«و شما می‌خواهید بتوانید آب را ذخیره کنید»

“Dig a water tank in your garden”

«یک مخزن آب در باغچه‌تان حفر کنید»

The girl had not had much time.

دخترک وقت زیادی نداشت.

So she didn't think of her family.

بنابراین او به خانواده‌اش فکر نمی‌کرد.

The merchant's luck had taken a turn.

بخت تاجر رو به زوال رفته بود۔

The goddess of wealth frowned upon him.

الهه ثروت با اخم به او نگاه کرد۔

He was struck by a sudden misfortune.

او ناگهان دچار یک بدشانسی شد۔

All at once he lost all of his money.

یکدفعه تمام پولش را از دست داد۔

He was forced to sell his house.

مجبور شد خانه‌اش را بفروشد۔

But he made a great loss on the property.

اما او در این ملک ضرر زیادی کرد۔

He and his family were left penniless.

او و خانواده‌اش بی‌پول ماندند۔

So they were forced to live elsewhere.

بنابراین آنها مجبور شدند در جای دیگری زندگی کنند۔

They happened to move to a nearby village.

آنها به طور اتفاقی به یکی از روستاهای اطراف نقل مکان کردند۔

The palace was not far from their new house.

قصر فاصله زیادی با خانه جدیدشان نداشت۔

But the merchant was not rich anymore.

اما تاجر دیگر ثروتمند نبود۔

And he still had to support his family.

و او هنوز مجبور بود از خانواده‌اش حمایت کند۔

He had been reduced to doing manual labor.

او به انجام کارهای یدی تقلیل یافته بود۔

He applied for the job at the palace.

او برای این شغل در کاخ درخواست داد۔

He was going to dig the hole for the water.

او قصد داشت گودالی برای آب حفر کند۔

His wife also offered to work with him.

همسرش هم پیشنهاد همکاری داد۔

But they got there too late to work.

اما آنها خیلی دیر به آنجا رسیدند تا کار کنند۔

The water tank had already been finished.

مخزن آب قبلاً تمام شده بود۔

And they did not know whose house it was.

و آنها نمی‌دانستند خانه‌ی کیست.

The merchant's daughter was looking out the window.

دختر تاجر از پنجره بیرون را نگاه می‌کرد.

She happened to see her parents in the garden.

او اتفاقاً پدر و مادرش را در باغ دید.

She could see the rags they were wearing.

او می‌توانست لباس‌های ژنده‌شان را ببیند.

Her eyes filled with tears at the sight.

با دیدن آن منظره چشمانش پر از اشک شد.

She could not believe what she saw.

او نمی‌توانست آنچه را که می‌دید باور کند.

Her parents had come to her for work.

پدر و مادرش برای کار به او مراجعه کرده بودند.

She immediately called her servants.

او فوراً خدمتکارانش را صدا زد.

"Outside in the garden are my parents"

«پدر و مادرم بیرون، توی باغ هستند»

"Please offer them these fine clothes"

«لطفاً این لباس‌های فاخر را به آنها بدهید»

"And ask them to come into the palace"

«و از آنها بخواهید که به قصر بیایند»

Her servants did as they were told.

خدمتکارانش همانطور که به آنها گفته شده بود، عمل کردند.

But her parents were frightened beyond measure.

اما والدینش بیش از حد ترسیده بودند.

They had seen that the tank was finished.

آنها دیده بودند که کار تانک تمام شده است.

There used to be a strange tradition.

قبلاً رسم عجیبی وجود داشت.

In those days human sacrifices were offered.

در آن روزگار، قربانی‌های انسانی تقدیم می‌شد.

One of those occasions was after digging a pool.

یکی از آن مواقع بعد از کندن استخر بود.

You can imagine her parents' fear.

می‌توانید ترس والدینش را تصور کنید.

They had come to dig the water tank.

آنها برای کندن مخزن آب آمده بودند.

But now servants were calling them.

اما حالا خدمتکاران آنها را صدا می‌زدند.

They thought they going to be sacrificed.

آنها فکر می‌کردند که قرار است قربانی شوند.

"Throw away your rags" they said.

«گفتند» :لباس‌های کهنه‌ات را دور بینداز.

"Here, wear these fine clothes"

«بیا، این لباس‌های قشنگ رو بپوش»

And their fears increased even more.

و ترس آنها حتی بیشتر شد.

But they did not have to fear for long.

اما آنها مجبور نبودند مدت زیادی بترسند.

Their rich daughter came out to meet them.

دختر ثروتمندشان برای استقبال از آنها بیرون آمد.

She hugged and kissed her parents.

پدر و مادرش را در آغوش گرفت و بوسید.

And she told them everything that had happened.

و او هر آنچه را که اتفاق افتاده بود برایشان تعریف کرد.

The father felt that she had been right.

پدر احساس کرد که حق با او بوده است.

"You do live from your own fortune"

«شما از بخت و اقبال خودتان زندگی می‌کنید»

The daughter did not blame her father.

دختر پدرش را سرزنش نکرد.

And she gave him a large fortune.

و ثروت هنگفتی به او بخشید.

With the money he moved back to the city.

با پولش به شهر برگشت.

Soon he became a merchant again.

خیلی زود او دوباره تاجر شد.

And he went to distant countries for trade.

و برای تجارت به کشورهای دوردست رفت.

One day he got ready for another business venture.

روزی او برای یک معامله تجاری دیگر آماده شد.

But that day something strange happened.

اما آن روز اتفاق عجیبی افتاد.

The ship was ready to leave the port.

کشتی آماده ترک بندر بود.

But for some reason the ship did not move.

اما به دلایلی کشتی حرکت نکرد.

No one could explain what was happening.

هیچ کس نمی‌توانست توضیح دهد که چه اتفاقی دارد می‌افتد.

But the merchant had an idea.

اما تاجر فکری به ذهنش رسید.

"Perhaps my daughters would like presents"

«شاید دخترانم هدیه بخواهند»

"I need to ask them what they would like"

«باید از آنها بپرسم چه می‌خواهند»

He went to see his daughters.

او به دیدن دخترانش رفت.

He asked them what they would like.

از آنها پرسید که چه چیزی میل دارند.

And he promised to bring them presents.

و قول داد که برایشان هدیه بیاورد.

But the ship would still not move.

اما کشتی همچنان حرکت نمی‌کرد.

He had not asked all his daughters.

از همه دخترانش نپرسیده بود.

His youngest daughter was not there.

دختر کوچکش آنجا نبود.

She was living in a different city.

او در شهر دیگری زندگی می‌کرد.

So he ordered his servants go to her palace.

بنابراین به خدمتکارانش دستور داد به قصر او بروند.

The messenger came at the wrong time.

پیک در زمان نامناسبی آمد.

The young girl was engaged in devotions.

دختر جوان مشغول عبادت بود.

But the messenger asked her anyway.

اما به هر حال، پیام‌رسان از او پرسید.

She just told him "sobur"

«او فقط به او گفت »صبور

The meaning of this was "wait"

معنی این »صبر کن «بود

But the messenger didn't know this.

اما رسول این را نمی‌دانست.

He thought she wanted something called "sobur"

او فکر می‌کرد که او چیزی به نام »صبور «می‌خواهد.

So he went back to the city of the merchant.

پس به شهر تاجر برگشت.

And he delivered the message he received.

و او پیامی را که دریافت کرده بود، ابلاغ کرد.

"Your daughter wants something called 'sobur'"

«دخترت چیزی به اسم »صبور «می‌خواد-»

This time the ship could move again.

این بار کشتی می‌توانست دوباره حرکت کند.

So the merchant started on his travels.

بنابراین تاجر سفر خود را آغاز کرد.

He visited many ports on his journey.

او در سفر خود از بنادر زیادی بازدید کرد.

And he made good profits from his trades.

و از معاملات خود سود خوبی به دست آورد.

Finding the presents was not difficult.

پیدا کردن هدایا کار سختی نبود.

He found everything his oldest daughters wanted.

او هر چیزی را که دختران بزرگترش می‌خواستند، پیدا کرد.

But his youngest daughter's wish was difficult.

اما آرزوی کوچکترین دخترش دشوار بود.

He could not find the thing called "sobur"

او نتوانست چیزی به نام »صبور «را پیدا کند.

He asked at every port he came to.

به هر بندری که می‌رسید، سوال می‌کرد.

"Do you have something called 'sobur'?"

«شما چیزی به اسم »صبور «دارید؟»

But the merchants all shook their heads.

اما همه تاجران سرشان را تکان دادند.

"We've never heard of 'sobur'"

«ما تا حالا اسم «صبور »رو نشنیدیم»

His voyage had almost come to its end.

سفر دریایی او تقریباً به پایان خود رسیده بود.

He was soon going to head back home.

او قرار بود به زودی به خانه برگردد.

But he wanted "sobur" for his daughter.

اما او برای دخترش «صبور «می‌خواست.

So he went calling through the streets.

بنابراین او در خیابان‌ها شروع به صدا زدن کرد.

"Sobur, does anyone have sobur?!"

«صبور، کسی صبور داره؟.»

The son of the King was in his castle.

پسر پادشاه در قلعه‌اش بود.

He happened to be looking out the window.

اتفاقاً داشت از پنجره بیرون را نگاه می‌کرد.

And the calls attracted his attention.

و تماس‌ها توجه او را جلب کردند.

Because his name happened to be Sobur.

چون اتفاقاً اسمش صبور بود.

He came to the merchant to speak with him.

او نزد تاجر آمد تا با او صحبت کند.

"I have the Sobur that you want"

«من سوبوری که می‌خوای رو دارم»

"Take this box, but be careful with it"

«این جعبه را بگیر، اما مراقبش باش»

"In the box is a magical feather fan and mirror"

«در جعبه یک بادبزن جادویی و یک آینه وجود دارد»

"This is the Sobur your daughter wishes for"

«این همان سوبوری است که دخترت آرزویش را دارد»

The merchant thanked the prince for the box.

تاجر از شاهزاده به خاطر جعبه تشکر کرد.

And he returned back to his country.

و او به کشورش بازگشت.

He gave the box to his daughter.

جعبه را به دخترش داد.

But the daughter didn't think about it.

اما دختر به این موضوع فکر نکرد.

She thought it was just a common box.

او فکر می‌کرد که این فقط یک جعبه معمولی است.

She had forgotten about the messenger.

او پیام‌رسان را فراموش کرده بود.

But one day she decided to open the box.

اما یک روز تصمیم گرفت جعبه را باز کند.

Inside the box she found a beautiful fan.

داخل جعبه یک بادبزن زیبا پیدا کرد.

In the feather fan there was a beautiful mirror.

توی بادبزن پردار یک آینه‌ی زیبا بود.

She waved the feather fan to cool herself.

او پنکه‌ی پَردار را تکان داد تا خودش را خنک کند.

And Prince Sobur appeared before her.

و شاهزاده سابور در مقابل او ظاهر شد.

"You called me, so here I am," he said.

«او گفت» :شما با من تماس گرفتید، پس من اینجا هستم.

"What is it you wish for?" he asked.

چه آرزویی داری؟ «پرسید.»

She was astonished at what she saw.

او از آنچه دید، شگفت‌زده شد.

A handsome prince had suddenly appeared!

یک شاهزاده خوش قیافه ناگهان ظاهر شده بود.

"Who are you?" she asked the prince.

«او از شاهزاده پرسید» :تو کی هستی؟

"And how did you suddenly appear?"

«و چطور ناگهان ظاهر شدی؟»

The prince explained what had happened.

شاهزاده توضیح داد که چه اتفاقی افتاده است.

"Your father was looking for 'sobur'"

«پدرت دنبال »صبور »می‌گشت«

"I am prince Sobur," he explained.

«او توضیح داد» :من شاهزاده سابور هستم.

"I gave your father a box"

«من به پدرت یک جعبه دادم»

"In this box there is a feather fan and mirror"

«در این جعبه یک پنکه پردار و یک آینه وجود دارد»

"When you shake the feather fan I will appear"

«وقتی بادبزن پردار را تکان بدهی، من ظاهر خواهم شد»

She asked the prince to stay as a guest.

او از شاهزاده خواست که به عنوان مهمان بماند۔

And for two days the prince stayed with her.

و شاهزاده دو روز پیش او ماند۔

And she entertained him in her palace.

و او را در کاخ خود پذیرایی کرد۔

During that time the two fell in love.

در آن مدت آن دو عاشق هم شدند۔

They made their vows to each.

آنها برای هر کدام نذری کردند۔

And they became husband and wife.

و آنها زن و شوهر شدند۔

After this the prince returned to his father.

پس از این ماجرا، شاهزاده به نزد پدرش بازگشت۔

He told him that he had selected a wife.

به او گفت که همسری برگزیده است۔

The day for the wedding was decided.

روز عروسی مشخص شد۔

All the family was invited.

همه فامیل دعوت بودند۔

And they had a beautiful wedding.

و آنها عروسی زیبایی داشتند۔

But there was a death in the marriage bed.

اما در بستر ازدواج مرگی رخ داده بود۔

The six daughters of the merchant were envious.

شش دختر تاجر حسادت کردند۔

They were jealous of their sister's success.

آنها به موفقیت خواهرشان حسادت می‌کردند۔

So they decided to destroy her happiness.

بنابراین آنها تصمیم گرفتند خوشبختی او را نابود کنند۔

They broke several glass bottles.

آنها چندین بطری شیشه‌ای را شکستند.

And they ground the glass into fine powder.

و آنها شیشه را به پودر ریز تبدیل کردند.

Then they scattered the powder on the bed.

سپس پودر را روی تخت پاشیدند.

The prince suspected no danger.

شاهزاده هیچ خطری را محتمل نمی‌دانست.

He laid himself down in the bed.

خودش را توی رختخواب انداخت.

Soon he felt an acute pain.

خیلی زود درد شدیدی را احساس کرد.

All of his whole body ached.

تمام بدنش درد می‌کرد.

The powder had gone through his skin.

پودر از پوستش عبور کرده بود.

The prince became restless through pain.

شاهزاده از درد بی‌قرار شد.

And he started to kick and scream.

و شروع کرد به دست و پا زدن و جیغ زدن.

He was taken away to his own country.

او را به کشور خودش بردند.

The king and queen were very worried.

پادشاه و ملکه خیلی نگران بودند.

They consulted all the kingdom's physicians.

آنها با تمام پزشکان پادشاهی مشورت کردند.

But their efforts were in vain.

اما تلاش آنها بی‌فایده بود.

Day and night the young prince was screaming.

شاهزاده جوان شب و روز فریاد می‌زد.

No one could ascertain the disease.

هیچ کس نتوانست بیماری را تشخیص دهد.

So they had no way of knowing the remedy.

بنابراین آنها هیچ راهی برای دانستن راه درمان نداشتند.

You can imagine the grief of his wife.

می‌توانید غم و اندوه همسرش را تصور کنید.

The marriage knot had only just been tied.

گره ازدواج تازه بسته شده بود۔

She thought a terrible disease had attacked him.

او فکر می‌کرد که یک بیماری وحشتناک به او حمله کرده است۔

Then he was carried hundreds of miles away.

سپس او را صدها مایل دورتر بردند۔

She had never been to his country.

او هرگز به کشور او نرفته بود۔

But she was determined to go there.

اما او مصمم بود که به آنجا برود۔

And she was determined to nurse him better.

و او مصمم بود که از او بهتر پرستاری کند۔

She put on the garb of a Sannyasi.

او لباس یک سانیاسی را پوشید۔

And she carried a dagger in her hand.

و خنجری در دست داشت۔

And then she set out on her journey.

و سپس او سفر خود را آغاز کرد۔

The princess was still relatively young.

شاهزاده خانم هنوز نسبتاً جوان بود۔

She was unaccustomed to long journeys.

او به سفرهای طولانی عادت نداشت۔

And she wasn't used to walking so far.

و او به پیاده‌روی تا این حد طولانی عادت نداشت۔

She soon got weary of walking.

خیلی زود از راه رفتن خسته شد۔

So she sat under a tree to rest.

بنابراین او زیر درختی نشست تا استراحت کند۔

On the top of the tree there was a nest.

بالای درخت لانه‌ای بود۔

It was the nest of two divine birds.

آنجا لانه‌ی دو پرنده‌ی الهی بود۔

Bihangami and Bihangama lived here.

بیهنگامی و بیهنگاما در اینجا زندگی می‌کردند۔

They were not in their nest at the time.

آنها در آن زمان در لانه خود نبودند.

But two of their chicks were in the nest.

اما دو تا از جوجه‌هایشان توی لانه بودند.

Suddenly the chicks gave a scream.

ناگهان جوجه‌ها جیغ بلندی کشیدند.

This roused the half-drowsy princess.

این باعث شد شاهزاده خانم که نیمه خواب آلود بود، بیدار شود.

The little birds had seen huge serpent.

پرندگان کوچک مار بزرگی دیده بودند.

The snake was about to climb the tree.

مار می‌خواست از درخت بالا برود.

This would have been the end of the birds.

این پایان کار پرندگان بود.

But the Sannyasi took out her dagger.

اما سانیاسی خنجرش را بیرون آورد.

And she cut the serpent in two.

و مار را به دو نیم کرد.

Of course even this frightened the young birds.

البته حتی این هم پرندگان جوان را ترساند.

And they flew from the nest screaming.

و آنها جیغ زنان از لانه پرواز کردند.

Bihangama and Bihangami were on their way back.

بیهانگاما و بیهانگامی در راه بازگشت بودند.

They came sailing through the air.

آنها از طریق هوا به پرواز درآمدند.

They thought they already knew what had happened.

آنها فکر می‌کردند که از قبل می‌دانند چه اتفاقی افتاده است.

"I don't expect to see our children"

«انتظار ندارم بچه‌هایمان را ببینم»

"The nest will be empty again"

«لانه دوباره خالی خواهد شد»

"All our previous children were eaten"

«همه فرزندان قبلی ما خورده شدند»

"They were eaten by our great enemy the serpent"

«آنها توسط دشمن بزرگ ما، مار، خورده شدند»

"They will have met the same fate"

«آنها هم به سرنوشت مشابهی دچار خواهند شد»

"I do not hear the cries of my young ones"

«من گریه‌های بچه‌های کوچکم را نمی‌شنوم»

The two birds got to their nest.

دو پرنده به لانه خود رسیدند.

And as predicted, the nest was empty.

و همانطور که پیش‌بینی می‌شد، لانه خالی بود.

This seemed to confirm their suspicions.

به نظر می‌رسید این موضوع، سوءظن آنها را تأیید می‌کرد.

But soon the young birds returned.

اما خیلی زود پرندگان جوان برگشتند.

The divine birds were pleasantly surprised.

پرندگان الهی به طرز خوشایندی شگفت زده شدند.

The young birds told them what had happened.

پرندگان جوان آنچه را که اتفاق افتاده بود به آنها گفتند.

"There was a young Sannyasi under the tree"

«یک سانیاسی جوان زیر درخت بود»

"He destroyed the serpent"

«او مار را نابود کرد»

"He cut the snake in two with his dagger"

«او مار را با خنجرش به دو نیم کرد»

The parents went to foot of the tree.

پدر و مادر به پای درخت رفتند.

Two halves of the snake were still there.

دو نیمه مار هنوز آنجا بود.

"The young Sannyasi has saved our offspring"

«سانیاسی جوان فرزندان ما را نجات داده است»

"I wish we could do him some service in return"

«کاش می‌توانستیم در عوض برایش کاری انجام دهیم»

The divine bird Bihangama replied.

پرنده الهی بیهانگاما پاسخ داد.

"We shall do our service to HER"

«ما به او خدمت خواهیم کرد»

"The Sannyasi under the tree is not a man"

«سانیاسی زیر درخت، انسان نیست»

"The Sannyasi under the tree is a woman"

«سانیاسی زیر درخت یک زن است»

"Last night she got married to Prince Sobur"

«دیشب او با شاهزاده صبور ازدواج کرد»

"Shortly after their marriage he was poisoned"

«اندکی پس از ازدواجشان، او مسموم شد»

"His skin was pierced with small shards of glass"

«پوستش با خرده‌های کوچک شیشه سوراخ شده بود»

"His sisters-in-law envied his wife"

«خواهران همسرش به همسرش حسادت می‌کردند»

"Her sisters spread the powder over the bed"

«خواهرش پودر را روی تخت پخش کرد»

"He is still suffering from his pain"

«او هنوز از دردش رنج می‌برد»

"But he is in his native land"

«اما او در سرزمین مادری خود است»

"And now he is at the point of death"

«و اکنون او در آستانه مرگ است»

"Beneath the tree is his heroic bride"

«عروس قهرمان او زیر درخت است»

"She is wearing the garb of a Sannyasi"

«او جامه سانیاسی پوشیده است»

"And she is going to nurse him"

«و او قرار است از او پرستاری کند»

The Bihangami asked the Bihangama.

Bihangami از Bihangama ـ پرسید.

"Is there no cure for the prince?"

«هیچ درمانی برای شاهزاده وجود ندارد؟»

"Yes, there is a cure" replied the Bihangama.

«پاسخ داد بیهانگاما.» بله، درمانی وجود دارد

"There is hardened dung lying on the ground"

«سرگین سفت‌شده‌ای روی زمین افتاده است»

"She must take this hardened dung"

«او باید این کود سفت‌شده را بردارد»

"Then she must reduce the dung to powder"

«پس باید کود را به پودر تبدیل کند»

"And then she must bathe the prince"

«و بعد او باید شاهزاده را حمام کند»

"She must bathe him in seven jars of water"

«او باید او را در هفت کوزه آب غسل دهد»

"Then she must bathe him in seven jars of milk"

«پس باید او را در هفت کوزه شیر غسل دهد ـ»

"Then she must apply the powder to his body"

«پس باید پودر را به بدنش بمالد»

"After this Prince Sobur will get well"

«بعد از این شاهزاده صبور بهبود خواهد یافت»

"I have no doubts about this remedy"

«من در مورد این درمان هیچ شکی ندارم»

The Bihangami saw a problem though.

با این حال، بینگامی‌ها مشکلی دیدند.

"The princess is but a young girl"

«شاهزاده خانم چیزی جز یک دختر جوان نیست»

"She cannot walk such a distance"

«او نمی‌تواند چنین مسافتی را پیاده طی کند»

"The journey would take her many days"

«این سفر روزهای زیادی طول می‌کشید»

"By that time the poor prince will have died"

«تا آن زمان شاهزاده بیچاره مرده خواهد بود»

"I can," replied the Bihangama.

من می‌توانم، «بیهانگاما پاسخ داد ـ»

"I will take the young lady on my back"

«من خانم جوان را بر پشتم سوار خواهم کرد»

"I will fly her to Prince Sobur's city"

«من او را با هواپیما به شهر شاهزاده صبور خواهم برد ـ»

"If she takes no presents, I will fly her back"

«اگر هیچ هدیه‌ای نگیرد، او را با هواپیما برمی‌گردانم ـ»

The merchant's daughter heard this conversation.

دختر تاجر این گفتگو را شنید.

She begged the Bihangama to take her on his back.

او از بیهانگاما التماس کرد که او را بر پشت خود سوار کند.

And of course the bird willingly consented.

و البته پرنده با کمال میل موافقت کرد.

First she gathered some of the bird's dung.

اول مقداری از مدفوع پرنده را جمع کرد۔

And then she reduced the dung to fine powder.

و سپس او کود را به پودر نرم تبدیل کرد۔

She was armed with this potent medicine.

او به این داروی قوی مسلح بود۔

And she got on the back of the kind bird.

و او بر پشت پرنده مهربان سوار شد۔

The Bihangama flew as fast as lightning.

بیهانگاما به سرعت برق پرواز کرد۔

They soon reached Prince Sobur's city.

آنها خیلی زود به شهر شاهزاده سابور رسیدند۔

The young Sannyasi went up to the palace.

سانیاسی جوان به قصر رفت۔

And she spoke to the guards at the gate.

و او با نگهبانان دروازه صحبت کرد۔

"Send word to the king that I have a medicine"

«به پادشاه خبر بده که من دارویی دارم۔»

"This medicine will save the prince's life"

«این دارو جان شاهزاده را نجات خواهد داد»

"Within hours I will have cured the prince"

«ظرف چند ساعت شاهزاده را درمان خواهم کرد»

The king had tried all the best doctors.

پادشاه تمام بهترین پزشکان را امتحان کرده بود۔

But no doctor had been able to cure his son.

اما هیچ پزشکی نتوانسته بود پسرش را درمان کند۔

So he didn't believe the Sannyasi's words.

بنابراین او حرف‌های سانیاسی را باور نکرد۔

But his councilors advised him otherwise.

اما مشاورانش خلاف این را به او توصیه کردند۔

The Sannyasi ordered for seven jars of water.

سانیاسی هفت کوزه آب سفارش داد۔

And seven jars of milk were ordered.

و هفت شیشه شیر سفارش داده شد۔

He poured a jar of water on the prince.

او یک کوزه آب روی شاهزاده ریخت۔

And he poured a jar of milk on the prince.

و یک شیشه شیر روی شاهزاده ریخت.

He had a feather from the divine bird.

او پری از پرنده الهی داشت.

And he used the feather to apply the powder.

و او از پر برای پاشیدن پودر استفاده کرد.

All of the prince's body was covered.

تمام بدن شاهزاده پوشیده شده بود.

This was repeated another six times.

این شش بار دیگر تکرار شد.

The last treatment did the magic.

آخرین درمان معجزه کرد.

The prince started to feel well again.

شاهزاده دوباره احساس خوبی پیدا کرد.

The king was happier than words can describe.

پادشاه شادتر از آن بود که کلمات بتوانند توصیفش کنند.

"Give the Sannyasi the finest treasures"

«به سانیاسی‌ها بهترین گنجینه‌ها را بدهید»

But the Sannyasi refused to take presents.

اما سانیاسی‌ها از پذیرفتن هدایا خودداری کردند.

"Let me have the ring on the prince's finger"

«بگذار انگشتر را به انگشت شاهزاده بیندازم»

The king and the prince were happy.

پادشاه و شاهزاده خوشحال بودند.

And they gave him what he wanted.

و آنچه را که می‌خواست به او دادند.

The merchant's daughter hastened back.

دختر تاجر با عجله برگشت.

The Bihangama was waiting at the sea-shore.

بیهانگاما در ساحل دریا منتظر بود.

They reached the tree of the divine birds.

آنها به درخت پرندگان الهی رسیدند.

The young bride walked back to her palace.

عروس جوان به قصر خود بازگشت.

The following day she shook the magical feather fan.

روز بعد او بادبزن جادویی پردار را تکان داد.

Just as before, her husband appeared.

درست مثل دفعه قبل، شوهرش ظاهر شد.

Of course he was happy to see his wife.

البته او از دیدن همسرش خوشحال بود.

But he was infinitely surprised.

اما او بی‌نهایت غافلگیر شد.

She had his ring on her finger.

انگشتر او را در انگشت داشت.

His own wife was his doctor.

همسر خودش پزشکش بود.

It was his wife that had cured him!

این همسرش بود که او را درمان کرده بود.

The prince took his bride to his palace.

شاهزاده عروسش را به قصر خود برد.

He forgave his sisters-in-law.

او خواهرشوهرهایش را بخشید.

They lived happily for many years.

آنها سال‌ها با خوبی و خوشی زندگی کردند.

And they were blessed with children.

و آنها از نعمت فرزند برخوردار شدند.

The Origins of Opium
ریشه‌های تریاک

Once upon on a time there lived a Rishi.

روزی روزگاری یک ریشی زندگی می‌کرد۔

He lived on the banks of the holy Ganges.

او در سواحل رود مقدس گنگ زندگی می‌کرد۔

This Rishi was a very religious man.

این ریشی مرد بسیار مذهبی بود۔

He spent his days performing religious rites.

او روزهایش را با انجام مناسک مذهبی می‌گذراند۔

From sunrise to sunset he sat on the river bank.

از طلوع تا غروب آفتاب، او در کنار رودخانه می‌نشست۔

For the whole time he sat engaged in devotion.

تمام مدت او نشسته بود و به عبادت مشغول بود۔

At night he took shelter in his hut.

شب هنگام به کلبه‌اش پناه برد۔

His hut was made from palm-leaves.

کلبه او از برگ‌های نخل ساخته شده بود۔

The palms he had grown from saplings.

نخل‌هایی که از نهال رویانده بود۔

There was no one around for miles.

تا کیلومترها هیچ کس در اطراف نبود۔

However, in the hut there was a mouse.

با این حال، در کلبه یک موش بود۔

She lived from what the Rishi left for her.

او از آنچه ریشی برایش باقی گذاشته بود، زندگی می‌کرد۔

The Rishi was a kind-hearted man.

ریشی مرد مهربانی بود۔

He would not hurt any living thing.

او به هیچ موجود زنده‌ای آسیب نمی‌رساند۔

So our mouse never ran away from him.

بنابراین موش ما هرگز از او فرار نکرد۔

In fact, our mouse went to him.

در واقع، موش ما به سراغ او رفت۔

She touched his feet when he was sitting.

وقتی نشسته بود، پاهایش را لمس کرد۔

And she enjoyed playing with him.

و از بازی کردن با او لذت می‌برد۔

The Rishi also liked the little mouse.

ریشی‌ها هم موش کوچولو را دوست داشتند۔

So he wanted to be kind to her.

بنابراین او می‌خواست با او مهربان باشد۔

And he wanted someone to talk to.

و دلش می‌خواست کسی باشد که با او حرف بزند۔

So he gave her the power of speech.

بنابراین به او قدرت تکلم داد۔

One night the mouse stood up.

یک شب موش از جایش بلند شد۔

She got onto her hind legs.

او روی پاهای عقبش بلند شد۔

And she stood in front of the Rishi.

و او روبروی ریشی ایستاد۔

And she put her front paws together.

و پنجه‌های جلویش را به هم چسباند۔

"Holy Sage, you have been kind to me"

«ای حکیم مقدس، تو با من مهربان بوده‌ای»

"And you have given me human language"

«و تو به من زبان بشری عطا کردی»

"I hope it doesn't displease your reverence"

«امیدوارم موجب رنجش خاطر جناب عالی نشود»

"But I have one more boon to ask"

«اما من یک لطف دیگر هم دارم که باید از او بخواهم»

The Rishi listened to his mouse.

ریشی به حرف موشش گوش داد۔

"What is it?" asked the Rishi.

«ریشی پرسید» :چیه؟»

"Say what you want, little mouse"

«هرچی می‌خوای بگو، موش کوچولو»

The mouse answered the Rishi.

موش به ریشی پاسخ داد۔

"By day your reverence goes to the river"

«در روز، احترام تو به رودخانه می‌رسد»

"And there you practice your devotions"

«و در آنجا به عبادت خود می‌پردازید»

"During this time a cat comes to the hut"

«در این مدت گربه‌ای به کلبه می‌آید»

"This cat has been trying to catch me"

«این گربه سعی داشته من را بگیرد»

"She still has some fear of your reverence"

«او هنوز از احترام شما کمی می‌ترسد»

"Otherwise she would have eaten me long ago"

«وگرنه خیلی وقت پیش من را می‌خورد»

"But I fear the cat will eat me someday"

«اما می‌ترسم که گربه روزی مرا بخورد»

"So I have one prayer to ask of you"

«پس من یک دعا از شما می‌خواهم»

"Please may I be changed into a cat!"

«خواهش می‌کنم، میشه من رو به یه گربه تبدیل کنی؟»

"Then I would be a match for my foe"

«آنگاه من حریفی برای دشمنم خواهم بود»

The Rishi understood the mouse's plight.

ریشی‌ها متوجه گرفتاری موش شدند.

He threw some holy water on the mouse.

او مقداری آب مقدس روی موش ریخت.

And the mouse instantly turned into a cat.

و موش فوراً به گربه تبدیل شد.

She had lived as a cat for some days.

او چند روزی مثل یک گربه زندگی کرده بود.

One night she went to the Rishi again.

یک شب او دوباره به ریشی رفت.

And the Rishi spoke to his pet.

و ریشی با حیوان خانگی‌اش صحبت کرد.

"Well, little kitty, how are you!"

«خب، بچه گربه کوچولو، حالت چطوره.»

"How do you like your present life!"

«زندگی فعلی‌ات را چطور دوست داری؟»

The cat thought about what to say.

گربه فکر کرد که چه بگوید.

But she didn't have to say anything.

اما لازم نبود چیزی بگوید.

The Rishi could tell by her expression.

ریشی از روی حالت چهره‌اش می‌توانست این را تشخیص دهد.

“Why don't you like it?” asked the sage.

«حکیم پرسید» :چرا خوشت نمی‌آید؟

“Are you not as strong as the other cats!”

«مگه تو به اندازه بقیه گربه‌ها قوی نیستی-»

“Yes, I am strong enough,” answered the cat.

«گربه پاسخ داد» :بله، من به اندازه کافی قوی هستم.

“Your reverence has made me a strong cat”

«احترام شما مرا به گربه‌ای قوی تبدیل کرده است»

“As strong as any cat in the world”

«به اندازه هر گربه‌ای در دنیا قوی»

“Now I do not fear cats anymore”

«حالا دیگر از گربه‌ها نمی‌ترسم»

“But now I have got a new foe”

«اما حالا یک دشمن جدید دارم»

“By day your reverence goes to the river”

«در روز، احترام تو به رودخانه می‌رسد»

“During this time dogs come to the hut”

«در این مدت سگ‌ها به کلبه می‌آیند»

“These dogs have been barking at me”

«این سگ‌ها به من پارس می‌کردند»

“And I have been frightened for my life”

«و من از جانم ترسیده‌ام»

“So I have one more prayer to ask of you”

«پس یه دعای دیگه هم ازت می‌خوام»

“Please may I be changed into a dog!”

«خواهش می‌کنم، میشه من رو به یه سگ تبدیل کنی؟»

The Rishi understood the cat's plight.

ریشی‌ها متوجه وضعیت گربه شدند.

He threw some holy water on the cat.

او مقداری آب مقدس روی گربه ریخت.

And the cat instantly became a dog.

و گربه فوراً تبدیل به سگ شد۔

She lived as a dog for some days.

او چند روزی مثل سگ زندگی کرد۔

But one night she spoke to the Rishi.

اما یک شب او با ریشی صحبت کرد۔

"I cannot thank your reverence enough"

«نمی‌توانم به اندازه کافی از احترام شما تشکر کنم»

"You have been most kind to me"

«تو با من خیلی مهربان بوده‌ای»

"I was but a poor mouse"

«من فقط یک موش بیچاره بودم»

"You not only gave me speech"

«تو نه تنها به من قدرت بیان دادی»

"But you also turned me into a cat"

«اما تو من را به گربه هم تبدیل کردی»

"And your kindness didn't end there"

«و مهربانی تو به همین جا ختم نشد»

"Then you changed me into a dog"

«بعدش منو تبدیل به یه سگ کردی»

"As a dog, however, I suffer greatly"

«با این حال، به عنوان یک سگ، من رنج زیادی می‌کشم»

"I do not get enough to eat"

«من به اندازه کافی غذا نمی‌خورم»

"My only food is what you leave me"

«تنها غذای من چیزی است که برایم می‌گذاری»

"That was fine when I was a mouse"

«وقتی موش بودم، اشکالی نداشت ۔»

"But you have made me much larger"

«اما تو مرا خیلی بزرگتر کردی»

"And it is not enough to fill my mouth"

«و این برای پر کردن دهانم کافی نیست»

"OH your reverence, how I envy those monkeys"

«ای بزرگوار، چقدر به این میمون‌ها حسادت می‌کنم»

"They jump about from tree to tree"

«آنها از درختی به درخت دیگر می‌پرند»

"They eat all sorts of delicious fruits!"

«آنها انواع میوه‌های خوشمزه را می‌خورند.»

"Please may reverence not get angry"

«لطفاً احترام عصبانی نشود»

"I pray to be changed into a monkey"

«دعا می‌کنم که به میمون تبدیل شوم»

The sage was a very understanding man.

حکیم مرد بسیار فهمیده‌ای بود.

His heart was filled with patience.

دلش پر از صبر و شکیبایی بود.

He was happy to grant his pet's wish.

او از برآورده کردن آرزوی حیوان خانگی‌اش خوشحال بود.

He threw some holy water on the dog.

او مقداری آب مقدس روی سگ ریخت.

And the dog instantly became a monkey.

و سگ فوراً به میمون تبدیل شد.

Our monkey was at first wild with joy.

میمون ما در ابتدا از شادی دیوانه شده بود.

She leaped from one tree to another.

او از درختی به درخت دیگر پرید.

She sucked every luscious fruit.

او هر میوه‌ی خوشمزه‌ای را مکید.

But her joy was short-lived again.

اما شادی او دوباره کوتاه مدت بود.

Summer had brought with it its drought.

تابستان، خشکسالی‌اش را با خود آورده بود.

Monkeys find it hard to climb down.

میمون‌ها به سختی از درخت پایین می‌آیند.

So she couldn't drink from the river.

بنابراین او نمی‌توانست از رودخانه بنوشد.

She saw how the wild boars lived.

او دید که گرازهای وحشی چگونه زندگی می‌کنند.

All day they splashed in the water.

تمام روز آنها در آب آب بازی کردند۔

She envied their life now.

حالا به زندگی آنها حسادت می‌کرد۔

"Oh how happy those wild boars are!"

»آه، چقدر این گراز‌های وحشی خوشحال‌اند۔«

"All day their bodies are cooled"

»تمام روز بدن‌هایشان خنک است«

"All day they are refreshed by water"

»تمام روز از آب سیراب می‌شوند«

"How I wish I were a wild boar"

»چقدر دلم می‌خواست یک گراز وحشی بودم«

That night she went to the Rishi.

آن شب او به ریشی رفت۔

She recounted her troubles to him.

مشکلاتش را برایش بازگو کرد۔

She told him all about the wild boars.

او همه چیز را در مورد گراز‌های وحشی به او گفت۔

"Oh how pleasant their lives must be"

»آه، زندگی آنها چقدر باید دلپذیر باشد«

And she begged to be changed again.

و التماس کرد که دوباره عوض شود۔

"I pray to be changed into a wild boar"

»دعا می‌کنم که به یک گراز وحشی تبدیل شوم«

The sage's kindness knew no bounds.

مهربانی حکیم حد و مرزی نداشت۔

and he complied with his pet's request.

و او به درخواست حیوان خانگی خود عمل کرد۔

He threw some holy water on the monkey.

او مقداری آب مقدس روی میمون ریخت۔

And the monkey instantly became a wild boar.

و میمون فوراً به یک گراز وحشی تبدیل شد۔

Our boar was now very content.

گراز ما حالا خیلی راضی بود۔

She kept her body soaking wet.

بدنش را خیس نگه داشته بود۔

Every day she went to the river.

هر روز به کنار رودخانه می‌رفت.

She splashed about in her favorite element.

او در فضای مورد علاقه‌اش آب‌بازی کرد.

But life is not safe for wild boars.

اما زندگی برای گرازهای وحشی امن نیست.

One day the king was out hunting.

روزی پادشاه برای شکار بیرون رفته بود.

He was riding on an adorned elephant.

او سوار بر فیلی آراسته بود.

Only by luck did our wild boar escape.

گراز وحشی ما فقط با خوش شانسی فرار کرد.

She thought a lot about her experience.

او خیلی به تجربه‌اش فکر کرد.

She dwelt on the dangers of her life.

او مدام به خطرات زندگی‌اش فکر می‌کرد.

And she envied the stately elephant.

و او به فیل باشکوه حسادت می‌کرد.

The elephant was more fortunate than her.

فیل از او خوش شانس تر بود.

He got to carry the king on his back.

او توانست پادشاه را بر پشت خود حمل کند.

Now she longed to be an elephant.

حالا او آرزو داشت که یک فیل باشد.

And at night she besought the Rishi.

و شب هنگام از ریشی التماس و زاری کرد.

Our elephant was roaming the wilderness.

فیل ما در بیابان پرسه می‌زد.

On her adventures she saw the king.

در ماجراجویی‌هایش، پادشاه را دید.

Our elephant went towards the king's suite.

فیل ما به سمت سوئیت پادشاه رفت.

She had every intention of being caught.

او کاملاً قصد داشت که دستگیر شود.

The king saw the elephant from a distance.

پادشاه فیل را از دور دید.

He couldn't help but admire her beauty.

او نمی‌توانست جلوی تحسین زیبایی او را بگیرد.

He gave his orders to his servants.

او به خدمتکارانش دستور داد.

"Catch and tame this elephant"

«این فیل را بگیر و رام کن»

Our elephant was easily caught.

فیل ما به راحتی گیر افتاد.

She was taken into the royal stables.

او را به اصطبل سلطنتی بردند.

And she was tamed without any trouble.

و او بدون هیچ دردسری رام شد.

One day the queen had a wish.

روزی ملکه آرزویی کرد.

She wished to go to the holy Ganges.

او آرزو داشت به گنگ مقدس برود.

She wished to bathe in the holy waters.

او آرزو داشت در آب‌های مقدس غسل کند.

The king wanted to accompany his wife.

پادشاه می‌خواست همسرش را همراهی کند.

So he made his orders to his servants.

پس به خدمتکارانش دستور داد.

"Bring us the newly caught elephant"

«فیل تازه صید شده را برای ما بیاورید»

The king and queen mounted on her back.

پادشاه و ملکه بر پشت او سوار شدند.

Our elephant had gotten her wish.

فیل ما به آرزویش رسیده بود.

Well... she seemed to have gotten her wish.

خب... انگار به آرزویش رسیده بود.

The king had mounted on her back.

پادشاه بر پشت او سوار شده بود.

But no, the elephant didn't get her wish.

اما نه، فیل به آرزویش نرسید.

She looked upon herself as a lordly beast.

او به خودش به عنوان یک حیوان اربابی نگاه می‌کرد.

She could not a woman riding on her back.

او نمی‌توانست زنی را بر پشت خود سوار کند.

It wasn't enough that she was a queen.

ملکه بودنش کافی نبود.

She could not bear the idea of it.

او نمی‌توانست تصورش را تحمل کند.

She felt she had been degraded.

احساس می‌کرد که تحقیر شده است.

She jumped up as violently as elephants can.

او با چنان شدتی که فیل‌ها می‌توانند، از جا پرید.

Both the king and queen fell to the ground.

پادشاه و ملکه هر دو به زمین افتادند.

The king carefully picked up the queen.

پادشاه با احتیاط ملکه را بلند کرد.

He took the queen in his arms.

او ملکه را در آغوش گرفت.

He asked her whether she had been hurt.

از او پرسید که آیا آسیبی دیده است یا نه.

He wiped off the dust from her clothes.

گرد و غبار را از لباسش پاک کرد.

And he tenderly kissed her a hundred times.

و او صد بار او را به نرمی بوسید.

Our elephant witnessed the king's caresses.

فیل ما شاهد نوازش‌های پادشاه بود.

And she scampered off to the woods.

و او با عجله به سمت جنگل دوید.

She ran as fast as her legs could carry her.

با تمام سرعتی که پاهایش توان حملش را داشتند، دوید.

As she ran, she thought within herself;

همانطور که می‌دوید، با خودش فکر کرد؛

"I have experienced many different lives"

«من زندگی‌های مختلفی را تجربه کرده‌ام»

"And I have experienced different happiness"

«و من شادی‌های متفاوتی را تجربه کرده‌ام»

"But those lives cannot be compared"

»اما آن زندگی‌ها را نمی‌توان با هم مقایسه کرد«

"A queen is the happiest creature of all"

»یک ملکه شادترین موجود از همه موجودات است«

"Of what infinite regard is she the object of!"

»او مورد توجه بی‌نهایت است.«

"The king lifted her off the ground"

»پادشاه او را از زمین بلند کرد«

"And he carefully took her in his arms"

»و او را با احتیاط در آغوش گرفت«

"He made many tender inquiries to her"

»او (مرد) (از او)زن (سوالات محبت‌آمیز زیادی پرسید«

"And he wiped off the dust from her clothes"

»و گرد و غبار را از لباسش پاک کرد ـ«

"And he kissed her a hundred times!"

»و او صد بار او را بوسید.«

"Oh, the happiness of being a queen!"

»آه، چه خوشبختی ملکه بودن.«

"I must ask the Rishi to make me a queen!"

»باید از ریشی بخواهم که مرا ملکه کند.«

The sun was just about to set.

خورشید تازه داشت غروب می‌کرد.

Our elephant made it back to the hut.

فیل ما به کلبه برگشت.

The Rishi had just finished his devotions.

ریشی تازه عبادتش را تمام کرده بود.

She fell on the ground at his feet.

او روی زمین، جلوی پاهایش افتاد.

She was still the little mouse.

او هنوز همان موش کوچولو بود.

And he was still the holy sage.

و او هنوز آن حکیم مقدس بود.

"What's the news?" inquired the Rishi.

»ریشی پرسید« :چه خبر؟

"Why have you left the king's palace!"

«چرا کاخ پادشاه را ترک کردی۔»

Our elephant thought about her words.

فیل ما به حرف‌های او فکر کرد۔

"What shall I say to your reverence!"

«در برابر احترام شما چه بگویم؟»

"You have been very kind to me"

«شما با من خیلی مهربان بوده‌اید»

"You have granted every wish of mine"

«تو تمام آرزوهای مرا برآورده کردی»

"I was a mouse and you gave me speech"

«من یک موش بودم و تو به من قدرت تکلم دادی»

"But as a mouse my life was in danger"

«اما به عنوان یک موش، زندگی‌ام در خطر بود»

"You saved me by turning me into a cat"

«تو با تبدیل کردن من به گربه، من را نجات دادی»

"But as a cat my life was no safer"

«اما به عنوان یک گربه، زندگی من امن‌تر نبود۔»

"And you helped me become a dog"

«و تو به من کمک کردی که سگ شوم»

"But as a dog I had not enough to eat"

«اما به عنوان یک سگ، غذای کافی برای خوردن نداشتم۔»

"You provided for me again"

«تو دوباره به من کمک کردی»

"And you turned my into a monkey"

«و تو من را به میمون تبدیل کردی»

"I had all I could wish to eat"

«هر چه دلم می‌خواست خوردم»

"But I had no way of cooling my body"

«اما من هیچ راهی برای خنک کردن بدنم نداشتم»

"You helped me with this too"

«تو هم در این مورد به من کمک کردی»

"And you turned me into a wild boar"

«و تو مرا به یک گراز وحشی تبدیل کردی»

"Wild boars have a comfortable life"

«گراز‌های وحشی زندگی راحتی دارند»

"But they don't live without danger"

»اما آنها بدون خطر زندگی نمی‌کنند»

“And again you protected me”

»و دوباره تو از من محافظت کردی»

“And you turned me into an elephant”

»و تو من را به یک فیل تبدیل کردی»

“Being an elephant has increased my bulk”

»فیل بودن جثه‌ام را افزایش داده است»

“But being an elephant has not increased my happiness”

»اما فیل بودن شادی مرا افزایش نداده است»

“I have one more boon to ask of you”

»یه خواهش دیگه هم ازت دارم»

“It will be the last boon I ask for”

»این آخرین لطفی خواهد بود که درخواست می‌کنم»

“I see now who the happiest creature is”

»حالا می‌فهمم که خوشحال‌ترین موجود کیست»

“A queen is the happiest in the world”

»یک ملکه شادترین موجود دنیاست»

“Holy father, please make me a queen”

»پدر مقدس، لطفاً مرا ملکه کن»

“Silly child,” answered the Rishi.

»ریشی پاسخ داد» :بچه‌ی احمق.

“How can I make you a queen!”

»چطور می‌توانم تو را ملکه کنم؟»

“Where can I get a kingdom for you!”

»از کجا می‌توانم برایت پادشاهی پیدا کنم.»

“Where would I find a royal husband!”

»از کجا می‌توانم یک شوهر سلطنتی پیدا کنم.»

But the Rishi was still patient.

اما ریشی هنوز صبور بود.

“There is one thing I can do for you”

»یه کاری هست که می‌تونم برات انجام بدم»

“I can change you into a beautiful girl”

»من می‌توانم تو را به یک دختر زیبا تبدیل کنم»

“You will be as beautiful as a queen”

»تو به زیبایی یک ملکه خواهی بود»

“You will possess all the charms you need”

«تو تمام طلسم‌های مورد نیازت را خواهی داشت»

"Your charms can captivate a prince's heart"

«جذابیت‌های تو می‌تواند قلب یک شاهزاده را تسخیر کند»

"But you must wait for what the gods decide"

«اما باید منتظر تصمیم خدایان باشی»

"They will grant you an interview"

«آنها به شما وقت مصاحبه می‌دهند»

"Tou will have your chance with a prince!"

«تو شانس خودت را با یک شاهزاده خواهی داشت.»

Our elephant agreed to the change.

فیل ما با تغییر موافقت کرد.

The beast was transformed by the Rishi.

این جانور توسط ریشی دگرگون شد.

And now she was a beautiful young lady.

و حالا او یک خانم جوان و زیبا بود.

The holy sage named her Postomani.

حکیم مقدس او را پوستومانی نامید.

Her name meant 'the poppy-seed lady'.

نام او به معنی «بانوی دانه خشخاش» بود.

Postomani lived in the Rishi's hut.

پوستومانی در کلبه ریشی زندگی می‌کرد.

She spent her time tending the flowers.

او وقتش را صرف مراقبت از گل‌ها می‌کرد.

And she watered the plants in the garden.

و او گیاهان باغچه را آبیاری می‌کرد.

One day she was sitting at the hut.

روزی او در کلبه نشسته بود.

The Rishi was at the holy Ganges.

ریشی در کنار رود مقدس گنگ بود.

A richly dressed man came towards the cottage.

مردی با لباس‌های فاخر به سمت کلبه آمد.

She stood up to welcome the man.

او برای استقبال از مرد از جایش بلند شد.

And she asked the stranger who he was.

و از غریبه پرسید که او کیست.

"What have you come for?" she asked.

«زن پرسید» :برای چه آمده‌ای؟

"I have been on a hunt"

«من در حال شکار بوده‌ام»

"But we chased the deer in vain"

«اما ما بیهوده گوزن را تعقیب کردیم»

"Now I am thirsty from the heat"

«حالا از گرما تشنه‌ام»

"I thought that a Rishi lives here"

«فکر کردم یه ریشی اینجا زندگی می‌کنه»

"I had come to ask him for water"

«آمده بودم از او آب بخواهم»

"But now I see you live here"

«اما حالا می‌بینم که اینجا زندگی می‌کنی»

Postomani answered the stranger.

پوستومانی به غریبه پاسخ داد.

"Look upon this hut as your own"

«این کلبه را کلبه‌ی خودت بدان»

"I am sorry, but we are poor"

«متاسفم، اما ما فقیر هستیم»

"We cannot offer you any entertainment"

«ما نمی‌توانیم هیچ تفریحی به شما ارائه دهیم»

"But let me make your visit comfortable"

«اما بگذارید بازدیدتان را راحت کنم.»

"Because, I believe you are a king"

«چون، من معتقدم که تو یک پادشاهی»

"If I am not mistaken," she added.

«او افزود» :اگر اشتباه نکنم.

The stranger smiled in recognition.

غریبه لبخندی از روی شناخت زد.

Postomani then brought a pot of water.

سپس پوستومانی یک قابلمه آب آورد.

She went to wash her royal guest's feet.

او رفت تا پاهای مهمان سلطنتی‌اش را بشوید.

But the visitor did not let her do this.

اما مهمان نگذاشت او این کار را انجام دهد.

"Holy maid, do not touch my feet"

»ای کنیز مقدس، به پاهای من دست نزن«

"I am only a Kshatriya," he confessed.

»او اعتراف کرد« :من فقط یک کشاتریا هستم.

"And you are the daughter of a holy sage"

»و تو دختر یک حکیم مقدس هستی«

"Noble sir;" Postomani begun to confess.

جناب محترم. »پوستومانی شروع به اعتراف کرد.«

"I am not the daughter of the Rishi"

»من دختر ریشی نیستم«

"And am I not a Brahmani girl either"

»و آیا من هم یک دختر برهمنی نیستم؟«

"There is no harm in me touching your feet"

»دست زدن به پاهایت ضرری ندارد«

"Besides, you are my guest"

»ضمناً، شما مهمان من هستید«

"And I am bound to wash your feet"

»و من موظفم پاهای شما را بشویم«

"Forgive my impertinence," the king wished.

»پادشاه آرزو کرد« :گستاخی مرا ببخشید.

"What caste do you belong to?" he asked.

»او پرسید« :شما به کدام طبقه تعلق دارید؟

"I only know what the sage told me"

»من فقط می‌دانم که آن حکیم چه گفت«

"I heard my parents were Kshatriyas"

»شنیده‌ام پدر و مادرم کشاتریا بودند«

The stranger wanted to know more.

غریبه می‌خواست بیشتر بداند.

"May I ask whether your father was a king!"

»می‌تونم بپرسم پدرت پادشاه بوده یا نه.«

"You have an uncommon beauty," he said.

»او گفت« :تو زیبایی غیرمعمولی داری.

"And you possess a stately demeanor"

»و شما رفتار و منش باوقار و متینی دارید.«

"These qualities cannot be worked for"

«این ویژگی‌ها را نمی‌توان با کار کردن به دست آورد»

"It shows that you were born a princess"

«این نشون میده که تو یه پرنسس به دنیا اومدی»

Postomani avoided answering the question.

پوستومانی از پاسخ دادن به این سوال طفره رفت.

Instead she went inside the hut.

در عوض، او به داخل کلبه رفت.

She brought out a tray of delicious fruits.

او یک سینی از میوه‌های خوشمزه بیرون آورد.

And she set the fruits before the king.

و میوه‌ها را پیش روی پادشاه گذاشت.

The king, however, did not touch the fruits.

با این حال، پادشاه به میوه‌ها دست نزد.

He waited until his question was answered.

منتظر ماند تا جواب سوالش را بگیرد.

"I only know what the holy sage says"

«من فقط می‌دانم که آن حکیم مقدس چه می‌گوید»

"He says that my father was a king"

«او می‌گوید که پدرم پادشاه بود»

"But he was overcome in a battle"

«اما او در نبردی مغلوب شد»

"So he, with my mother, fled into the woods"

«بنابراین او، به همراه مادرم، به جنگل فرار کردند.»

"My poor father was eaten by a tiger"

«پدر بیچاره‌ام توسط یک ببر خورده شد»

"My mother closed her eyes as I opened mine"

«مادرم چشمانش را بست، در حالی که من چشمانم را باز کرده بودم.»

"There was a bee-hive on the tree"

«یک کندوی زنبور عسل روی درخت بود»

"I lay at the foot of that tree"

«پای آن درخت دراز کشیدم»

"Drops of honey fell into my mouth"

«قطرات عسل در دهانم افتاد»

"The honey maintained the spark inside me"

«عسل جرقه‌ای را در درون من روشن نگه داشت»

"And then the kind Rishi found me"

«و بعد ریشیِ مهربان من را پیدا کرد»

"The holy sage brought me into his hut"

«آن حکیم مقدس مرا به کلبه‌اش آورد»

"This is the simple story of this wretched girl"

«این داستان ساده‌ی این دختر بدبخت است»

"The girl who now stands before the king"

«دختری که اکنون در مقابل پادشاه ایستاده است»

"Call not yourself wretched," replied the king.

«پادشاه پاسخ داد» :خودت را بدبخت نخوان.

"You are the most beautiful of women"

«تو زیباترین زنان هستی»

"And you are the loveliest of women"

«و تو زیباترین زنان هستی»

"You would adorn the grandest palaces"

«تو زینت‌بخش باشکوه‌ترین کاخ‌ها می‌بودی»

Postomani had gotten her interview.

پوستومانی مصاحبه‌اش را انجام داده بود.

She fell in love with the king.

او عاشق پادشاه شد.

And the king fell in love with her.

و پادشاه عاشق او شد.

The Rishi joined them in marriage.

ریشی‌ها با آنها ازدواج کردند.

Postomani became the king's favourite queen.

پوستومانی ملکه مورد علاقه پادشاه شد.

And the former queen was in disgrace.

و ملکه سابق در رسوایی بود.

But Postomani's happiness was short-lived.

اما شادی پوستومانی کوتاه مدت بود.

One day as she was standing by a well.

روزی که کنار چاهی ایستاده بود.

She was overcome by a moment of giddiness.

لحظه‌ای دچار سرگیجه شد.

Fortune had her fall into the water.

بخت یارش شد و او به آب افتاد.

And she died in the water of the well.

و او در آب چاه مُرد.

The Rishi then came to the king.

سپس ریشی نزد پادشاه آمد.

"O king, grieve not over the past"

«ای پادشاه، بر گذشته اندوه مخور»

"What is fixed by fate must come to pass"

«آنچه سرنوشت مقدر کرده است، باید اتفاق بیفتد»

"The queen drowned in your well"

«ملکه در چاه تو غرق شد»

"But she was not of royal blood"

«اما او از خاندان سلطنتی نبود»

"She was born to a family of mice"

«او در خانواده‌ای از موش‌ها به دنیا آمد»

"Each evening she came to my hut"

«هر عصر او به کلبه من می‌آمد»

"And I gave her the power of speech"

«و من به او قدرت تکلم دادم»

"With speech she could express her wishes"

«با گفتار می‌توانست خواسته‌هایش را بیان کند»

"I changed her according to her wishes"

«من او را طبق میل خودش تغییر دادم»

"As a mouse she feared the cat"

«او مثل یک موش از گربه می‌ترسید»

"And so I changed her into a cat"

«و بنابراین من او را به یک گربه تبدیل کردم»

"As a cat she feared the dogs"

«او به عنوان یک گربه از سگ‌ها می‌ترسید»

"And so I changed her into a dog"

«و بنابراین من او را به یک سگ تبدیل کردم»

"As a dog she had not enough to eat"

«مثل یک سگ، غذای کافی برای خوردن نداشت»

"And so I changed her into a monkey"

«و بنابراین من او را به یک میمون تبدیل کردم»

"As a monkey she couldn't bear the heat"

«او به عنوان یک میمون نمی‌توانست گرما را تحمل کند»

"And so I changed her into a wild boar"

«و بنابراین من او را به یک گراز وحشی تبدیل کردم»

"As a boar her life was not safe"

«به عنوان یک گراز، زندگی او امن نبود»

"And so I changed her into an elephant"

«و بنابراین من او را به یک فیل تبدیل کردم»

"That was the elephant you caught"

«این همان فیلی بود که گرفتی»

"But as an elephant she was not loved"

«اما او به عنوان یک فیل مورد محبت قرار نگرفت»

"And so I changed her one last time"

«و بنابراین من او را برای آخرین بار تغییر دادم»

"I changed her into a beautiful girl"

«من او را به یک دختر زیبا تبدیل کردم»

"That is the girl that you married"

«اون دختریه که باهاش ازدواج کردی»

"And that is the girl that drowned"

«و آن دختر همان دختری است که غرق شد»

"Take into favor your former queen"

«ملکه سابق خود را مورد لطف و عنایت خود قرار دهید»

"And don't worry for my daughter"

«و نگران دخترم نباش»

"I will make her name immortal"

«نامش را جاودانه خواهم کرد»

"Let her body remain in the well"

«بگذارید جسدش در چاه بماند»

"Fill the well up with earth"

«چاه را با خاک پر کنید»

"In her flesh there is a seed"

«در گوشت او دانه‌ای است»

"From her bones a tree will grow"

«از استخوان‌هایش درختی خواهد رویید»

"We will name this tree after her"

«ما این درخت را به نام او نامگذاری خواهیم کرد»

"The tree shall be called 'Posto'"

«این درخت »پوستو« نامیده خواهد شد.»

"This means 'the Poppy tree'"

«««این یعنی »درخت خشخاش»»

"From this tree there will come a drug"

«از این درخت دارویی به دست خواهد آمد»

"This drug will be called opium"

«این ماده مخدر، تریاک نام خواهد گرفت»

"Opium will be a powerful drug"

«تریاک یک ماده مخدر قوی خواهد بود»

"People will consume opium in every epoch"

«مردم در هر دوره‌ای تریاک مصرف خواهند کرد»

"Opium will either be swallowed or smoked"

«تریاک یا بلعیده می‌شود یا دود می‌شود»

"And opium will be a wonderful narcotic"

«و تریاک مخدر فوق‌العاده‌ای خواهد بود»

"Opium will be used till the end of time"

«تریاک تا آخر دنیا مصرف خواهد شد»

"You will recognize the opium smoker"

«شما فرد تریاک‌کش را خواهید شناخت»

"He will have many different qualities"

«او ویژگی‌های بسیار متفاوتی خواهد داشت»

"One quality for each of the animals"

«یک ویژگی برای هر یک از حیوانات»

"The animals which Postomani had lived as"

«حیواناتی که پوستومانی به عنوان آنها زندگی کرده بود»

"He will be mischievous, like a mouse"

«او مثل یک موش شیطنت خواهد کرد»

"He will be fond of milk, like a cat"

«او مثل گربه به شیر علاقه خواهد داشت»

"He will be quarrelsome, like a dog"

«او مانند سگ، اهل دعوا و جدل خواهد بود»

"He will be filthy, like a monkey"

«او کثیف خواهد بود، مثل یک میمون»

"He will be savage, like a boar"

«او وحشی خواهد بود، مثل یک گراز»

"He will be confident, like an elephant"

«او مثل یک فیل اعتماد به نفس خواهد داشت»

"And he will be high-tempered, like a queen"

«و او مانند یک ملکه، خوش‌خلق و خوش‌رفتار خواهد بود.»

Strike, but Listen First
بزن، اما اول گوش کن

There was once a king who had three sons.

روزی روزگاری پادشاهی بود که سه پسر داشت.

His royal subjects came to him one day and said;

روزی رعایای سلطنتی نزد او آمدند و گفتند؛

"Oh incarnation of justice! hear our plea"

«ای مظهر عدالت. به فریاد ما برس»

"The kingdom is infested with thieves and robbers"

«پادشاهی پر از دزد و راهزن است»

"Our property is not safe from their thievery"

«اموال ما از دستبرد آنها در امان نیست»

"We pray your majesty to catch hold of these thieves"

«از اعلیحضرت التماس می‌کنیم که این دزدها را دستگیر کنند»

"We beg you punish them to the full extent of the law"

«از شما التماس می‌کنیم که آنها را تا حد کامل قانون مجازات کنید»

The king said to his sons, "Oh, my sons, I am old"

«پادشاه به پسرانش گفت» :ای پسرانم، من پیر شده‌ام.

"But you are all in the prime of manhood"

«اما شما همگی در اوج مردانگی هستید»

"How is it that my kingdom is full of thieves?"

«چرا قلمرو من پر از دزد است؟»

"I look to you to catch hold of these thieves"

«از تو می‌خواهم که این دزدها را بگیری»

The three princes then made up their minds.

سپس سه شاهزاده تصمیم خود را گرفتند.

They were going to patrol the city every night.

قرار بود هر شب در شهر گشت بزنند.

They set up a watch out in the outskirts of the city.

آنها در حومه شهر یک ایستگاه دیده‌بانی ایجاد کردند.

The early part of the night had arrived.

نیمه‌های شب از راه رسیده بود.

So the eldest prince took on his duties.

بنابراین شاهزاده ارشد وظایف خود را به عهده گرفت.

He rode upon his horse through the whole city.

او سوار بر اسبش تمام شهر را گشت.

But did not see a single thief anywhere he looked.

اما هر جا را که نگاه کرد، حتی یک دزد هم ندید.

He came back to the policing station.

او دوباره به کلانتری آمد.

The middle part of the night had arrived.

نیمه شب از راه رسیده بود.

So the second prince took on his duties.

بنابراین شاهزاده دوم وظایف او را بر عهده گرفت.

And he too rode through every part of the city.

و او نیز سوار بر اسب از هر گوشه و کنار شهر گذشت.

But he did not see or hear of a single thief.

اما او حتی یک دزد را هم ندید و از او چیزی نشنید.

He came also back to the policing station.

او همچنین به کلانتری برگشت.

The latter part of the night had arrived.

نیمه‌ی دوم شب از راه رسیده بود.

So the youngest prince took on his duties.

بنابراین جوانترین شاهزاده وظایف خود را به عهده گرفت.

He went near the gate of his father's palace.

او به دروازه قصر پدرش نزدیک شد.

There he saw a beautiful woman leaving the palace.

در آنجا زن زیبایی را دید که از قصر خارج می‌شد.

The prince asked the woman, "who are you?"

«شاهزاده از زن پرسید» :تو کیستی؟

"Where are you going at this hour of the night?"

«این وقت شب کجا می‌روی؟»

The woman answered the young prince.

زن به شاهزاده جوان پاسخ داد.

"I am Rajlakshmi, the guardian deity of this palace"

«من راجلاکشمی هستم، خدای نگهبان این کاخ»

"The king will be killed this night"

«شاه امشب کشته خواهد شد»

"I am therefore not needed here"

«بنابراین اینجا به من نیازی نیست»

"And that is why I am going away"

«و به همین دلیل است که من می‌روم»

The prince did not know what to make of this message.

شاهزاده نمی‌دانست با این پیام چه کند.

After a moment's reflection he said to the goddess;

پس از لحظه‌ای تأمل، به الهه گفت؛

"But, suppose the king is not killed tonight"

«اما، فرض کنید پادشاه امشب کشته نشود»

"Have you any objection to return to the palace?"

«آیا اعتراضی به بازگشت به کاخ دارید؟»

"I have no objection," replied the goddess.

«الهه پاسخ داد» :من هیچ اعتراضی ندارم.

The prince then begged the goddess to go back.

سپس شاهزاده از الهه التماس کرد که برگردد.

And he promised to do his best to protect the king.

و او قول داد که تمام تلاش خود را برای محافظت از پادشاه انجام دهد.

Then the goddess entered the palace again.

سپس الهه دوباره وارد کاخ شد.

Within a moment she disappeared into the palace.

در عرض یک لحظه او در قصر ناپدید شد.

The prince went straight into the palace too.

شاهزاده هم مستقیماً به داخل قصر رفت.

And he went into the bedroom of his royal father.

و او به اتاق خواب پدر سلطنتی خود رفت.

There his father lay immersed in deep sleep.

پدرش آنجا در خوابی عمیق فرو رفته بود.

The king had a second, younger wife.

پادشاه همسر دوم و جوان‌تری داشت.

This woman was the stepmother of our prince.

این زن، نامادری شاهزاده ما بود.

She was sleeping in another bed in the room.

او روی تخت دیگری در اتاق خوابیده بود.

There was a light that was burning dimly.

چراغی بود که با نور ضعیفی روشن می‌شد.

But then the prince saw something that surprised him!

اما ناگهان شاهزاده چیزی دید که او را شگفت زده کرد.

A huge cobra going round and round the golden bedstead.

یک مار کبرای عظیم الجثه دور تخت طلایی می‌چرخید.

The bedstead on which his father was sleeping.

تختی که پدرش روی آن خوابیده بود.

The prince with his sword cut the serpent in two.

شاهزاده با شمشیرش مار را به دو نیم کرد.

But he was not satisfied with killing the cobra.

اما او به کشتن مار کبرا راضی نشد.

So he cut the cobra up into a hundred pieces.

بنابراین او مار کبرا را به صد تکه تقسیم کرد.

And he put the pieces of the cobra inside a pan.

و تکه‌های مار کبرا را داخل یک ماهیتابه گذاشت.

But while cutting the cobra a misfortune happened.

اما هنگام بریدن مار کبرا، اتفاق ناگواری رخ داد.

A drop of blood fell on the breast of his stepmother.

قطره‌ای خون روی سینه‌ی نامادری‌اش افتاد.

The prince was in great distress by what had happened.

شاهزاده از آنچه اتفاق افتاده بود، بسیار پریشان بود.

"I have saved my father, but killed my stepmother"

«من پدرم را نجات دادم، اما نامادری‌ام را کشتم»

How could he remove the drop of blood from her breast?

چطور می‌توانست آن قطره خون را از سینه‌اش پاک کند؟

He wrapped round his tongue a piece of cloth sevenfold.

او پارچه‌ای را هفت بار دور زبانش پیچید.

And with the cloth he licked up the drop of blood.

و با پارچه قطره خون را لیسید.

But his stepmother's sleep was not so deep.

اما خواب نامادری‌اش آنقدرها هم عمیق نبود.

And in his attempt to save her he awoke her.

و در تلاش برای نجات او، او را بیدار کرد.

When opening her eyes she saw it was her stepson.

وقتی چشمانش را باز کرد، دید که پسرخوانده‌اش است.

The young prince rushed out of the room.

شاهزاده جوان با عجله از اتاق بیرون رفت.

The queen, hated her stepson, the youngest prince.

ملکه از پسرخوانده‌اش، کوچکترین شاهزاده، متنفر بود.

And she had every intention to ruin his reputation.

و او کاملاً قصد داشت آبروی او را خراب کند.

She called out to her husband, "My lord, my lord"

او شوهرش را صدا زد» :سرورم، سرورم»

"Are you awake? are you awake? Rouse yourself up"

»بیداری؟ بیداری؟ خودت را بیدار کن»

"Here is a nice piece of news for you"

»اینجا یک خبر خوب برای شماست»

The king on awaking inquired what the matter was.

»پادشاه وقتی از خواب بیدار شد، پرسید» :موضوع چیست؟

"What the matter is, my lord, let me tell you"

»موضوع چیست، سرورم، بگذارید برایتان بگویم»

"Your worthy son was just here in this room"

»پسر شایسته شما همین الان در همین اتاق بود»

"The youngest prince, of whom you speak so highly"

»جوان‌ترین شاهزاده‌ای که شما اینقدر از او تعریف می‌کنید»

"I caught him in the act of touching my breast"

»من او را در حال لمس سینه‌ام گیر انداختم»

"I don't doubt he came with wicked intents"

»شک ندارم که او با نیت پلید آمده است»

The king was horror-struck by what he heard.

پادشاه از آنچه شنید وحشت کرد.

The prince went back to where his brothers kept watch.

شاهزاده به جایی که برادرانش نگهبانی می‌دادند، برگشت.

But he told them nothing of what had happened.

اما او هیچ چیزی از آنچه اتفاق افتاده بود به آنها نگفت.

Early in the morning the king called his eldest son.

صبح زود پادشاه پسر بزرگش را صدا زد.

"I entrust my life and my honor to men"

»من جان و آبرویم را به مردم می‌سپارم»

"But what if one of these men prove faithless?

»اما اگر یکی از این مردان بی‌وفا از آب درآید چه؟»

"How should such a man be punished?"

»چطور باید چنین مردی را مجازات کرد؟»

The eldest prince replied to his father, the king.

شاهزاده بزرگتر به پدرش، پادشاه، پاسخ داد.

"Doubtless such a man's head should be cut off"

«بدون شک سر چنین مردی باید بریده شود»

"But first you should establish the facts"

«اما اول باید حقایق را مشخص کنید»

"You must see whether the man is really faithless"

«باید ببینی که آیا آن مرد واقعاً بی‌وفاست یا نه»

"What do you mean?" inquired the king.

«پادشاه پرسید» :منظورت چیست؟

"Let your majesty be pleased to listen"

«اعلیحضرت از شنیدن آن خرسند باشند»

Once upon on a time there lived a goldsmith.

روزی روزگاری یک زرگر زندگی می‌کرد.

This goldsmith had a son who had a wife.

این زرگر پسری داشت که زن داشت.

His wife had the rare faculty of understanding beasts.

همسرش از قوه‌ی درک نادر حیوانات برخوردار بود.

But she never told anyone about her uncommon gift.

اما او هرگز در مورد هدیه غیرمعمول خود به کسی چیزی نگفت.

Not even her husband knew she could understand animals.

حتی شوهرش هم نمی‌دانست که او می‌تواند حیوانات را درک کند.

One night she was lying in bed beside her husband.

یک شب او در رختخواب کنار شوهرش دراز کشیده بود.

From the river by their house she heard a jackal howl.

از رودخانه کنار خانه‌شان صدای زوزه شغالی را شنید.

"There goes a carcass floating on the river"

«لاشه ای روی رودخانه شناور است»

"There's a diamond ring on the dead man's finger"

«یک انگشتر الماس در انگشت مرد مرده است»

"Will anyone take the ring and give me the corpse?"

«کسی حاضره انگشتر رو برداره و جسد رو بده به من؟»

The woman understood the jackal's language.

زن زبان شغال را می‌فهمید.

She got up from bed and went to the river-side.

از رختخواب بلند شد و به کنار رودخانه رفت.

The husband had not been in deep sleep.

شوهر در خواب عمیقی نبود.

So with his wife's movements he woke up too.

بنابراین با حرکات همسرش او هم از خواب بیدار شد.

And he followed his wife to see where she went.

و همسرش را دنبال کرد تا ببیند کجا می‌رود.

But he kept his distance, so that he could observe her.

اما او فاصله‌اش را حفظ کرد تا بتواند او را زیر نظر داشته باشد.

The woman went into the water next to their house.

زن به داخل آب کنار خانه‌شان رفت.

She tugged the floating corpse towards the shore.

او جسد شناور را به سمت ساحل کشید.

And she saw the diamond ring on the finger.

و او انگشتر الماس را در انگشت دید.

She was unable to loosen the ring with her hand.

او نمی‌توانست حلقه را با دستش شل کند.

Because the fingers of the dead body had swelled.

چون انگشتان جسد ورم کرده بود.

So she bit off the finger with her teeth.

بنابراین انگشت را با دندان‌هایش گاز گرفت.

And she put the dead body upon land, for the jackal.

و جسد را برای شغال به خشکی انداخت.

Then she returned to bed, where her husband already was.

سپس به رختخواب برگشت، جایی که شوهرش از قبل آنجا بود.

The young goldsmith lay almost petrified with fear.

زرگر جوان از ترس تقریباً خشکش زده بود.

He was convinced he was lying next to a Rakshasi.

او متقاعد شده بود که در کنار یک راکشاسی دراز کشیده است.

He spent the rest of the night tossing in his bed.

او بقیه شب را در رختخوابش غلت زد.

And early in the morning spoke to his father.

و صبح زود با پدرش صحبت کرد.

"The woman thou hast given me is not a real woman"

«زنی که به من داده‌ای، زن واقعی نیست.»

"The woman thou hast given me to wife is a Rakshasi"

«زنی که به من به همسری داده‌ای، یک راکشاسی است.»

"Last night I was lying in bed with her"

«دیشب من با او روی تخت دراز کشیده بودم»

"By the river I heard the howl of a jackal"

«کنار رودخانه صدای زوزه شغال را شنیدم»

"My wife too, heard the howl of the jackal"

«همسرم هم، زوزه شغال را شنید»

"Thinking I was asleep; she went towards the howl"

«فکر کرد من خوابم؛ او به سمت زوزه رفت.»

"I was surprised to see her go out of bed alone"

«از دیدن اینکه او به تنهایی از رختخواب بیرون آمد، تعجب کردم.»

"Suspecting some sort of evil, I followed her outside"

«به ظن اینکه چیزی در کار است، او را تا بیرون تعقیب کردم.»

"But she could not see that I had followed her"

«اما او نمی‌توانست ببیند که من او را تعقیب کرده‌ام.»

"What did she do, do you think? O horror of horrors!"

«به نظرت چیکار کرد؟ ای وحشتِ وحشت‌ها.»

"From the stream she dragged a dead body out"

«او جسدی را از جویبار بیرون کشید»

"And what do you think she did with the dead body?"

«و فکر می‌کنی با جسد چه کار کرد؟»

"She wasted no time devouring the dead man!"

«او وقت را برای خوردن جسد تلف نکرد.»

"All this I had the misfortune to see with my own eyes"

«من با بدشانسی تمام این‌ها را با چشمان خودم دیدم.»

"While she feasted on the carcass I went back to bed"

«در حالی که او داشت از لاشه لذت می‌برد، من به رختخواب برگشتم.»

"In a few minutes she also returned to bed"

«چند دقیقه بعد او هم به رختخواب برگشت»

"She bolted the door shut, and lay beside me"

«در را محکم بست و کنارم دراز کشید»

"Oh my father, how can I live with a Rakshasi?"

«ای پدر، چطور می‌توانم با یک راکشاسی زندگی کنم؟»

"She will certainly kill me and eat me up one night"

«او قطعاً یک شب مرا خواهد کشت و خواهد خورد.»

You can imagine the shock of the old goldsmith.

می‌توانید شوک پیرمرد زرگر را تصور کنید.

Both father and son agreed about what should be done.

پدر و پسر هر دو در مورد آنچه باید انجام شود، توافق داشتند.

The woman should be taken deep into the forest.

زن را باید به اعماق جنگل برد.

And she should be left for wild beasts to devoured.

و باید رهایش کرد تا حیوانات وحشی او را بخورند.

Accordingly, the young goldsmith spoke to his wife.

بر این اساس، زرگر جوان با همسرش صحبت کرد.

"My dear love," he said to his wife.

«به همسرش گفت»: عشق عزیزم.

"You had better not cook much this morning"

«بهتره امروز صبح زیاد آشپزی نکنی»

"Boil a little rice and burn a brinjal"

«کمی برنج بجوشانید و بادمجان را بسوزانید»

"Because today we are going to see your parents"

«چون امروز قراره پدر و مادرت رو ببینیم»

"Your mother and father are dying to see you"

«پدر و مادرت خیلی مشتاق دیدار تو هستند»

The woman was full of joy at the unexpected news.

زن از شنیدن این خبر غیرمنتظره غرق در شادی شد.

She loved returning to her father's house.

او عاشق برگشتن به خانه پدرش بود.

And she finished the cooking in no time.

و او آشپزی را در کمترین زمان تمام کرد.

The husband and wife snatched a hasty breakfast.

زن و شوهر صبحانه‌ای عجولانه خوردند.

And soon after breakfast they started their journey.

و کمی بعد از صبحانه سفرشان را آغاز کردند.

The way to her father's house was through dense jungle.

راه خانه پدرش از میان جنگل انبوه بود.

It was the perfect place to abandon his wife.

آنجا بهترین مکان برای رها کردن همسرش بود.

She was bound to be eaten up by wild beasts there.

او قطعاً توسط حیوانات وحشی در آنجا خورده می‌شد.

But while they were walking the woman heard a snake.

اما در حالی که آنها راه می‌رفتند، زن صدای ماری را شنید.

"Oh passer-by, in yonder hole there is a frog"

«ای رهگذر، در آن سوراخ قورباغه‌ای است»

"How thankful I would be if you caught the frog"

«اگر قورباغه را بگیری، چقدر سپاسگزار خواهم بود»

"And the hole is full of gold and precious stones"

«و سوراخ پر از طلا و سنگ‌های قیمتی است»

"Give me the frog, and take the treasure for yourself"

«قورباغه را به من بده و گنج را برای خودت بردار»

The woman forthwith went to the frog's hole.

زن فوراً به سوراخ قورباغه رفت.

And she began digging the hole with a stick.

و او شروع به کندن گودال با چوب کرد.

The young goldsmith was now quaking with fear.

زرگر جوان حالا از ترس به خود می‌لرزید.

He thought his Rakshasi-wife was about to kill him.

او فکر می‌کرد که همسر راکشاسی‌اش قصد کشتن او را دارد.

And then his wife called for him to help her.

و سپس همسرش او را صدا زد تا به او کمک کند.

"Take all this gold and these precious stones"

«تمام این طلا و این سنگ‌های قیمتی را بگیر»

The goldsmith did not understand her request.

زرگر درخواست او را نفهمید.

Timidly he went to where she had dug the hole.

با ترس و لرز به جایی که او گودال کنده بود رفت.

But he was infinitely surprised by what he saw.

اما او از آنچه دید، بی‌نهایت شگفت‌زده شد.

The hole was full of gold and precious stones.

گودال پر از طلا و سنگ‌های قیمتی بود.

"How did you know there was a treasure here?"

«از کجا فهمیدی اینجا گنج هست؟»

And finally his wife told him of her gift.

و بالاخره همسرش هدیه‌اش را به او گفت.

"I can understand all the beasts in the forest"

«من می‌توانم تمام حیوانات جنگل را درک کنم»

"Just over there, there is a snake coiled up"

«درست آن طرف، یک مار چنبره زده است»

"She had told me there was a treasure here"

«او به من گفته بود که اینجا گنجی وجود دارد»

The husband now felt very blessed with his wife.

حالا شوهر در کنار همسرش احساس خوشبختی زیادی می‌کرد.

"My love, it has gotten very late today"

«عشق من، امروز خیلی دیر شده»

"I don't think we will reach your father's house"

«فکر نمی‌کنم به خانه‌ی پدرت برسیم»

"Nightfall will catch us before we get there"

«شب قبل از اینکه به آنجا برسیم، ما را خواهد گرفت»

"If we stay we might be devoured by wild beasts"

«اگر بمانیم، ممکن است توسط حیوانات وحشی خورده شویم»

"I propose therefore that we both return home"

«بنابراین پیشنهاد می‌کنم هر دو به خانه برگردیم»

You can imagine the wife's disappointment.

می‌توانید ناامیدی همسر را تصور کنید.

But she agreed with her husband's assessment.

اما او با ارزیابی شوهرش موافق بود.

It took them a long time to reach home.

خیلی طول کشید تا به خانه برسند.

They were laden with a large quantity of gold.

آنها با مقدار زیادی طلا بار زده بودند.

And they were carrying many precious stones.

و آنها سنگ‌های قیمتی زیادی حمل می‌کردند.

But eventually the got close to their home.

اما سرانجام به خانه‌شان نزدیک شدند.

"My dear, go by the back door," said the goldsmith.

«زرگر گفت» :عزیزم، از در پشتی برو.

"I will go by the front door and see my father"

«من از در جلویی می‌روم و پدرم را می‌بینم»

"And I will show him all this treasure"

«و من تمام این گنج را به او نشان خواهم داد»

So she entered the house by the back door.

بنابراین او از در پشتی وارد خانه شد.

But the old goldsmith had reason to be there too.

اما زرگر پیر هم دلیلی برای حضورش در آنجا داشت.

He had gone there to collect a hammer.

او برای گرفتن چکش به آنجا رفته بود.

The old goldsmith saw his Rakshasi daughter-in-law.

زرگر پیر، عروس راکشاسی خود را دید.

He concluded she had swallowed up his son.

او نتیجه گرفت که او پسرش را بلعیده است.

And he therefore struck her with the hammer.

و بنابراین او را با چکش زد.

The blow immediately killed his daughter-in-law.

این ضربه بلافاصله عروسش را کشت.

At that moment the son came into the house.

در همین لحظه پسر وارد خانه شد.

But it was too late for him to explain.

اما برای توضیح دادن خیلی دیر شده بود.

And so the eldest prince's story concluded.

و بدین ترتیب داستان شاهزاده بزرگتر به پایان رسید.

"You might have to cut a man's head off"

«شاید مجبور شوید سر یک مرد را از تنش جدا کنید»

"But first you should establish the facts"

«اما اول باید حقایق را مشخص کنید»

"You must see whether the man is really faithless"

«باید ببینی که آیا آن مرد واقعاً بی‌وفاست یا نه»

The king then called his second son to him.

سپس پادشاه پسر دوم خود را نزد خود فراخواند.

"I entrust my life and my honor to men"

« من جان و آبرویم را به مردم می‌سپارم»

"But what if one of these men prove faithless?

«اما اگر یکی از این مردان بی‌وفا از آب درآید چه؟»

"How should such a man be punished?"

«چطور باید چنین مردی را مجازات کرد؟»

The second prince replied to his father, the king.

شاهزاده دوم به پدرش، پادشاه، پاسخ داد.

"Doubtless such a man's head should be cut off"

«بدون شک سر چنین مردی باید بریده شود»

"But first you should establish the facts"

«اما اول باید حقایق را مشخص کنید»

"What do you mean?" inquired the king.

«پادشاه پرسید» :منظورت چیست؟

"Let your majesty be pleased to listen"

«اعلیحضرت از شنیدن آن خرسند باشند»

Once upon a time there reigned a king.

روزی روزگاری پادشاهی حکومت می‌کرد.

This king was very fond of going out hunting.

این پادشاه علاقه زیادی به شکار داشت.

One day his horse took him into a dense forest.

روزی اسبش او را به جنگلی انبوه برد.

He went far from his followers, deep into the woods.

او از پیروانش دور شد، به اعماق جنگل رفت.

He rode on and on through the endless, quiet forest.

او سوار بر اسب، در میان جنگل بی‌پایان و ساکت، پیش رفت.

He saw neither villages nor towns, only trees.

او نه روستا دید و نه شهر، فقط درختان را دید.

On the long, lonely journey he became very thirsty.

در سفر طولانی و تنها، او بسیار تشنه شد.

He could see no pond, nor lake, nor stream.

او نه برکه‌ای می‌دید، نه دریاچه‌ای، نه جویباری.

But then he saw something dripping from a tree.

اما ناگهان چیزی را دید که از درختی چکه می‌کرد.

He concluded it was rainwater resting in a cavity.

او نتیجه گرفت که این آب باران است که در یک حفره قرار دارد.

He stood on horseback beneath the tree, cup in hand.

او سوار بر اسب، زیر درخت ایستاده بود و جامی در دست داشت.

He caught the drops slowly dripping into the small cup.

او قطراتی را که به آرامی درون فنجان کوچک می‌چکیدند، دید.

The water, however, was not rain from the sky.

با این حال، آب، باران آسمان نبود.

A huge cobra sat on top of the tall tree.

یک مار کبرای عظیم‌الجثه بالای درخت بلند نشسته بود.

The snake had struck the tree in rage with its sharp fangs.

مار با خشم و دندان‌های تیزش به درخت حمله کرده بود.

The snake's poison came out and fell downward in heavy drops.

زهر مار بیرون ریخت و با قطرات سنگین به پایین چکید.

The king thought the falling liquid was simple rainwater.

پادشاه فکر می‌کرد مایعی که از آن پایین می‌ریزد، آب باران ساده است.

The horse sensed the danger and tried to warn him.

اسب خطر را حس کرد و سعی کرد او را آگاه کند.

The cup was nearly filled with the deadly snake-poison.

جام تقریباً از زهر کشنده مار پر شده بود.

The king raised the cup and prepared to drink.

پادشاه جام را بالا برد و آماده نوشیدن شد.

But the horse moved wildly, with the king on its back.

اما اسب وحشیانه حرکت می‌کرد، در حالی که پادشاه بر پشتش بود.

The cup fell from his hand, and the poison spilled.

جام از دستش افتاد و زهر ریخت.

The king became angry and struck the horse's neck.

پادشاه خشمگین شد و گردن اسب را زد.

The blow from the sword immediately killed his horse.

ضربه شمشیر فوراً اسب او را کشت.

And so the second prince's story concluded.

و بدین ترتیب داستان شاهزاده دوم به پایان رسید.

"You might have to cut a man's head off"

«شاید مجبور شوید سر یک مرد را از تنش جدا کنید»

"But first you should establish the facts"

«اما اول باید حقایق را مشخص کنید»

"You must see whether the man is really faithless"

«باید ببینی که آیا آن مرد واقعاً بی‌وفاست یا نه»

The king then called to him his third youngest son.

سپس پادشاه سومین پسر کوچکش را فراخواند.

"I entrust my life and my honor to men"

«من جان و آبرویم را به مردم می‌سپارم»

"But what if one of these men prove faithless?

«اما اگر یکی از این مردان بی‌وفا از آب درآید چه؟»

"How should such a man be punished?"

«چطور باید چنین مردی را مجازات کرد؟»

"Doubtless such a man's head should be cut off"

«بدون شک سر چنین مردی باید بریده شود»

"But first you should establish the facts"

»اما اول باید حقایق را مشخص کنید«

"What do you mean?" inquired the king.

»پادشاه پرسید« :منظورت چیست؟

"Let your majesty be pleased to listen"

»اعلیحضرت از شنیدن آن خرسند باشند«

Once long ago there reigned a wise and noble king.

در روزگاران قدیم، پادشاهی خردمند و شریف حکومت می‌کرد.

In his palace he kept a bird of Suka species.

او در کاخ خود پرنده‌ای از گونه‌ی سوکا نگهداری می‌کرد.

One day the bird went out flying into the fields.

روزی پرنده به سمت مزارع پرواز کرد.

There he saw his father and mother calling from above.

در آنجا پدر و مادرش را دید که از بالا صدا می‌زدند.

They asked him to come visit them in their nest.

از او خواستند که به لانه‌شان بیاید و آنها را ببیند.

The nest was far away in a distant hidden land.

لانه در دوردست‌ها، در سرزمینی پنهان و دوردست قرار داشت.

The Suka said, "I'll come if I get king's leave"

»سوکا گفت« :اگر اجازه پادشاه را بگیرم، می‌آیم.

"I'll speak to the king today and return tomorrow"

»امروز با پادشاه صحبت می‌کنم و فردا برمی‌گردم«

"Please wait at this same spot in the morning"

»لطفاً صبح در همین نقطه منتظر بمانید«

That very day, Suka spoke with the gentle, kind king.

همان روز، سوکا با پادشاه مهربان و نجیب صحبت کرد.

The king gave permission for the bird to leave.

پادشاه به پرنده اجازه رفتن داد.

Although he was sad to part with his bird.

اگرچه از جدایی از پرنده‌اش غمگین بود.

The next morning, Suka met his parents again.

صبح روز بعد، سوکا دوباره پدر و مادرش را ملاقات کرد.

He flew with them to their nest on a tall tree.

او با آنها به لانه‌شان روی یک درخت بلند پرواز کرد.

The three birds lived together happily in peaceful joy.

سه پرنده با خوشحالی و آرامش در کنار هم زندگی می‌کردند.

They stayed like this for a fortnight of lovely days.

آنها دو هفته از روزهای دوست داشتنی را به همین شکل گذراندند.

But even those quiet and pleasant days had to end.

اما حتی آن روزهای آرام و دلپذیر هم باید به پایان می‌رسیدند.

Suka said, "Beloved parents, the king gave me two weeks"

«سوکا گفت» :پدر و مادر عزیزم، پادشاه دو هفته به من فرصت داد.

"That time is now over, so I must return tomorrow"

«آن زمان دیگر تمام شده، بنابراین باید فردا برگردم»

His father and mother agreed and blessed his decision.

پدر و مادرش موافقت کردند و تصمیم او را ستودند.

They told him to carry a gift for the king.

به او گفتند که هدیه‌ای برای پادشاه ببرد.

After some talk, they chose some fruit as a gift.

بعد از کمی صحبت، آنها مقداری میوه به عنوان هدیه انتخاب کردند.

The fruit had grown from the Immortality Tree.

میوه از درخت جاودانگی روییده بود.

Early the next morning, Suka went to the tree.

صبح زود روز بعد، سوکا به سمت درخت رفت.

And he plucked a magical glowing fruit.

و او یک میوه درخشان جادویی چید.

He held the fruit gently in his beak, full of care.

او میوه را به آرامی و با دقت در منقارش گرفت.

The fruit was heavy and slowed his swift flying pace.

میوه سنگین بود و سرعت پرواز سریع او را کند می‌کرد.

He could not reach the city before night arrived.

او نتوانست قبل از فرا رسیدن شب به شهر برسد.

Suka stopped to rest in a tree along the way.

سوکا در طول مسیر روی درختی توقف کرد تا استراحت کند.

He feared the fruit might drop while he slept.

او می‌ترسید که میوه‌ها هنگام خواب از درخت بیفتند.

If he kept the fruit in his beak, it could fall.

اگر میوه را در منقارش نگه می‌داشت، ممکن بود بیفتد.

But he saw a hole in the trunk of the tree.

اما سوراخی در تنه درخت دید.

He placed the fruit safely inside the dark tree.

او میوه را با خیال راحت داخل درخت تاریک گذاشت.

But inside the hole, there lived a poisonous black snake.

اما درون سوراخ، یک مار سیاه سمی زندگی می‌کرد.

In the night, the snake bit the fruit with venom.

شب هنگام، مار با زهر خود میوه را نیش زد.

And the fruit became smeared with deadly poison.

و میوه به زهر کشنده‌ای آغشته شد.

At dawn Suka took the fruit back in his beak.

سپیده دم، سوکا میوه را با منقارش پس گرفت.

He flew again on his journey to the king's palace.

او دوباره در سفرش به کاخ پادشاه پرواز کرد.

As he reached the palace the king was sitting with ministers.

وقتی به کاخ رسید، پادشاه با وزیرانش نشسته بود.

The king was overjoyed to see Suka return once more.

پادشاه از دیدن بازگشت دوباره سوکا بسیار خوشحال شد.

He greatly admired the beautiful, shining fruit gift.

او از هدیه میوه‌ای زیبا و درخشان بسیار تحسین کرد.

The fruit was lovely to look at and admire.

میوه‌ها برای تماشا و تحسین، دوست‌داشتنی بودند.

It was the finest fruit found across the earth.

این بهترین میوه‌ای بود که در سراسر زمین یافت می‌شد.

And anyone who ate the fruit was granted immortality.

و هر که از آن میوه می‌خورد، جاودانگی می‌یافت.

The king was about to eat the beautiful fruit.

پادشاه نزدیک بود آن میوه زیبا را بخورد.

But his ministers warned him the fruit might be poisoned"

اما وزرایش به او هشدار دادند که ممکن است میوه مسموم باشد.

"It would be better to test the fruit before you eat it"

«بهتر است قبل از خوردن میوه، آن را امتحان کنید»

He threw the fruit to a crow sitting on the wall.

او میوه را به سمت کلاغی که روی دیوار نشسته بود پرتاب کرد.

The crow ate from the fruit, and dropped dead instantly.

کلاغ از میوه خورد و فوراً افتاد و مرد.

The king, thinking Suka tried to kill him, grew furious.

پادشاه که فکر می‌کرد سوکا قصد کشتن او را دارد، خشمگین شد.

He seized the bird and killed him with his bare hands.

او پرنده را گرفت و با دست خالی او را کشت.

He ordered the seed to be planted outside the city.

او دستور داد بذر را بیرون شهر بکارند.

The seed became a tree with the same glowing fruit.

آن دانه تبدیل به درختی با همان میوه درخشان شد.

The king feared the fruit would bring more death.

پادشاه ترسید که این میوه مرگ بیشتری به بار آورد.

So he had the tree fenced off and guarded.

بنابراین او درخت را حصارکشی و از آن محافظت کرد.

There lived in that city an old, poor Brahman man.

در آن شهر، مرد برهمنی پیر و فقیری زندگی می‌کرد.

He and his wife survived only on the town's charity.

او و همسرش تنها با کمک‌های خیریه شهر زنده ماندند.

One day the Brahman mourned his long, miserable, life.

روزی برهمن بر زندگی طولانی و پر از رنج خود سوگواری کرد.

He said, "Instead of begging, I will eat poison fruit."

«او گفت» :به جای گدایی، میوه سمی می‌خورم.

"I'll end my life beneath that deadly tree in silence."

من زندگی‌ام را زیر آن درخت مرگبار و در سکوت به پایان خواهم »
«رساند.

That very night, he rose quietly and left his home.

همان شب، او بی‌صدا از خواب بیدار شد و خانه‌اش را ترک کرد.

His wife suspected and followed behind in silence.

همسرش مشکوک شد و در سکوت او را دنبال کرد.

She had decided to die too, alongside her sad husband.

او هم تصمیم گرفته بود که در کنار شوهر غمگینش بمیرد.

She loved him deeply and didn't wish to stay behind.

او عمیقاً او را دوست داشت و نمی‌خواست از او عقب بماند.

The palace guard was asleep that night, unaware of visitors.

نگهبان کاخ آن شب خواب بود و از بازدیدکنندگان خبر نداشت.

The Brahman reached the garden and plucked a hanging
fruit.

برهمن به باغ رسید و میوه‌ای آویزان را چید.

He looked at it once and ate the entire fruit.

او یک بار به آن نگاه کرد و تمام میوه را خورد.

His wife cried, "If you die, my life becomes nothing"

«همسرش فریاد زد» :اگر تو بمیری، زندگی من هیچ می‌شود-
"I will also eat and die here with you now"

«من هم اینجا با تو غذا می‌خورم و می‌میرم-»
So saying she plucked a fruit and ate it.

این را گفت و میوه‌ای چید و خورد-
They thought the poison would act slowly through the night.

آنها فکر می‌کردند که سم به آرامی در طول شب عمل می‌کند-
So they both went home and quietly lay down in bed.

بنابراین هر دو به خانه رفتند و آرام در رختخواب دراز کشیدند-
They believed they would never again rise from sleep.

آنها معتقد بودند که دیگر هرگز از خواب برنخواهند خاست-
To their surprise, they woke up feeling full of life.

در کمال تعجب، آنها با احساسی سرشار از زندگی از خواب بیدار شدند-
Not only were they alive, but they were young again.

آنها نه تنها زنده بودند، بلکه دوباره جوان شده بودند-
And they were strong and had new found energy.

و آنها قوی بودند و انرژی تازه‌ای یافته بودند-
Neighbors hardly recognized them, so changed they looked.

همسایه‌ها به سختی آنها را می‌شناختند، بنابراین قیافه‌شان تغییر کرده بود-
The old Brahman was now handsome and full of youth.

برهمن پیر اکنون خوش‌قیافه و سرشار از جوانی بود-
His grey hair vanished, and had colour again.

موهای خاکستری‌اش ناپدید شدند و دوباره رنگ گرفتند-
His wrinkled cheeks turned smooth, and his skin shone.

گونه‌های چروکیده‌اش صاف شدند و پوستش برق زد-
And as for his wife, she became extremely beautiful.

و اما همسرش، او فوق‌العاده زیبا شد-
She looked as beautiful as any lady of the kingdom.

او به زیبایی هر بانوی پادشاهی به نظر می‌رسید-
The king heard of their miraculous transformation.

پادشاه از دگرگونی معجزه‌آسای آنها باخبر شد-
He asked his guards to send the Brahman to him.

او از نگهبانانش خواست که برهمن را نزد او بفرستند-
And he asked the Brahman the source of his youth.

و از برهمن سرچشمه جوانی‌اش را پرسید-

The Brahman told the king every detail of the story.

برهمن تمام جزئیات داستان را برای پادشاه تعریف کرد۔

The king then wept for his poor, loyal pet bird.

سپس پادشاه برای پرنده خانگی بیچاره و وفادارش گریست۔

He deeply regretted killing his faithful bird.

او از کشتن پرنده وفادارش عمیقاً پشیمان بود۔

And he wished he had known the bird's loyalty.

و آرزو کرد که کاش وفاداری پرنده را می‌دانست۔

And so the second prince's story concluded.

و بدین ترتیب داستان شاهزاده دوم به پایان رسید۔

"You might have to cut a man's head off"

«شاید مجبور شوید سر یک مرد را از تنش جدا کنید»

"But first you should establish the facts"

«اما اول باید حقایق را مشخص کنید»

"You must see whether the man is really faithless"

«باید ببینی که آیا آن مرد واقعاً بی‌وفاست یا نه»

"I know Your Majesty suspects me of evil last night"

«می‌دانم که اعلیحضرت دیشب به من مشکوک بوده‌اند۔»

"Please allow me to explain myself before punishing me"

«لطفاً قبل از تنبیه اجازه دهید خودم را توضیح دهم»

"While making rounds I saw a woman leave the palace"

«هنگام گشت‌زنی، زنی را دیدم که از قصر خارج شد۔»

"I stopped her, and she said her name was Rajlakshmi"

«من جلویش را گرفتم، و او گفت که اسمش راجلاکشمی است۔»

"She claimed to be the guardian deity of the palace"

«او ادعا می‌کرد که خدای نگهبان کاخ است»

"She said she was leaving because death was near"

«او گفت که می‌رود چون مرگ نزدیک است»

"The king," she said, "would be killed later that night"

«او گفت» :پادشاه» «اواخر همان شب کشته خواهد شد۔

"I begged her to go back into the palace"

«از او التماس کردم که به قصر برگردد»

"And I promised to do my best to protect you."

«و من قول دادم که تمام تلاشم را برای محافظت از تو بکنم۔»

"I ran quickly into Your Majesty's chamber without delay."

«من بدون معطلی به سرعت به اتاق اعلیحضرت دویدم۔»

"There I saw a cobra circling your golden bedstead."

«آنجا یک مار کبرا دیدم که دور تخت طلایی‌ات می‌چرخید.»

"I fought the snake and killed it with my blade."

«من با مار جنگیدم و با تیغم آن را کشتم.»

"I chopped the body into many exactly one hundred pieces."

«من جسد را دقیقاً به صد تکه تقسیم کردم.»

"I placed those pieces inside the pan for proof."

«من آن تکه‌ها را برای اثبات داخل ماهیتابه گذاشتم.»

"But something occurred as I was cutting up the snake."

«اما وقتی داشتم مار را تکه تکه می‌کردم، اتفاقی افتاد.»

"A drop of blood fell onto the breast of your wife."

«قطره‌ای خون روی سینه همسرت افتاد.»

"I feared I had saved my father, but killed my stepmother."

«می‌ترسیدم پدرم را نجات داده باشم، اما نامادری‌ام را کشتم.»

"I wrapped my tongue tightly with cloth seven times."

«زبانم را هفت بار محکم با پارچه پیچیدم.»

"Then I licked up the drop of venomous blood."

«بعد قطره خون سمی را لیسیدم.»

"While I was licking the blood, my stepmother awoke."

«وقتی داشتم خون را لیس می‌زدم، نامادری‌ام از خواب بیدار شد.»

"She saw me and opened her eyes with confusion."

«او مرا دید و با گیجی چشمانش را باز کرد.»

"This is the truth of what I did last night."

«این حقیقت کاری است که دیشب انجام دادم.»

"If Your Majesty commands, then cut off my head now."

«اگر اعلیحضرت دستور می‌دهند، همین الان سرم را از تنم جدا کنید.»

The king, full of love and joy, embraced his son.

پادشاه، سرشار از عشق و شادی، پسرش را در آغوش گرفت.

From that moment, he loved him more than ever before.

از آن لحظه، او بیشتر از هر زمان دیگری او را دوست داشت.

9 781805 729310